金色面具

GOLDEN MASK

拱 门

金色映像 / 编

策划 姚晓明　原著 [加拿大]约翰·威尔逊　翻译 陈玉新

四川美术出版社

图书在版编目（CIP）数据

金色面具·拱门 / 金色映像编. -- 成都：四川美术出版社，2017.12
ISBN 978-7-5410-7829-3

Ⅰ.①金… Ⅱ.①金… Ⅲ.①长篇小说—中国—当代 Ⅳ.①I247.5

中国版本图书馆CIP数据核字(2017)第325362号

JINSE MIANJU·GONGMEN
金色面具·拱门

金色映像 / 编

出 品 人	罗　勇　张志宏　马晓峰
责任编辑	汪青青　秦朝霞
翻　　译	陈玉新
改　　编	骆　平
责任校对	陈　玲
封面设计	叶　茂　周德华
内文插图	陈星星　Tim Holleyman　Shawn Boyles　王东飞
出版发行	四川美术出版社
地　　址	成都市锦江区金石路239号（邮编：610041）
成品尺寸	168mm×235mm
字　　数	150千
插　　图	40幅
印　　张	13.75
制　　版	成都金色华林美术图案设计有限公司
印　　刷	成都市金雅迪彩色印刷有限公司
版　　次	2018年5月第1版
印　　次	2018年5月第1次印刷
书　　号	ISBN 978-7-5410-7829-3
定　　价	48.00元

著作权版权所有·违者必究

《金色面具·拱门》编委会

顾 问
吉狄马加　　阿 来　　段 渝　　袁庭栋

总策划
罗 勇

副总策划
陈云华　　唐雄兴　　徐 平

编委会主任
姚晓明

编 委
张志宏　　马晓峰　　王立武　　伍晋刚　　张星明
肖先进　　林文洵　　阮家琪　　郑泳麟　　李 鑫
朱家可　　刘采采　　陆 强　　胡 欣　　汪青青

为《金色面具·拱门》序

我是一个用中文写作的作家。一般而言，中文就是中国人使用的文字。这文字承载着中华民族五千年的文化密码，在全球化的今天，正在世界上产生越来越广泛的影响，引起别国的读者，也对厚重的中华文化发生越来越浓厚的兴趣。

今天的世界，还有越来越多的人，越来越多不同文化背景的作家在使用本国语言来撰写他国故事。那些在他国故事创作领域中获得成就者，已在文学领域中开辟出一片新的天地，创造出一种瑰丽而崭新的文学景观。这其中也包括其他语种的作家，对于中国题材的书写。比如早在20世纪上半叶，美国作家赛珍珠就凭书写中国题材的《大地》获得诺贝尔文学奖。但一个外国人，敢于挑战包含更多中国文化秘密这类题材的外国作者，还是少之又少。尤其是敢于挑战古蜀文明的作者，还告阙如。

在这一点上，约翰·威尔逊无疑算是一名勇敢的先驱者。也正因为此，且不说《金色面具·拱门》这部作品终将造成什么样的影响，或能于古蜀文明奥秘的开掘上达到什么样的高度，仅就这种写作本身，也具有了特别的意义。文化是具有公共性与共享性的，勇敢涉入他文化的领域进行探索，本身就是对保守的种族主义与狭隘文化观的一种对抗。

当今世界的文化现实，是如此丰富与复杂，但很多时候，不同国家的知识群体，仍在有意无意间，还在基于简单的种族主义立场来面对这种现实，还常常基于对他国文化的片面理解与借用，机械地站在固有的视角去看待他国文化。极少有外国作家勇于去承担起作家应有的责任，勇于通过自己的文字去引领人们正确认知、理解、探寻真正的中国文化与古蜀文明。

我得说，《金色面具·拱门》用幻想的、冒险小说这样的形式，进入这个题材领域，也是一种十分有意义的尝试。而这个题材本身，也为精神历险提供了巨大开敞的空间。

我本人从写作开始到今天，无论是诗歌、小说、电影，都取材于藏族的历史或现实生活。除此之外，就是在《科幻世界》杂志做了几年总编。在此期间，我写过一些与族属无关的，普及科学常识的文字，也大量地阅读那些跨种族跨文化的科幻文学。因此体悟到，幻想或想象是人类不可或缺的精神食粮。尤其是在青少年时期，人都会有关于宇宙、人类世界之外的想象，这些想象将激发人在成年后最蓬勃的创造力。而冒险奇幻类小说恰是有利于培养青少年创造性思维的有效载体之一。

文学批评家们认为，一本好书必须达到这样几个标准：第一，提供关于这个世界的正确的知识与价值观。第二，它所提供的知识与价值观不是零碎的，而是系统化的、完整的、有益的。更高级一点来说，好书可以提高我们的审美能力，这种提高是站在热爱人、热爱生活的基础上的。第三，它要富于想象，并能激发我们的想象。有了以上这些因素，我们的情感将因阅读而变得更正面，我们会因此去热爱这个世界上值得热爱的人和事物；我们会变得更珍爱生命、珍惜生活；更重要的是，我们会对未知的世界充满探索的渴望。

好书还提供方法论。有时候我们不会思考，不会思考就是我们不会把已有的知识和生活经验结合起来，用某种方法将它进行推理，进行想象，进行合乎逻辑的演进。这个谁来教会我们？也只有阅读。读有趣的书，有思想的书，有想象力的书，对不同文化充满渴望的书。

外国人试图用幻想性的文学洞悉中国文化的奥秘，这类写作也不是没有先例。比如法国作家尤瑟纳尔的小说《王弗的保命之道》，虽只是一个短篇小说，但其精妙的语言与诗意的想象，真的达到了美轮美奂的程度。

《金色面具》写举世闻名而又充满许多待解之迹的古蜀三星堆文化，采用了近来流行的幻想文学类型的方式，《拱门》只是其开篇，但已足以让我对它的后续部分充满期待。

小说《金色面具·拱门》是约翰·威尔逊先生（John Wilson）根据姚晓明先生的《金色面具》动画电影中英文故事大纲编写，小说翻译陈玉新，小说改编骆平，同时，Dennis Edwards（国际著名编剧，代表作有《狮子王》《钢铁巨人》《美女与野兽》等）、Tim Holleyman（好莱坞著名概念设计师、背景绘影师，代表作有《哈利·波特》《终结者》《银河护卫队》等）、Gordon McGhie（北美资深制片人，曾与华纳兄弟、漫威、彩虹动画、Paprikass合作十余部影片）等国际影视行业代表人士，也对《金色面具·拱门》小说的创作提供了大量参考意见及专业指导。

本书插图取自同名动画电影《金色面具》概念设计，由概念艺术家陈星星、Tim Holleyman、Shawn Boyles、王东飞设计。三星堆博物馆、金沙遗址博物馆为本书的创作和"金色面具"图书、动画电影等文化创意系列作品的创作开发提供了大量的工作支持。

本书的中文、英文和翻译的其他语言文本的版权及相关知识产权，"金色面具"（Golden Mask）注册商标均属于四川金色映像文化传播有限公司所有。

目录

CONTENTS

010 / 序言
告诫：别走远

011 / 第一章　三星堆
君王的心事

018 / 第二章　艾尔福德
少年的噩梦

023 / 第三章　艾尔福德
遇见中国女孩

029 / 第四章　艾尔福德
神秘的中国话

036 / 第五章　三星堆
笨拙的奸细

042 / 第六章　艾尔福德
第一次约会

046 / 第七章　艾尔福德
阅览室里的古书

054 / 第八章　艾尔福德
考古纪录片

061 / 第九章　艾尔福德
地下室的梦魇

069 / 第十章　三星堆
古老的地震仪

目录 CONTENTS

076 / 第十一章　艾尔福德
脸色灰白的锅炉工

081 / 第十二章　艾尔福德
女巫凯特

089 / 第十三章　三星堆
逃亡之路

095 / 第十四章　艾尔福德
盗梦空间

106 / 第十五章　艾尔福德
宇宙和谐联盟

116 / 第十六章　三星堆
岷山大地震

122 / 第十七章　艾尔福德
美梦与噩梦

127 / 第十八章　艾尔福德
女巫的房间

134 / 第十九章　三星堆
金色面具

143 / 第二十章　艾尔福德
会说话的黑猫

149 / 第二十一章　艾尔福德
初探豪宅

156 / 第二十二章　艾尔福德
　　　光明与黑暗

164 / 第二十三章　艾尔福德
　　　利昂的阴谋

172 / 第二十四章　艾尔福德
　　　月光下的海滩

177 / 第二十五章　艾尔福德
　　　邪恶的仪式

182 / 第二十六章　艾尔福德
　　　开往过去的白船

189 / 第二十七章　三星堆
　　　时光倒流四千年

194 / 第二十八章　三星堆
　　　穿过拱门

202 / 第二十九章　三星堆
　　　死亡的深渊

208 / 第三十章　三星堆
　　　失而复得的碎片

215 / 第三十一章　艾尔福德
　　　世事如常

序　言

告诫：别走远

亲爱的读者——无论你是谁，身处何时何地——本书要讲述两个匪夷所思、光怪陆离的故事，诱惑你去相信魔法与怪物、失落的城市与消失的世界，以及最荒诞的梦境里也难以想象的现实。一个故事开始于几千年前，却正发生在当下。另一个开始于当下，却正发生在几千年前。通读本书你对时间的认知将被颠覆。

我要讲述的故事里既有你无时不在的真实世界，也有最不可思议的种种幻境世界；既有你的人类同类，也有让你想到就会不寒而栗的异类生物。

故事里的生物早在你的世界诞生前就已存在。故事里的怪物在死亡中长眠却在制造梦境，它们强大到视人类如蝼蚁，邪异恐怖到让人想到就会发疯。正如伟大的灵使霍华德·菲利普·洛夫克拉夫特所说："我们身处平静的无知岛屿，四周唯有黑色汪洋浩瀚无际，扬帆远航实为不智之举。"

那么，下面讲述的一切都是真的吗？你必须自己判断，我不能代劳。但有一点是肯定的，一切都始于很久以前一个叫三星堆的地方……

第一章 三星堆·君王的心事

数千年前。

美轮美奂的王官中。

当时的君王名叫庄鲲，是这座被后世称为"面具之城"的王国的主宰者，亦是金色面具的主人。他的国土疆域辽阔、纵横捭阖。然而，一次占卜显示，这座车水马龙人流如织的泱泱大国即将面临灭顶之灾。

此时，庄鲲坐在考究的茶案前，身后是年少的男仆辰风，他的对面坐着一位身材窈窕眉眼清秀的年轻女子。这却并非后宫嫔妃，而是这座国度中久负盛名的女巫锦生。虽然身为女巫，但锦生不是那种披着黑斗篷、拖着扫帚飞来飞去的老太太，她可是个美丽的女巫。

举国皆知，锦生与庄鲲是一对心心相印的知己。自庄鲲封王以来，常伴左右的，既非王官重臣，也非三千佳丽，而是这位充满智慧的女巫锦生。

可怕的占卜正是由锦生完成的。糟糕的是，庄鲲似乎立即就被这个惊人的卜象给打倒了。他惊慌失措，不知如何是好。在臣民眼中，庄鲲是个没有负面评价的好君王，绝无骄纵奢靡之类的恶习，不过，他

容易慌乱，一旦遇到不可控之事，他的习惯性动作就是双手合十，紧皱眉头，喃喃地反复念叨："为什么？这是为什么呢？"

现在，他已经翻来覆去地说了有一万次。女巫锦生忍不住打断他："我的耳朵都快听出茧子来了。"

庄鲲意识到自己的啰嗦，不好意思地使劲吸了吸鼻子。原本东倒西歪打着瞌睡的辰风骤然回过神来，上前一步，恭恭敬敬地呈上一方丝帕。

庄鲲有着异于寻常君王的大大咧咧的气质，他一抬腕，用丝绸衣袖随意地一抹鼻涕，不耐烦地说："辰风，不用在我跟前立规矩！不过，你倒是应当给锦生和我泡点儿茶来。"

辰风谦恭地鞠躬，转身欲走，听见庄鲲又叫他，赶紧停步。庄鲲说："记住，不许那只该死的贱狗靠近我的茶缸，上次的茶闻起来就有一股子洗脚水的味儿！"

辰风吓一跳，更深地行了个礼，狼狈地逃开了。

"这小子天资聪颖，可惜整天心不在焉，"庄鲲注视着辰风慌张的身影，笑了起来，"不是一门心思讨好厨房里那个丫头汀紫和她养的狗，就是疯了一样想当武林高手，简直无用至极！"

"我倒不这么看，"锦生的表情高深莫测，"瞧着吧，总有一天，这孩子能有大造化。"

"我就指望着他'总有一天'能给我沏壶好茶，"庄鲲开玩笑道，随即，他收起笑容，重新变得忧心忡忡，"眼下的事可比喝茶要紧得多，告诉我实话，占卜结果真是那样吗？卦象预示着我们的国家就要毁灭了？"

他的唠叨和软弱差点儿让锦生笑出声来，不过锦生还是好脾气地点了点头。

"为什么？这是为什么呢？'面具之城'怎么会有危险呢？这可是繁华千年坚如磐石的江山啊！况且，古代的预言已经说得很清楚——"庄鲲闭上眼睛，努力回忆着，一字一字背出声来，"黑暗无法战胜光明，金色面具永保社稷平安。"

"不错，是有这样的预言。"

"在这世间,只有三个人能够进入幽深之室,接触到金色面具——你、我,还有沈贤,你和我是断然不会去触碰那件圣物的。"

"是的,但我们都知道,"锦生说,"沈贤渴望得到金色面具,得到无限的力量,从而抢走你所拥有的一切!"沈贤是庄鲲管辖之下的一个部落首领,随着部落实力的不断增强,沈贤的谋逆之心也在不断膨胀。

庄鲲苦恼地蹙紧眉头,躲开锦生的目光。

"沈贤一向如此,贪心、狂妄,"庄鲲试图争辩,"可是,金色面具早已被封印,只有岷山倒塌的刹那,方能解除,那时戴上金色面具,才能获得无极限的能量。我想,无论沈贤有多大的野心,他都没有办法同时拥有这几项要素。"庄鲲试图说服锦生,灾难不会发生。

"野心会导致灾难。"锦生语焉不详地说着,她突然沉默下来,眼神渐渐变得忧伤,这忧伤让庄鲲脊背发凉。顿了顿,锦生再度开口,声音低不可闻,庄鲲只好凑近倾听。

"昨晚我做了个噩梦,我梦见岷山最终还是倒塌了,"锦生低语,"山崩地裂,洪水汹涌,烈焰滔天,黎民百姓乃至世间万事万物皆荡然无存,天地一片虚空,从那虚空中,飞升出一只巨大的狰狞的怪兽……"

"这个梦意味着什么?"庄鲲听得毛骨悚然。

"意味着世界末日就在不远处,岷山倒塌,正是末日降临的标志,一旦有人戴上金色面具,就会导致能量失衡,空间混乱,怪兽和一切邪恶的因素将从其他时空穿越而至,人类必会全部灭绝,"锦生面露悲哀,"你知道的,梦境是我的预言大师,我从来都是一梦成真。"

"沈贤知晓吗?"庄鲲徒劳地追问着。

"沈贤与我功力相当,我们师出同门,梦境是相同的,我梦见什么,沈贤也会梦见什么。"

庄鲲揉了揉太阳穴,好像这样就能赶跑一切烦恼。"即便如此,"他费力地说下去,"我们三个人当中,必须有两个人同时念咒语,宝盒才能开启,藏在里面的金色面具才能重见天日,沈贤只有一个人而已,他成不了事的。"他完全不愿意面对即将到来的危机。

"道理没错，我要告诉你的是，刚才你提到的预言，完整的内容其实是这样的，"锦生缓缓念着：

　　"黑暗无法战胜光明，

　　金色面具永保社稷平安。

　　天火当政，山脉崩塌，

　　沉睡的亡者归来，

　　以亡者的能量开启拱门，

　　毁灭时刻从天而降。"

　　"后面的部分我从未听说过，"庄鲲很抗拒，"山无棱，夏雨雪，这些都是不可能发生的事情。岷山矗立千年，怎么会倒呢？锦生，是不是最近我忙着打马球，对社稷之事有所松懈，你专程来吓唬我的？"

　　"一旦有强烈的地震发生，再坚固的山也会崩塌。"锦生的脸绷得紧紧的，神色严肃。

　　"就算山倒了，天也不可能着火，天火怎么会当道？"庄鲲耸耸肩膀，"何况亡者埋进土里，要不了多久就成骷髅了，哪来什么能量？又怎么开启拱门？"

　　"你出生的时辰发生过什么？"锦生转而问道，她有些怜悯眼前这个束手无策的男人。庄鲲贵为君王，其实很多时候，他就像一个没有长大的孩童。

　　庄鲲迷惑不解，但还是回答她了。

　　"史书记载过，我诞生时，一颗星星坠落地面，在正午散发出耀眼的亮光，把太阳光都给遮蔽了。"

　　"我读过那本史书，上面有四个字，天空如火。"锦生意味深长地注视着庄鲲。

　　"确实是这么形容的，"庄鲲恍然大悟，不禁黯然神伤，"我明白了，天火当政就是指我称王的时期，原来，我注定了要做一个亡国之君，注定了，要目睹我的臣民遭遇劫难而无计可施……"

　　"亡者，不是指别人，正是沈贤，"锦生剖析道，"沈贤是大祭司，他能灵魂出窍，跟死人对话，亡者归来便是此意。至于能量，打仗的时候，你见识过沈贤的爆发力，他比任何人都要勇猛顽强，这不就是能量吗？"

庄鲲闻言，倒吸一口冷气。

"我明白了，沈贤的能量意味着，山脉倒塌之时，沈贤根本不需要再有一个人配合他念出咒语，凭借他自己的意念，就能够打开宝盒，取出金色面具！"

锦生默然望着他。

"然后，获得绝对的力量，打通那道之前绝对不可能被穿过的拱门，让怪兽进入我们的时空，毁灭人类，"庄鲲痛苦地将前后因果串联了起来，终于得到了答案，"也就是说，世界末日的来临，并不是因为山脉倒塌，而是因为沈贤在天崩地裂之时得以趁机戴上金色面具，引入怪兽——他才是导致毁灭性灾难的根源。"

阳光照进室内，光影在墙上不易察觉地缓慢移动。庄鲲被绝望的情绪击倒。

"为什么？这是为什么呢？"庄鲲念经一样念叨着。

突然，一阵高亢的犬吠声打断了他。随即，一只棕色小狗闯了进来，在屋中央围着自己的尾巴活泼地转圈。小狗浑身毛茸茸的，一张可爱的扁扁的面孔，粉红色的、湿漉漉的舌头时不时地吐出来。一个惊慌的少女气喘吁吁地跟在狗的后面飞奔追来。

"汀紫，你好大的胆子！"庄鲲勃然大怒，"我命令过多少次了，叫你管好这个不知天高地厚的狗崽子！狗是用来干活儿的，看门也好，打猎也罢，再不济代替猫抓老鼠都成，绝不是给你这个粗使丫头当宠物玩的！我警告你，马上把它弄出去，回头我再跟你算账！"

锦生安然端坐，她知道，在这华美的宫廷里，尽管君王庄鲲维持着必要的风范与威仪，其实仆人们并不太惧怕他，庄鲲的仁慈人尽皆知，况且，有些时候，庄鲲比那些年少的仆人还要淘气。

"过来，来福！坏蛋！"汀紫满屋追着狗，来福调皮地跟她捉迷藏。末了她抱起奋力挣扎的小家伙，躬身退下。她一出门，辰风就战战兢兢地托着茶盘走进来，茶盘上摆放着精致的茶壶和两只小巧的茶杯。辰风谦恭地低头上前。

"辰风，我老早就告诫过你，不许把那只狗放进来，"庄鲲继续训斥辰风，"它到处捣乱，王宫四处都是它的狗毛，这成何体统！要再这样，我就唯你是问！"

辰风吓坏了，完全不敢抬起头来。

"辰风，我听说你在练武功？"锦生笑道，她想缓和一下尴尬的气氛，来解救这个战战兢兢的男孩。

辰风点点头，还是没敢抬起眼。

"武功会让人动作轻盈而流畅，对吗？"

辰风不解地抬头看看锦生，嘟哝着说："是的。"

"那你怎么看起来像只缩手缩脚的小笨猴？"

"对……对不起。"

"不必道歉，给我们展示一下习武之人独特的茶艺。"锦生露出温和而鼓励的眼神。

辰风看向庄鲲，庄鲲默许。于是，这个男孩慢慢直起身来，将茶盘举过头顶。他一手稳稳地举着沉甸甸的茶盘，快速回首、挥拳、踢腿，一系列令人眼花缭乱的表演之后，他身手矫健且优美地将茶盘放在茶案上，一抬手一低头，投茶、注水、出汤、泡茶，深绿的茶叶在清澈的水中舒展沉浮，叶影水光，交相辉映，整个过程一气呵成，宛如行云流水。

"棒极了，我从没见识过这么好的茶艺！"锦生夸赞道。

"回禀女神，这是在下自创的。"辰风羞赧地说。宫中之人皆称锦生为女神。此时，女神的夸赞，给了他莫大的鼓舞。

"很好，"辰风告退后，锦生看向庄鲲，"别对辰风过于严厉。想要管好来福，他得先管住汀紫，那丫头古灵精怪的，我看你都未必能管束住她。"

"这小子，往常笨得要死，今儿倒是没溅出一桌的水。"庄鲲啜了一小口茶。他的身份让他极少亲切地夸人，实际上他对辰风今天的表现相当满意。

"我说过了，他会有大造化的。"锦生不动声色。

"什么大造化？"庄鲲不以为然，"难不成他还能拯救世界？"

"拯救世界是一项艰巨的任务，无法依靠一人之力完成。"

"锦生，告诉我，这一切真的没法逆转？"庄鲲的车轱辘话又来了。

"办法会有的，"锦生安慰道，"但你必须振作起来，相信我，车到山前必有路。"

戴面具的神秘人

不祥之兆

沉思

威武的卫士

"多少年了，现世安好、岁月静美，我们在和平与安稳中度日，"庄鲲深深叹息一声，"我和我的臣民对于灾难以及战争，都没有心理准备。"

"沈贤可是为战争做了充足的准备，他为了建立一支富有战斗力的军队，早就四处派遣使节、结交盟友。不过，以他部落的实力，目前还不足以威胁咱们的'面具之城'，除非岷山崩塌，他戴上了金色面具，能量剧增……"

"岷山什么时候会倒下来？"庄鲲的思路回到了这个死循环。

"快了，"锦生说，"虽然时间点无法确知，但我和沈贤的感受肯定是一致的，岷山来日无多。当然，沈贤必定会在此之前发起战争，占领你的幽深之室，只有这样，他才能够确保自己在岷山倒塌的瞬间戴上金色面具。换言之，从天象上来看，岷山倒塌是注定的，一场由沈贤发动的战争也在劫难逃。"

"让我们祈祷那一天永不到来。"庄鲲哀叹道，"但如果那天真的来了，我也不能对我的臣民们弃而不顾。"

锦生和庄鲲全神贯注地讨论着残酷的命运，谁都没有留意来自脚下的轻微震颤。此刻，位于"面具之城"西边的岷山正发出徐缓的脉动。

第二章 艾尔福德

少年的噩梦

2017年。

美国小镇。

朝阳升起。

第一缕阳光将建筑物的尖顶染成了淡淡的橙黄色，温暖的颜色驱散了黑夜的阴冷。小镇居民从沉睡中苏醒。大家吃过早餐，推开房门，发动汽车，宁静的街道热闹起来，新的一天开始了。

阳光掠过小镇上空，继续巡幸大地，穿过山巅，穿过茂密的枞树林，在一片开阔的空地上稍事停留。这里有一些长满青苔的石块，表面布满了诡异的图案，让人想起神奇而又久远的远古仪式。

阳光慵懒地沿着绿树葱茏的山坡向下滑行，掠过陡峭幽暗的峡谷。峡谷间，贝恩河流淌不息，河水冲刷着两岸的熔岩。

穿越群山的阳光飞快地横扫平原地带，海岸线亮了起来，海滩亮了起来，停泊在港湾的船舶也亮了起来。整个小镇，只有一处社区还留在黑暗里，那就是蜷缩在山岭阴影处的艾尔福德。

艾尔福德社区有过辉煌的历史。它的地理位置恰

好处于贝恩河的一侧,是海船能够航行的极限,曾经是小镇的港口。当年,大量船只在此往返,带来世界各地的移民和货物。后来,一场猛烈的暴风雨摧毁了此地不少船舶,加上河道被泥沙淤积堵塞,船只已经无法靠近,港口从此被废弃。

自此,社区居民纷纷迁移,去寻找更好的商机与居住地。只有规模很小的艾尔福德学院和为数不多的夏季游客让社区保存了下来。

终于,阳光临幸了被遗忘的艾尔福德社区。经过艾尔福德学院哥特式建筑的尖顶,照亮了杭曼山上的豪宅,滑过沃德中学附近的便利店,抵达便利店背后的住宅。

一缕阳光透过窗帘的缝隙,来到了霍华德的卧室,渐次经过桌上堆积的书本和一地凌乱的衣物,停了这个少年的床上。

霍华德还在睡梦中,他睡得很不踏实,眼皮底下的眼球正飞速转动着。他的两只手无意识地紧握着,像在用力攻击着什么。毯子被踢到了一边,被单已经被他的汗水浸湿。

霍华德正在做梦。

梦境里,他坐在自家的餐桌前,对面是同校十年级的大美女麦迪逊。这可是他的梦中情人。

霍华德潜意识知道自己是在梦里,理由有两点。首先,麦迪逊从来就没把他放在眼里,只当他是透明的空气,根本不可能与他单独约会;其次,他们聊的是读书的话题,这就更荒唐了,傲慢的麦迪逊中意的文字唯有化妆品说明书和名牌服装的价签。

霍华德在梦中与麦迪逊兴致勃勃地谈论莎士比亚的剧作,霍华德才思泉涌、滔滔不绝,然而,说着说着,对面的麦迪逊不见了,换成了利昂。霍华德大吃一惊。

在学校里,利昂与霍华德是两种截然不同的男生。霍华德学习认真,勤奋优秀,跳了一级,在十年级里岁数最小。而利昂纯属混日子,他是留级生,在十年级里年纪最大。霍华德的交通工具是一辆破自行车,利昂则是全年级唯一一个拥有驾照的学生。利昂拥有成功人生的标配,出身豪门,酷炫跑车,跟美丽的麦迪逊如影随形。霍华德只有一份送报员的兼职，除了做梦，麦迪逊连正眼都不会瞧他。

利昂隔着桌子探身凑近，不怀好意地朝着霍华德笑着。利昂那双淡蓝色的眼睛总是水分充盈，厚实的嘴唇富有质感，下巴短得出奇，这副模样让他得了个绰号叫"渔夫"，不过只有麦迪逊敢这么叫他。

这会儿他的样子特别像个渔夫——全身湿透，头发里、肩膀上都挂着一缕一缕来历不明的深色海藻。一只寄居蟹居然从他宽大的左鼻孔里钻出来，泰然自若地爬到他苍白的脸上。

"你……你要干什么？"霍华德对于靠近的利昂无比紧张。让他意外的是，利昂笑得更加猖狂了。他抬起右手，指着霍华德，笑得眼泪直流，好像霍华德本人就是天底下最大的笑话。

事实上，除掉在面孔上散步的寄居蟹，利昂的打扮也很怪异，他没穿惯常的休闲装，而穿着一条镶嵌金丝线的暗绿色阔腿裤，同色系的外衣，胸口绣着一只腾飞的太阳神鸟，这身行头让他看起来就像是穿越了好几个世纪。

霍华德纳闷地仔细盯着他，一瞬间，利昂消失了，坐在桌子上的人变成了一个东方面孔的女孩，穿着与利昂相同色系的服饰，只不过长裤变成了长裙。霍华德记得自己在电视里看到过，这是古代中国宫廷的服装。霍华德刚想开口问她是谁，一只相貌难看的小狗跳到女孩的腿上，面对面地盯着霍华德。

那女孩对着霍华德友善地一笑，眉眼温婉、神情柔美，让人感受到无限的善意与温暖，霍华德忍不住报以微笑。就在这时，所有的景象仿佛落入水中，在水波中荡漾起来，模糊起来，随即慢慢消散不见。霍华德眼中的世界开始发暗发黑，一团硕大的黑雾铺天盖地而来，一种前所未有的恐惧紧紧困住了他。

阳光照在霍华德的脸上，他的双眼和双手停止了颤动。他醒过来，拼命回忆他的梦境，那个荒诞的梦栩栩如生。

"亲爱的，快起床，早饭做好了，"厨房传来妈妈的喊声，"你最喜欢的妈妈牌笑脸吐司。"

霍华德哼了一声，他想要大声回一句"老妈，我已经不是五岁小孩了"，但最后说出口的却是："这就来，老妈。"

霍华德给自己打气，虽然就算是梦中也难以跟美女相守，虽然睁开眼就得面对唠叨又麻烦的老妈，但是，新的一天总得好好开始。

他跳下床，从地板上随手捡起几件衣服，胡乱套在身上，来到厨房。餐桌上放着一只卡通造型的面包。

霍华德自小体弱多病，又是个挑食的孩子，五岁那年，有一阵子，除了麦片他什么也不吃，让他妈伤透了脑筋。他爸想出个好主意，把法式吐司做成一张脸：蓝莓当眼睛，橘子瓣做鼻子，巧克力酱勾出嘴巴。这一招很灵，一连几周，霍华德早上爬起床就会冲到厨房，看爸爸又在吐司脸上做出了什么表情。

"谢谢老妈。"霍华德说着坐下来，吃掉一只蓝莓眼睛。

他曾经试图告诉妈妈，自己早就不喜欢妈妈牌笑脸吐司了，结果当然是不欢而散。妈妈老是把他当成一个需要照顾的小孩子，恨不得像一只母鹰，张开羽翼，将他密不透风地保护起来。尤其是在一年多以前，爸爸被送进艾尔福德精神病院以后，妈妈对他的关注更是变本加厉。

霍华德理解妈妈的心情。他明白，妈妈思念爸爸，她把这份因痛苦而诞生的爱双倍地给予了儿子。其实霍华德也天天都在想念爸爸，想着属于他们父子的那些美好时光。

他每周都会去探望爸爸，即使爸爸根本认不出他来。爸爸已经精神错乱，大夫说短期内难以恢复。可悲的是，妈妈不愿面对现实，她坚信丈夫很快就会出院，她着魔似的擦拭和整理他的车库工具，清洗、晾晒他的衣服。她甚至一集不漏地下载了他最爱看的电视剧。霍华德对妈妈的做法无话可说，毕竟爸爸入院之后，他把爸爸的老式唱机、音响和收藏的大堆经典摇滚唱片都搬到了自己的房间里。有时候，他会整晚整晚地待在房间里，播放那些造型古怪的冷门乐队成员制作的曲调奇异的专辑，一边倾听，一边想象爸爸就在自己身旁，父子俩时而促膝长谈，时而唇枪舌剑。

"好样的，吃得真干净。"霍华德不知不觉吞掉了整个面包，妈妈满意地收拾起餐具，把便当袋递给他。霍华德心想，还好她没逼着他把那个星球大战图案的儿童饭盒给带到学校去。

"亲爱的，今天我给你做了一顿很好吃很营养的健康午餐。"妈妈朝他眨眨眼。

和每天清晨一样，霍华德心里不以为然，一边假惺惺地说着"老妈费心了"，一边换鞋，"我得赶紧走了，上课前还有功课要赶。"

"去吧，始终做一个优秀的学生，爸爸会为你的成绩骄傲的。"妈妈给他打鸡血。

"放心吧，老妈。"霍华德拿起书包和便当袋，抱了抱妈妈，转身出门。

"你放学时我不在家，"妈妈在他身后喊道，"今天星期五，我参加的宇宙和谐俱乐部有活动。对了，我得到一个辣酱炖豆的新菜谱，我用慢火炖上豆子，等我回家，咱们就能开吃了。"

"好的，老妈，"霍华德在门外回应，"下午我会去看爸爸。"

"太好了，他会很高兴的，祝你开心，我的小宝贝！"妈妈的话甜得起腻。

霍华德起了一身鸡皮疙瘩，他往街上扫了一眼，看看有没有熟人听见刚才的对话。这里是平民区，利昂这种富家子弟基本不可能来，但万一他在这儿，还听见了"小宝贝"这种称呼，那霍华德的糗就出大了。

第三章 艾尔福德 遇见中国女孩

午休时间，霍华德就读的中学永远像一个炫酷的秀场。女孩们围聚在醒目的地方，有时搔首弄姿、叽叽喳喳，有时一脸高冷、睥睨群雄。男孩们则故意在女孩们跟前晃来晃去，炫肌肉、投篮球，仿佛一群开屏的公孔雀。除此之外，一些低年级的馋虫则纷纷走出超市，手里举着沙冰或是别的零食。唯有霍华德独自伫立在超市旁边的树影下，一脸忧郁。

忧郁是霍华德独有的气质。值得忧郁的事情太多太多了——譬如脸上的痘痘居然长成了恶心的粉刺，譬如试卷上的第一道题就把人给难住了，譬如找不到上课的教室……当然，这类麻烦从没出现在好学生霍华德的身上。但是，在这世间，有什么是绝对不可能发生的呢？这些烦心事但凡有一点点出现的概率，就足够让霍华德失眠一个礼拜了。

另外，身为一个男生，他最怕的，不是别的，而是黑夜。嘘！这可是个见不得人的大秘密。

怕黑是孩子们的专利，各种童话故事都在拼命散播着关于夜晚的恐怖气息，从暗处可能扑上来一只猛虎，或是大灰狼，以及吐着信子的毒蛇，光是这样的

想象就足以让他们失声尖叫。

霍华德惧怕的，倒不是这种虚构的、自欺欺人的危险。准确地说，他怕的是出现在梦境中的一团黑雾。

那团黑雾，从几个月以前就出现在了他的梦里。开头都是普普通通的梦，他时常梦见麦迪逊，可疑的是，每次梦境的终结处都会有一大片黑雾降临，将他完全包围。那是真正的黑，不透一丝光亮，伸手不见五指，像是天罗地网，无处遁身。

霍华德从黏稠浓密得让人窒息的黑雾里挣脱出来，苏醒后的他必然大汗淋漓、心跳加速。他怀疑自己患上了心脏病，抑或是抑郁症，或者是更加严重的别的什么疾病，比如脑中风、动脉瘤之类的。他纠结着要不要告诉妈妈，结论是不应该让妈妈担忧，况且妈妈的大惊小怪一定会把他给打败。他打算必要的时候自个儿去看看医生，就像个成熟的男人那样。

有什么东西软软地蹭着霍华德的脚踝，他低头一看，一只黑猫瞪着一双闪亮澄澈的绿眼睛，专注地盯着他。

"你好，猫咪。"他不知道这只小猫的名字，但是，他知道它的主人，那是本学期刚刚转到十年级的中国女孩，名字叫作凯特——这是她的英文名字。她有着典型的亚洲人的相貌，纤细的身材，漆黑的双瞳，一头直直的黑发。

小猫与凯特形影不离，就算在学校也不例外。学校规定宠物不能带进教室，它就在外面待着，发发呆、绕着自己的影子玩儿，或是挑衅一下偶然遇见的别的小动物。但是，到了放学时，它一定准时守在教室门口。

霍华德弯下腰，试图抚摸小猫的脑袋，它哧溜一下灵巧地躲进了旁边一辆汽车底下。

一颗豆大的雨点砸在霍华德头上。他抬头一看，天色转成灰黑，一阵狂风吹来，地面上不知谁扔下的纸杯被风追着，跟跟跄跄地一路晃悠着。

暴风雨又要来了。霍华德感到闷闷不乐。这是雨季，每隔几天，一阵狂风骤雨就会把阳光带来的好心情全都击碎。

"嘿，小穷鬼！有人让我给你捎句话。"霍华德被这凭空而来的声音惊了一下，回头一看，原来是利昂。

利昂懒洋洋地站在他对面，倚着一辆汽车的引擎盖。他看起来远远不像霍华德梦中那么猥琐，鼻孔里自然不会爬出寄居蟹，不过也绝对称不上帅气。

霍华德淡淡地回应了一声。他与利昂几乎没什么交集。

"麦迪逊想约你聊一聊。"利昂漫不经心地撂下一句。

"麦迪逊？"霍华德一个激灵，手心顿时冒出汗来。

"没错，"利昂看着他，"你知道的，就是那个金发美人。"

"她……她要聊什么？"霍华德控制不住地结巴起来。他忍不住看向操场的另一边，麦迪逊就在那里，在一群卖弄风情的女生中间。

"谁知道呢？我说，你可真是头蠢驴！没准儿她想跟你聊聊关于时尚的话题。"利昂轻蔑地打量着他身上洗得发白的运动衫、破洞的牛仔裤和磨坏了的跑鞋，那嘲讽的眼神让霍华德无地自容。利昂一身休闲装，但霍华德知道，他那件纪梵希的连帽衫比自己衣柜里所有的衣服都值钱。

"我只负责传个话，"利昂慢吞吞地补充道，"麦迪逊嘱托我，她说，'利昂，去把霍华德叫过来，我有事要告诉他。'你看，美女总是让人无法抗拒，所以我就过来了。好了，我把话带到了，去还是不去，那是你自个儿的事。"利昂亮出一口整齐的白色牙齿，以及霍华德平生见过的最虚伪的笑容，然后穿过操场，往麦迪逊身边走去。他那漫不经心的姿态，好像看透了整个世界并且心生厌倦。

霍华德心情复杂。眼前这一切可不是一个梦，麦迪逊有话跟他说。麦迪逊，那个漂亮女生，肌肤吹弹可破，一头金色长发，身穿意大利限量版时装，深蓝清澈的双眸让人神魂颠倒，这样的女生，竟然留意到他了！

然而转念一想，或许，这只是利昂设计的恶作剧，要把他骗到那个属于上流社会的圈子里，以便彻底羞辱他这个穷小子。

真相究竟是什么？他应该接招吗？还是若无其事地继续留在原地？万一，麦迪逊是真的有话跟他说呢？若是后者，则很有可能改变他寂寂无闻的黯淡人生。

这一瞬间，霍华德眼前升起了一团雾霾般的灰黑色，那黑雾像长着触须，一点一点伸展过来。他吓坏了。之前黑雾只会在梦里出现！这是中风的前驱症状吗？霍华德觉得累，觉得自己变得很苍老，尽管他不过是一名中学生。

他慌乱地摇摇头，使劲眨眼睛。这一系列的动作很有效，黑雾消散了。雨点落下来，击打着超市的屋顶，听起来格外刺耳。危机暂时退场，霍华德嘘出一口气。

他告诉自己必须做个决定，去见麦迪逊，或是置若罔闻。他迟疑了一下，朝前走去。他打算去找麦迪逊。她那么美丽，他没有道理拒绝，哪怕这只是一场骗局。

"别去。"身后响起一个陌生的声音。

霍华德转过身来，看见凯特，那个新近转学过来的中国女生，她从超市的窗口探出头来，黑猫蹲在超市的窗台上，一人一猫都目不转睛地瞧着他。

"你是在叫我？"霍华德疑惑道，"叫我不去，为什么？"

凯特耸耸肩膀。

"难道你看不出这是个显而易见的陷阱？别犯傻了。"凯特与他并不熟，之前他们几乎没有交谈过，这是第一次。

奇怪的是，霍华德没被她刻薄的语言刺伤，毕竟她多半是正确的。

"为什么你会关心我？"

凯特盯着他，好像他提出了一个荒唐透顶的问题。凯特化了淡妆，深色的眼影让她眼睛的轮廓更美了，她的气质让霍华德想起爸爸痴迷过的一位摇滚女歌手。

凯特转学过来的时间不长，她的性情似乎与霍华德很相似，孤僻、内向，独来独往。

"我可不喜欢看见谁被捉弄。"凯特是这么回答的。随即，她缩回头去，那只黑猫鄙视地瞟了霍华德一眼，跟着她一道从窗口消失了。

操场另一边，麦迪逊和利昂亲密地打情骂俏。霍华德一下子茅塞顿开，他明白利昂就是来拿他寻开心的。恰好此时，凯特走出了超市。她看起来身段玲珑，步态婀娜。

"谢谢你。"霍华德搭讪。

凯特歪歪脑袋以示接受。然后她和猫目不斜视地从他身边经过。

"凯特是个希腊女神的名字，对吧？"霍华德没话找话。话一出口，他就后悔了。他简直不敢相信自己和女生搭讪的手段如此拙劣。

但是，凯特竟然回过头来。

"你说的没错，"她说，"霍华德在中古英语里的意思是，羊倌儿。"

凯特深邃的黑眼睛似笑非笑地看着霍华德。他必须得说点儿什么，脑子里却一片空白。幸好他爸曾经告诉过他关于他名字的典故救了场。

"霍华德也是一个著名摇滚歌手的名字。"他说。他出生时，他爸借用了一位摇滚明星的名号，那个歌手最终死于一场由摩托车导致的车祸。霍华德想说出这些，但他意识到这话题太傻了，因此他没有继续聊下去。

"我知道他，这位歌手的事情我了解不少，"凯特鼓励似的微微一笑，"能不能给我讲点儿关于他的新鲜事儿？"

"他的摩托车跟一辆货车对撞，那辆货车上运输的是水蜜桃，为了纪念他，他那支乐队的成员就把新出版的专辑命名为《吃桃》。"霍华德呆气十足地说着新闻报道里的内容。

"这个说法是错误的，"凯特纠正他，"真相是，他撞的是一辆运木材的货车，而《吃桃》这张专辑的创意来自他某次接受记者采访时说过的一句话，他说，每次上台演出，吃个桃才安心。"

霍华德笑起来，原来凯特挺健谈的，他喜欢这样的女孩。

"真酷，是不是？"凯特笑意盈盈，她的笑容美极了。霍华德打心眼里感激爸爸对摇滚乐的迷恋，否则他怎么能制造出如此有趣的话题。

"那么，你是中国人，为什么你父母给你起了个希腊女神的名字？"书呆子霍华德缺乏泡妞技巧，在同一个题目上纠缠不休。

"我的生活充满故事，"凯特的表情变得很神秘，她转而说道，"凯特是毁灭之神和黑夜之神共同诞下的女儿，掌管着世间的一切岔道、走廊、毒草、巫术、通灵术和妖术，是奥林波斯众神之一。在流传下来的画像里，她的形象通常是三头六臂，手持火炬、钥匙和短剑。民间举行纪念她的仪式时，会挖一个很深很深的坑，当场切断一只羔羊的喉咙，让热乎乎的羊血汩汩流进坑里……"

"太残忍了。"霍华德忍不住打断她，她的描述得栩栩如生，仿佛割断羊的喉咙是一件稀松平常的事。

"这不是你问我的吗?"

"好吧,我只是问问你那名字的来历,又不是希腊女神的历史,"霍华德一本正经地说,"况且你依然没有告诉我,一个中国女孩,为何要用希腊女神的名字?"

"神也分国度吗?"凯特道,"不管是希腊还是中国,神就是神,都一样。"

这个天显然是被聊死了。霍华德发觉他给自己挖了个坑。眼看着就要冷场,为了避免凯特转身而去,他赶紧找了一句新的废话。

"你的猫叫什么名字?"

"黑猫。"凯特淡淡地说。

"啊,真好听,不过那是什么意思?"霍华德傻头傻脑地追问。

"意思就是,黑色的猫。"凯特答道,"你最好进教室去,暴风雨就要来了。"她一扭头,大步离开。

霍华德绝望地明白自己失去了绝佳的机会。

"等一等!"他不甘心地冲着她的背影叫道。

凯特停住脚步,询问似的望着他。

霍华德脑子里转了一万个念头,该死,这种时刻,别的男生会怎么开口?

"放学以后,咱们去散散步吧。"他不假思索地脱口而出。

仿佛过了有一个世纪那么漫长,霍华德觉得自己尴尬得就快要死去了。终于,凯特又是粲然一笑。

"当然可以,我最后一节是戏剧课,你到剧场来接我吧。"凯特轻快地说着,说完,她与黑猫一道朝教学楼走去。

"耶!"霍华德兴奋得差点儿跳了起来,没注意到利昂和麦迪逊跟他们那帮死党结伴而来,他们嘲弄地看着这一幕。

"看来霍华德要跟中国妞约会了。"利昂高声说。他的同伴们放声大笑,麦迪逊甩给霍华德一个轻蔑的白眼,那眼神犹如冰雪纷飞,让霍华德从头凉到脚。

霍华德灰溜溜地跟在他们后面,赶去教室上下午的课了。

第四章 艾尔福德 神秘的中国话

　　整个下午霍华德都魂不守舍。轻而易举就约到了可爱的凯特，令他惊喜万分。但麦迪逊毕竟是他暗恋的女生，她的讥笑让他难受，还有，她跟利昂设下的局，就为了使他出糗，毫无疑问，在麦迪逊的眼里，他就是一个不折不扣的傻瓜！

　　霍华德左思右想，数学课过去了将近二十分钟，他才猛然想起今天要去探望爸爸。难道跟凯特的第一次约会，就要带她去精神病院吗？这也太不可思议了。那么，接下来该怎么办？放弃探望爸爸，还是放弃约会？霍华德感到左右为难。

　　其实爸爸倒不会在意他有没有如期前往，因为他根本就认不出自己的儿子是谁。问题是，霍华德不能允许自己忘记这个每周一次的大日子，而且妈妈也盼着他带回爸爸的消息。放凯特的鸽子？不，他好不容易有了人生中的第一次约会，怎么能够随随便便爽约？

　　一下午过去了，等到最后一堂课开始，霍华德还在苦苦琢磨。这一堂是历史课，平时是霍华德最拿手的一门课，今天他却心急如焚，就算发下来的小论文用红笔圈了个大大的"A"，他依然打不起精神来。

这节课长得无边无际，霍华德在煎熬中受尽折磨。

下课铃总算响了。霍华德恨不得奔出教室，去见凯特。他还没有想到该怎么办，但他的直觉是要见到凯特，或许见面以后问题就能迎刃而解。

然而历史老师很不识相地绊住了他。"这次的论文写得很棒。"老师说。霍华德敷衍地笑了笑。

"谢谢赞美。"他嘀咕了一句，心不在焉地倾听着历史老师对他精彩构思的赞扬。

历史老师是个快要退休的小老头，打扮却很花哨，粗花呢夹克，搭配颜色鲜艳的领带。他是公认的好脾气老师，可惜说起话来却啰嗦得就像冗长的历史本身。

霍华德试着后退了一步。

老先生没有留意到霍华德的暗示，反而长篇大论地讲起了自己早已去世的历史老师，以及几十年来关于历史教育和研究方式的演进。

"你考虑过考进大学以后，攻读历史专业吗？"老先生问道，他完全无视了霍华德的焦躁，"我觉得你很有学历史的天赋。"

"或许吧。"霍华德说着，不耐烦地又后退了一步。

"有很多好的大学可以选择。我不会推荐艾尔福德学院。它本身的教学质量还好，但专业数量太少，限制了学生的视野和格局。我建议你选一所规模更大的高校，甚至是欧洲的学校。毕竟，它们的历史比我们的更为悠久，有大量值得深入研究的史实，多得足以让我们眼花缭乱、不知所措。"老先生呵呵地笑出声来，他的冷笑话把自己给逗乐了。

霍华德咳了一声，想要表达自己不耐烦的心情，但毫无效果。

"当然，去哪儿念大学，取决于你希望研究哪个国家的历史。同时，每所高校的历史专业所擅长的研究对象也不一样。有些学校擅长中世纪史，有的擅长近代史或古代史。不过，本科阶段你不用担心太多，尽可能打好全面的基础，到了研究生阶段，你就有充足的时间进攻专门的领域了……"

眼看着老先生就要免费为自己的一生做规划，霍华德实在是忍不住了，他尽量礼貌地截住老先生的话头：

"我得走了，对不起，我跟人约好了时间。"

"行，行，"老先生的重要讲话被拦腰截断，显得很沮丧，"我是想告诉你，如果你决定终生研究历史，一定要来找我，我很乐意在学校的选择上给你一些建议。"

霍华德说了一句"谢谢您"，逃也似的跑出了教室。他沿着走廊一路飞奔，生怕凯特等不及。他的书包重如千钧，而走廊却长得仿佛没有尽头。然后，在一个突如其来的刹那，黑雾又一次降临，眼前的走廊越来越窄，他产生了强烈的坠落感，就像掉进了一个黑咕隆咚的隧道。

霍华德步履不稳，跌跌撞撞地撞向栏杆，吓得附近一群八年级的女生吃惊地躲开。他感到一阵晕眩，靠着栏杆，闭上眼睛，强迫自己深呼吸。再度睁眼，世界如常，黑雾消退了。他站直身子，对那些吓傻了的女生们笑了笑，镇定地继续往前跑。

"他一定是磕了药。"

"对，毒瘾发作就是这样的。"

他听见女生们在背后议论纷纷。他一边跑，一边想着无论如何得去看医生了。而眼下，没有任何事比见凯特更为重要。

赶到剧场，戏剧课已经结束，四周空无一人。霍华德知道自己来晚了，凯特走了，人生中的第一次约会还没有开始，就结束了。他失魂落魄地准备离去，这时，他听见后台传来凯特的声音：

"变！变！变——我是一只毛毛虫，年轻的毛毛虫。"

霍华德迷惑地朝前走，一直走到舞台侧面。

"变！变！变——我要变成一只鸭嘴兽。"

他纳闷地从侧面的台阶走上舞台，透过沉甸甸的幕布一角，偷偷往里看。他看到后台的凯特，背对着他，黑发梳成两条辫子，黑色皮夹克，黑色渔网袜，黑色长靴，黑色蕾丝手套，一身黑。

"我将住在一只虫茧里，从蝴蝶变成燕子，从燕子变成鸭子，从鸭子变成鸭嘴兽。"说到这儿，她从口袋里掏出一条彩色的丝巾，围在脖子上，一转身，看到霍华德。

"嗨，你在欣赏我的表演吗？"她饶有兴趣地问霍华德，同时随意地在身边的一个道具上坐下来。

"是的，"霍华德说道，"你表演的是什么？"

"舞台剧啊，"凯特说着，打开了背包，"来根燕麦棒吧？"

"好，"霍华德在她身边坐下来，接过燕麦棒，剥开，"你刚才说的是什么？"

"我在练独白。"

"那些话听起来很绕口。"

"是《狗的忏悔》这部剧里的台词，我原本试图说服戏剧课老师在学校公演，里面讲的是一部动画片里的角色长大了，在上中学时发生的故事。"

"动画片里的角色？听起来很有意思。"

"可惜戏剧课老师并不欣赏它，因为里面有校园暴力、同性恋和死亡，都是些很沉重很反叛的内容。所有其他人都强烈支持演《安妮》这部剧，无论如何，《安妮》更符合家长们的口味，而且，"凯特促狭地一笑，"也更有教育意义。"

霍华德笑了。

"不能公演，所以你就独自练习这些台词？"

"说对了，我喜欢它们，"凯特调皮地眨眨眼，"昨夜我做梦，梦见自己是一只鸭嘴兽。对了，当我梦见自己是鸭嘴兽的时候，会不会同时也有一只鸭嘴兽梦见它是我呢？"

霍华德有点懵。

凯特站起来。

"走吧，不是说去散散步？咱们去哪里？"

霍华德突然想起自己的窘境，他口吃起来："我……我不知道。说实话，我……我得去看我爸爸。他……他住在医院里。"

"我陪你去。"凯特毫不迟疑地说道。

"不用了，"霍华德本能地拒绝，"对不起，我的意思是……"他一咬牙，深吸一口气，下定决心实话实说，"他不是在普通的医院里，他住在艾尔福德精神病院。"

水上木屋

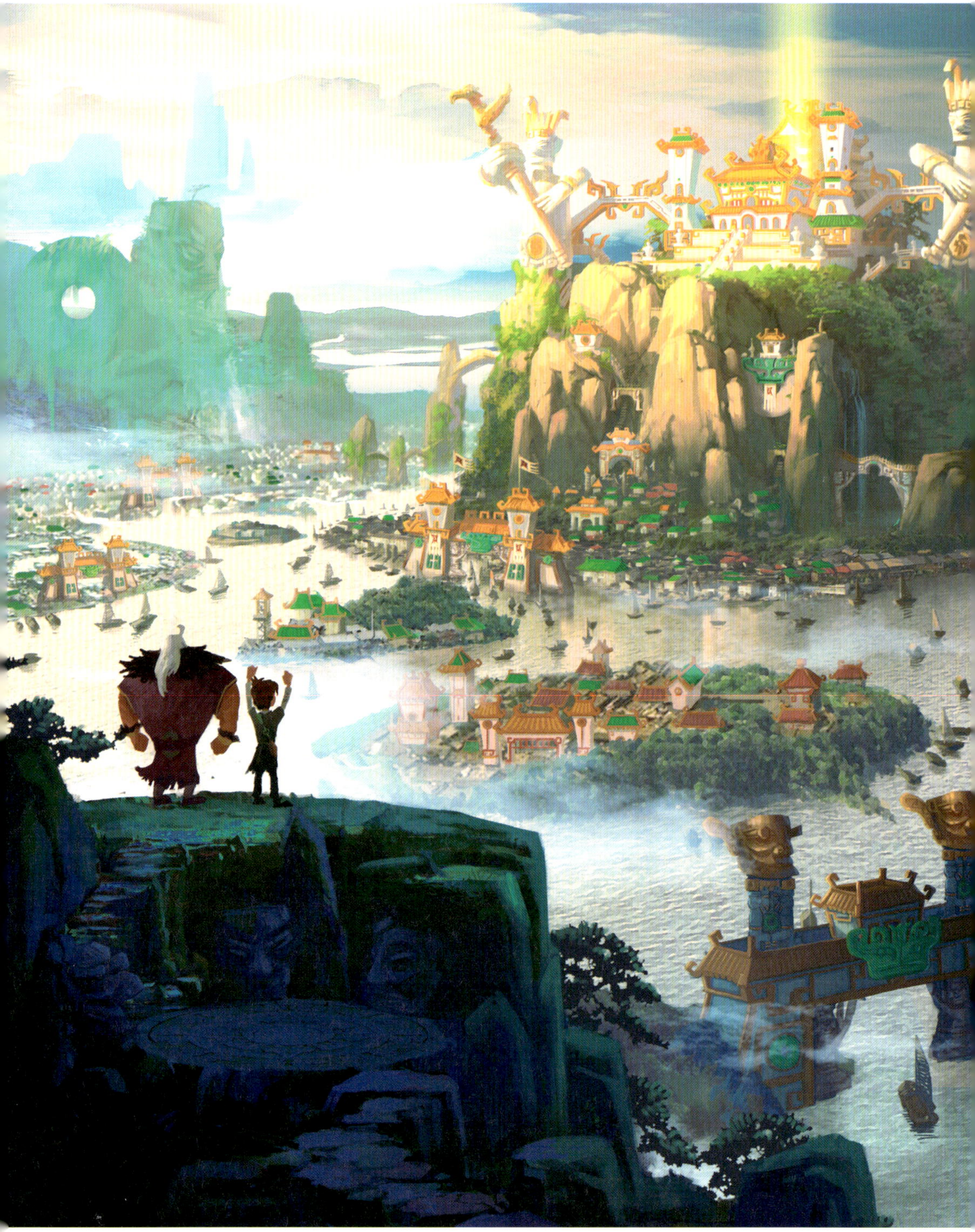

辉煌的面具之城

大象勇士

"我知道那地方在哪儿，"出乎意料的是，凯特毫不介意，她以不容置疑的语气说，"我去换衣服，五分钟就好，你到剧场门口等着我。"

霍华德昏头昏脑地走出学校。他难以置信，整个下午困扰着他的烦恼就这样轻易解决了。当他艰难地开口告诉凯特，自己的爸爸住在精神病院，凯特却连眼睛都没有眨一下，好像这是再正常不过的事情。她的态度太奇怪了。还好，霍华德情愿应付奇怪之事，内向、孤僻的性格使他对于常态的交流反而心生畏惧。

他在学校门口等着凯特。雨不知什么时候停了，天气寒冷，他在风中打了个冷战，裹紧了旧外套。天空阴云密布，黑沉沉的乌云像是夜晚来临，街灯提前亮了起来。

凯特的黑猫从附近的灌木丛里窜了出来，在霍华德的腿边蹭来蹭去。这只聪明的猫居然陪着孤零零的霍华德一起等待凯特。

沉重的校门打开了，霍华德以为是凯特出来了，一回首，却是麦迪逊。麦迪逊独自一人，高傲的头颅微微扬起，淡金色的头发被风微微吹起，精致的面孔上，一对如同深海般的蓝眼睛冷冷地瞥了霍华德一眼。

麦迪逊优雅地从霍华德身边擦肩而过，空气中留下一阵微不可闻的香水气息。霍华德眼睁睁看着她经过——昂贵的衣饰，华丽的羊皮靴，小巧得根本装不下书本这些老土玩意儿的红色坤包。面对全校男生集体暗恋的女神，霍华德慌了神，傻乎乎地来了句：

"嗨！我说，中午那会儿，你要跟我说什么？"

麦迪逊驻足，迷惑不解。

"你在问我？"她的声音里充满了鄙夷，"你怎么会蠢到以为我想跟你说话？"

这种不屑的态度一下子让霍华德怒火中烧，只凭她生得美，就可以随意捉弄他？休想！"我也想不出我们之间有什么好说的，但利昂特过来告诉我，如果这只是你们那群无聊朋友的鬼把戏，那就太过分了！你们以为自己有钱又漂亮，就可以随便捉弄别人？告诉你，这是可耻的行为！我郑重地回答你，不管你是不是真的有话跟我说，我根本不在乎！"

不管不顾地发泄了一通怒气，霍华德突然感到不安，不仅是亲手摧毁了跟这朵校花建立亲密关系的可能性，而且，他还得罪了全年级最出名的傲慢美女，她可是锱铢必较的。估计今后他别想在学校里混出人样了。

四下里安静得出奇，黑猫悄悄溜过去，在麦迪逊腿上蹭了蹭，发出响亮的咕噜声。

叛徒，霍华德心想。

霍华德等着麦迪逊劈头盖脸的臭骂，他知道自己闯了大祸。然而，麦迪逊的面部奇异地痉挛了一下。片刻，她的表情恢复了平静。她淡然注视着霍华德。

"你没事吧？"霍华德不禁问道。

麦迪逊目光茫然，仿佛神游太虚。她用空洞的眼神盯着霍华德，说出一句毫无平仄的话，发音听起来像是：

"Ni yinggai kanshu（你应该看书）。"

"什么？"霍华德问道，"你在说什么？"

麦迪逊又说了一遍。

"Ni yinggai kanshu（你应该看书）。"她就像个按动开关的机器猫，声音显得刻板机械，完全不是她平时张扬生动的讲话风格。

"我听不懂你在说什么，"霍华德强调，"该不是又想捉弄我吧？"

"怎么，你们在聊什么？"凯特出现在他们身旁。黑猫丢下麦迪逊，跳到凯特身边。

麦迪逊的视线从霍华德转向凯特，那种梦游般的表情逐渐消散。她身后响起鸣笛声，街对面的停车场，利昂从他的改装越野车探出头。

"亲爱的，"他喊道，"咱们得赶紧去为周末聚会买些东西，别在这些笨蛋身上浪费时间！"

麦迪逊顺从地走向利昂，坐在了副驾座。随着一声咆哮，越野车呼啸而去。

"这样开车是会吃罚单的。"凯特说。

"他爸爸能摆平，"霍华德说，"不过，麦迪逊刚才的表现太奇怪了，她听了我的指责非但没有生气，反而像个机器人一样跟我说了句话。"

"她说什么来着？"

"我听不太懂。是一种陌生的语言,可是——听起来有些似曾相识。"

"我懂了,"凯特说,"我一直怀疑她那相貌,完美得不像人类。她一定是外星人,来到地球的任务就是把我们全都变傻,然后统治地球。所以,接近她一次,智商就会降低一分。她到底说了什么?"

霍华德根本没有留意到凯特话语中的嘲弄和讥讽,他集中精力回忆麦迪逊那句奇怪的话。

"'Nee yingie kanshu,'差不多是这样吧。我问她是什么意思,但她又重复了一遍,什么都没有解释。"

"听起来像中国话,"凯特说,"'Ni yinggai kanshu',意思是'你应该看书。'"

"我难道不是每天都看书?她的意思是,我还不够用功?见鬼,连我老妈都不会这样讲话。麦迪逊是不是魔鬼附体了?"

"谁说不是呢?"

"当然,她知道我是学霸,估计在我面前,只敢提书本的事儿,以免显得自己太过平庸无知。"

凯特没理会霍华德笨拙的幽默。

"如今中国越来越强大,如今懂点儿中国话是很时尚的,也许她想展现的是自己的博学吧。无论如何,这天色看起来还会下雨,咱们得赶紧走了。"凯特满不在乎地说道。

两人并肩向前走去,霍华德耳边萦绕着麦迪逊的话语,为什么那句话听起来充满了预言般的深意?

第五章 三星堆

笨拙的奸细

辰风和汀紫躲在御膳房窃窃私语。这对少男少女一起进王宫，一起长大，可谓青梅竹马。两人都穿着暗绿色阔腿裤和对襟上衣，衣襟胸前绣着醒目的王宫标志：一只腾飞的太阳神鸟。

"抱歉啊，辰风，让你挨骂了，"汀紫说，"刚才经过国王的寝宫，来福从我怀里使劲儿钻出去，我攥都攥不上，你了解的，它兴奋起来疯得不得了。"

"那是因为你过于骄纵它，它必须像只正常的狗，好好干活儿，王宫里不养闲人，闲狗也是不行的。"

"来福干不了活儿，运送柴火这些事儿对它来说太繁重，抓老鼠也不是狗擅长的。你知道，它生下来很小很弱，还没有拳头大，要不是我救下它，它早就让人给扔进河里淹死了。"

"汀紫，你总把它当成小婴儿，你看看，它现在整个就是一只肥头大耳、好吃懒做的大家伙。"辰风一边吐槽，一边看了一眼躺在汀紫腿上舒舒服服打着呼噜做白日梦的胖狗。

"我很不容易才把它料理得健健康康的，你没发

现它智商超群吗？"

"智商超群？汀紫，你在开什么玩笑？一只智商超群的狗会在王的眼皮子底下疯跑？我觉得你对它的重视远远超过了对我。你明明知道，我一直想讨得王的欢心，好让他同意我离开王宫去习武。我看你根本就不关心我的梦想。"辰风很委屈。

他们待在厨房旁边的仓库里，这是一间通风良好的石屋，冬暖夏凉。他俩经常藏在这儿聊天。只是仓库空间太小，堆满了风干的鹅、鸭、鸡和天鹅，烤制的蝎子、蚕和蚂蚱，还有养着鱼和蛤蟆的水箱，留给他们的空地实在太有限。而且一旦被御膳房的主管发现他们藏身在这里，两个小伙伴的麻烦就大了。

"辰风，在我心里，你跟来福一样重要。"汀紫肯定地说。

辰风是个容易满足的男孩，这句滑稽的承诺让他安下心来。

"汀紫，最近我自创了一个新招式，给你瞧瞧，"辰风迫不及待地想要秀一把，"我起了个名字叫'飞刀除草'。"说着，辰风扎起马步，来了个腾空飞跃，左腿向后舒展，右腿向前猛踢，犹如一把张开的剪刀。

就在辰风表演空中翻腾之际，悬挂在绳索上的一只风干的鹅很不识相地绊了他一下，辰风提防不及，摔落在地，跌了个倒栽葱，疼得龇牙咧嘴。汀紫扑哧一声喷笑出来，辰风揉着臀部站起来，一脸的难为情。

"这只腊鹅真捣蛋。"辰风讪讪道。

"我说，往后你可别去有鹅的地方打仗，它可是你的克星。"汀紫煞有介事地说着，拼命憋住笑意。

"是招数本身火候不够，还需要改进，"辰风老老实实地承认，"汀紫，相信我，我会努力的，有朝一日一定会名扬天下，到那时，说不定王会派我统领军队……"

"嘘！小声点！"汀紫逗他，"武林高手都是了不起的隐士。来，听我指令，眼观鼻、鼻观口、口观心，先来修身养性。"

"好吧，听你的。"辰风听话地盘腿坐下，配合汀紫的口令，两手摊开，掌心向上，闭眼，深呼吸。

汀紫乐不可支。

就在此时,外面突然传来一阵清晰的对话声。辰风和汀紫对望一眼,汀紫马上缄口不言。

"大人,请恕小的直言,匆忙召集起来的军队,都是一帮乌合之众,纪律涣散,缺乏斗志,全部是看在钱的分上投奔过来的,他们压根儿就没有攻占'面具之城'的信念和实力。"

辰风听出来了,这是董东的声音。这几日,董东跟随沈贤回到王宫,觐见君王庄鲲。董东是沈贤的得力助手,一向气焰嚣张,就连在王宫中都是一副飞扬跋扈的做派。

"不必担心,此次返回部落,我会给他们吃一颗定心丸,我要告诉他们,这场战争必胜,这不是我的个人奋斗,而是天意所为。最近,岷山即将倒塌,抢在那之前,我会率领大部队攻占'面具之城',攻城山倒,不仅'面具之城'属于我,到时候,以我的功力,天下之大,全部都是我沈贤的囊中之物!"沈贤底气十足。

董东没有马上接口,沉默了一会儿,他迟疑地开口道:"大人,以咱们军队现在的情况直接攻打"面具之城",若庄鲲提前集结大军迎战,孰胜孰败还不一定。您如果不能成功夺得金色面具,并在岷山倒塌的刹那戴上它,咱们恐怕没办法最终获胜。"

"你说的话,我早已有充分的谋划——"沈贤话锋一转,"怎么,你在怀疑我的判断?"

"小的不敢,小的不敢,"董东忙道,"小的坚信大人雄韬伟略!"

"一旦得到金色面具的助力,我就能拥有控制万物的力量。放心,到时候我不会亏待你的!现在,我必须快马加鞭,火速返回部落,岷山倒塌的时辰已经逼近,军队必须整装待发!"

"遵命,大人!"

辰风和汀紫听得面面相觑,他们都被这个阴谋给吓傻了。正在此时,来福忽然醒了过来,狂吠了几声。辰风和汀紫吓得脸都绿了。

"谁?是谁在那里!"沈贤和董东双双拔剑,警惕地四下里搜查。

"应该只是一条狗。"董东说。

"不行，给我仔细搜，绝对不能暴露我们的计划！"沈贤命令。

脚步声逼近库房。来福听见声响，索性跳下汀紫的膝盖，狂叫着，一溜烟冲了出去。汀紫急得不得了。

"畜生！竟敢咬我！"董东大叫，"看我一刀捅死你！"

"不行，我得去救来福！"汀紫猛地站起来。

"我也去！"辰风跟随其后。

"不行，你就待在这儿，我俩之间必须有人把他们的密谋禀报给王！"

"但是——"

"没什么但是！千万别出声！"说着，汀紫已经冲了出去。辰风急得团团转，却毫无办法，只能竖起耳朵担忧地听着外面的动静。

"放开我的狗！"汀紫怒喝。

"这是哪里来的丫头，敢对着咱们大呼小叫的，胆儿可真够肥的！"这是董东的声音。

"你藏在这里做什么？"沈贤开口了。

"我……我……"汀紫迟疑了一下，"我在练武功。"

"大人，不必跟她废话，一刀结果了性命就是！"

辰风一听，攥紧了拳头，准备去救汀紫。

"不急，我即将要做的，是一件开天辟地的大事，一统天下、唯我独尊，"沈贤说，"这种关键时刻，我不想见血。"

"可是大人，她多半听到了我们的话，大业未成，怎么能留她在王宫里？"

"我会带走她的，还有她那条猖狂的狗，把她们带在身边，一切就安全了。"

"大人，这狗会咬人的……"

"怎么，你怕狗？"沈贤略带鄙夷地一笑，"放心，狗不会坏你的事，你就留在王宫，做我的内应。"

"遵命，大人。"

"现在，把这个丫头和狗一起捆起来。"

"不，大人，"董东下意识拒绝了，随即又谄媚地改口道，"我的意思是，遵命，大人。"

辰风听着外面传来的来福的撕咬声，以及董东的呵斥声、皮鞭抽打声等等，他竭力忍住冲出去的念头，汀紫说得对，要是他们都被沈贤和董东控制起来，王就没法知道这帮坏蛋的阴谋。

闹腾了好半天，外面终于平静下来，汀紫和来福被沈贤带走了。辰风立马从凌乱的仓库飞奔出来，一路穿过忙碌的厨房，从一排烹煮着食物散发着白色雾气的石灶前冲过。他沿着走廊一路狂奔，掠过惊呆了的卫兵，直接闯进了王的寝宫，差点儿一头撞倒了迎面款款走来的锦生。

"傻小子，你这是在慌乱什么？"锦生忙不迭地避让。

"女神，我有要事禀告，"辰风气喘吁吁，说得颠三倒四，"我和汀紫，我们藏在仓库里，来福咬了董东，汀紫和来福被沈贤抓走了，他们要攻城，还要抢走金色面具……"

"跟我来！"锦生意识到事态的严重性，立即把他带到庄鲲面前。

见到庄鲲，辰风上气不接下气地说出了事情的始末。

"这次进宫，他看上去是那么谦卑，我几乎被他骗了，以为他已经幡然悔悟，意识到和平的珍贵。"庄鲲撑住额头，露出苦恼的神色。

"你得当机立断，"锦生说，"集合王宫侍卫，还有附近的军队，战争就要打响了。"

"我不知道沈贤的实力，他的队伍到底有多少人？"庄鲲无奈地说，"我需要组建一支多大规模的队伍，才能抵挡住他的进攻？"

"他的人数必须摸清。"锦生看着无助的庄鲲。他看起来十分憔悴且慌乱，不像是执掌乾坤的君主，这让锦生心生怜悯。

"我只想去救汀紫。"辰风忍不住说，他急迫的表情和语气，仿佛快要哭出来一样。

"她不会有危险的，"庄鲲安慰这个心急如焚的少年，尽管此时他自己也满心忧虑，"以我对沈贤的了解，他没有当场杀了汀紫，短时间内就不会伤害她。"

"不如就让辰风潜伏进沈贤的部队，探清他的底细，也能打听汀紫的安危。"锦生说。

"好，我这就挑选二十个强健的侍卫，跟辰风一起上路。"庄鲲赞同。

"不行，"锦生反对，"沈贤是个狡猾的狐狸，这样声势浩大地闯过去，会很容易被他察觉。我听说，他过去训练军队的时候，士兵们全都隐藏在不同的神庙里，连他身边的人都不知道虚实。还不如让辰风先去走一趟，他是个孩子，乔装打扮起来，不容易让人产生戒备。"

"就这么办。辰风，你要注意安全，有任何危险立刻撤退。"庄鲲叮嘱。

"请您放心，我一定不辱使命。"辰风坚定地说，此行他不仅要探听沈贤的实力，还要从沈贤手里把汀紫和来福解救出来，在此之前，他确实也做过功夫梦，却从没想过自己会在毫无准备的情况下为了拯救朋友和王国去冒险——也许这就是神的指引，伟大或许是源于巧合，但能够促成英雄的，只有不顾一切的勇气与决心。

第六章 艾尔福德 第一次约会

霍华德和凯特一路静默地朝着精神病院的方向走去。黑猫在他们周围跑来跑去，一会儿钻进树丛，一会儿溜进路边人家的花园，但转眼就会回到他们身边。

精神病院位于艾尔福德社区一处缓坡边，从学校到这儿要经过霍华德的家。这一带远远比不上杭曼山的豪宅，不过比破败的贫民窟要整洁舒适得多。

"你家住在这附近？"凯特东张西望，道路两旁是一幢幢童话般的彩色小屋，充满了文艺气息。

"艾尔福德社区是个小地方，"霍华德不动声色地说着，其实他正绞尽脑汁想要说一句幽默的话，"所有人的家都挤成一团。"这话一点都不搞笑，凯特一言不发地看了看他。他赶紧补上一句："顺着这条街道，再往前走几百米，就是我家，"他问，"你住哪儿呢？"

"我在希尔德公寓租了一个房间。"

"就一个房间？"霍华德狐疑，"你和父母够住？"

"不，就我自己。"

"你的意思是，你的父母住在另一个房间？"问完，霍华德惊觉这个问题又弱智又啰嗦。

"不是，"凯特居然认真答复，"我父母不在这里。"

"嗯……"霍华德明白自己不能继续纠缠这个话题，一时之间，他想不出应该说什么，急得抓耳挠腮。在旁人眼中，他是个内向而耿直的人，因此每当遇到这种情况，他便常常词穷。

"对了，你爸爸住院多久了？"凯特开口道。

"八个月左右。"

"你一定很难过，很想念他。"

相比大多数人听到精神病院时避之不及的态度以及虚情假意的问候，凯特坦然而发自内心的感叹让霍华德觉得很舒服。

"是啊，住院以前，他每天都会陪我走一段，从这条街，一直走到学校门口，我们会边走边聊……"霍华德说着，声音有些发哽。

其实他很少和谁谈起爸爸，精神病院是一个不怎么招人喜欢的话题，它会让一切谈话变得索然无味，最后无疾而终。但凯特不一样，她从容地聊起来，仿佛精神疾病与别的疾病一般寻常。

"他发生了什么事？"她随意的样子，让霍华德第一次产生了倾诉的欲望。

"他是大学教授，也是个考古学家。他在艾尔福德学院教书，"霍华德娓娓道来，"他很会讲故事。小时候，我睡觉前从来不听老妈念的那些绘本，我只愿意听我爸讲故事。他讲得绘声绘色，让我忍不住想象自己是一个古代的猎人，在山顶生起火堆，附近有野兽的嘶吼；或者是一个打了败仗的战士，在原始森林里东躲西藏，被各种奇异树木吓得浑身颤抖；又或者是一个中世纪的炼金术士，在工坊里做着熔铅为金的美梦。我爸的故事给我营造了缤纷多彩且神奇的世界，任何图书都比不上我爸的故事精彩有趣。小时候我最讨厌他出差啊开会啊什么的。"霍华德一边回忆着，一边慢慢地走着。凯特在他身旁，安静地倾听。

"我爸一直很正常，直到一年多以前，"霍华德接着说下去，声音却开始变得稍微有些局促不安，"他从中国出差回来没多久，一天半夜，我被砰砰的响声和我妈的尖叫声吵醒了。开始我以为有贼闯进家里了，正在伤害爸妈。我冲进他们的卧室，发现我爸像个瞎子一样在屋里乱撞，抡着胳膊朝墙壁和家具乱砸，根本不管自己会不会受伤。他大声说话，有时喊我或我妈的名字，大部分纯粹是胡言乱语，说着一些我们压根儿听不懂的语言。我妈抱住他的一条胳膊，在他耳边喊叫，想让他住手，但他像听不懂英文似的，完全不理睬。"

霍华德顿了顿，深吸了一口气，这些细节，他从未向任何人提及过，凯特的善解人意，让他感受到前所未有的信赖和放松。

"那晚你一定吓坏了。"凯特轻轻地握住了霍华德发冷的手，她的动作很自然，这给了他继续说下去的勇气。

"当时我完全吓傻了。折腾了好久，我妈终于让他平静下来……过后，他就像患了失忆症，根本记不起撞墙和大喊大叫的事情。他无法解释发作时的情形。大约过了一个礼拜，同样的事情又发生了一遍，因此我妈带着他去看了医生，医生给他开了一些类似镇静剂的药物。"

"有用吗？"

"完全没用。他发作的频率越来越高，没过多久，他差不多每天夜里都会这样闹腾一番。再后来，就连白天他也开始发作了。有一次，艾尔福德学院考古系的系主任给我妈打电话，说我爸在课堂上对着五十个学生说胡话，他建议爸爸彻底休假。"

霍华德的声音越来越小，这段记忆令他心痛不已。他深深地叹了口气，在凯特无声的鼓励下继续说道：

"休假也没用，待在家里，他只要一发作，就会不顾一切地大闹。有一天，他一头撞向客厅的玻璃窗，满头鲜血直流，差点儿因为失血过多而当场死掉。"

"没人知道他发病的原因吗？"

"我和我妈找了所有能想到的专家，从精神病院的医生到各类旁门左道的巫术，得到各种各样的解释——有人说是遗传，事实上他的家族没有精神病史；有人说是肿瘤，但任何检查都找不到一丁点病变；有人说是电解质失衡，可化验结果全部正常。我们想不出到底是哪儿出了问题，"霍华德拼命忍住即将涌出的泪水，"能做的治疗都尝试过了，从特效药到针灸，全都没用。他的身体虽然跟我们待在一块儿，心智却不知所踪。最后，为了他的安全，我妈只能选择把他送进精神病院。"

"在医院里症状有所改善吧？"

"至少他安静下来了，不会大吵大闹了，不会撞墙，也不会说一大堆听不懂的语言，但是，情况发展到另外一个极端，他整天一动不动地坐着，双眼呆滞，像个毫无知觉的木头人。"

听到这儿，凯特沉默下来，霍华德猛然意识到自己说得太多了。在自己心动的女生面前自曝家丑，这种行为简直愚蠢透顶。霍华德沉溺在懊悔中，他猜测凯特可能从此再也不会搭理他，而这样的散步恐怕也不会再有第二次——毕竟没人会把约会地点安排在前往精神病院的路上。

"你爸爸那些胡言乱语，用的是一种听不懂的语言？"凯特打破了岑寂，也打断了霍华德的胡思乱想。

"是的，"霍华德顺着她的问题聊起来，"开头听起来有些像某种东方国度的语言，比如中国话，但是一位中国籍的医生听后，否认了这种推测。除此以外，我爸的状态给人的感觉就像是在回答谁的提问，他在跟虚空中的什么人或东西一问一答，煞有介事，只是谁都听不明白。当他撞向墙壁和玻璃的时候，那种急迫的感觉，就像是有谁在召唤着他。"

又是一段漫长的沉默。

凯特再度轻声说了句什么，霍华德简直以为自己听错了。

"你说什么？"

"没什么"，凯特摇摇头，转而莞尔一笑，"我是说，谢谢你。"

"为什么要谢我？"

"因为你对我这么坦白，"凯特用一双幽深的黑眸注视着他，神情温和而镇静，"我知道，这种事很难说出口。谢谢你信任我，告诉我这么多事情。"

霍华德感到一种深入骨髓的温暖，他猛然发觉自己还紧紧抓着凯特的手，像是用力抓着一根救命稻草。他一下子放开了她。

这也太滑稽了，第一次约会，第一次牵手，没有令人怦然心动的浪漫或暧昧，反而是获取力量一般牢牢攥着对方的手，这简直有点"美人救英雄"的味道，仿佛两人即将成为传奇故事中的男女主角，和什么莫名的恶势力决斗，再凭借勇气和爱的力量，最终转危为安……

直到凯特松开手的时候，霍华德才从自己的白日梦里醒过来。他不知道凯特会怎么看待自己和自己麻烦重重的家事，也许她答应陪自己来探病只是出于礼貌地客气一下，她可能会在恰当的时机找个借口溜走，毕竟没有哪个女孩愿意和一个莫名其妙的疯子待在一起。

"我们已经到了，"凯特看向精神病院紧闭的大门，爽快地说，"走吧，我很想见见你爸爸。"

第七章 艾尔福德

阅览室里的古书

精神病院有一幢气派的大楼，楼前是宽敞的花园和一大片空地，病人们在其间种菜、养花或散步。

大楼的格局呈U型，圆顶形状的主楼前方，一左一右分别伸展出两座羽翼般的侧楼，一段高高的石头台阶通往主楼的门廊，门廊前是两根高大的圆柱。霍华德和凯特快步跨上台阶，天际蓦然一声炸响，电闪雷鸣，大雨倾盆而下。

这是一天当中的第二场暴雨。大颗大颗的雨点落下来，打在霍华德和凯特身上。黑猫也一通疾跑，躲到楼前的走廊底下，小心翼翼地舔着淋湿的毛发。不知为什么，这场暴雨让霍华德感到自己的身体发生了某种变化，仿佛变得异乎寻常的敏感，皮肤表面出现了针刺一般的疼痛，头发似乎一根一根地竖立了起来。

紧接着，更加诡异的事情发生了。他的眼前漂浮起成团的黑雾，黑雾中，世界神奇地摇晃起来，所有的物品都按照某种角度发生了倾斜，主楼前的立柱一点一点地融化，像一摊黏糊糊的巧克力酱，滴滴答答地流淌下来，流过台阶，流到他的脚边，把他团团包

围住。

　　霍华德赶紧摇摇头，湿透的头发甩出一些水珠子，这个动作就像按下了停止键，黑雾散开，他的视野通透清晰起来，事物还原成正常的角度和状态。

　　"你怎么了？"凯特察觉到他的异样。

　　"不知道。刚才那一瞬间，我觉得眼前的世界全部融化了。"霍华德喃喃地说。他们经过门廊，霍华德特意伸手摸了摸冰冷的石柱。感觉很结实，令人安心。黑猫从躲雨的角落里窜了出来，双目炯炯地盯着他。

　　"巨大的闪电通常会导致幻觉，"凯特边说边挤了挤头发里的水滴，"那道闪电离我们太近了，我简直以为我们会给雷劈到。"她的话很夸张，显然是在安慰他。但霍华德发觉她的神情若有所思。

　　"有道理，空气里放电，说不定会造成光学反应，刺激到神经。"霍华德胡乱猜测着，他可不想被凯特当成一个疯言疯语的家伙。不过，他觉得刚刚经历过的一切逼真得不可思议，甚至不像是幻觉。

　　他们浑身湿漉漉地来到明亮的大厅里，这里有前台接待。接待台后面，一位年轻的护士对他们报以职业的微笑。

　　"你好，霍华德。这个礼拜过得还好吧？"

　　"挺好的，"霍华德彬彬有礼地回应，"这是我的朋友，凯特。我爸怎么样？"

　　"老样子，"护士的回答一如既往，"他这两天夜里有点烦躁，但没有暴力和自伤行为，只是使劲摇头，有时候大叫几声。医生说这是好现象，说明他在做梦。而做梦意味着他的大脑开始处理信息，并且可以接收到外界的信息，而不再是处于一种完全封闭的状态。"

　　"挺好的。"霍华德没精打采地回应了一句。每次护士都会找到安抚他的话语，类似于"大脑可以接收信息"之类的，但见到爸爸本人才知道，这只是一番善意的安慰，甚至是一厢情愿的。因为爸爸始终保持着一成不变的样子。

　　"医生下午还没有查房，"护士接着说道，"稍晚点他会去看你爸爸。"

　　"那我们等着他，现在我能不能先带凯特去阅览室见见书魔？"

　　"当然可以。提醒你的朋友小心台阶。"护士很友善。

"书魔是谁？"他们走进一道宽敞的走廊时，凯特问道。

"马上你就知道了。"霍华德故弄玄虚地挤挤眼睛。

走廊墙上挂满了照片，内容多半是乡村风光、野生动物以及日出日落之类色彩斑斓的自然景观。走廊右侧开着两扇门，这里通向一处大厅，里面是病情较轻的病人。他们聚成几群，有些在下棋，有些在看电视。

"这儿的感觉很休闲。"霍华德说。

"是啊，"凯特赞同道，"建筑风格也挺有特色，看起来十分古典。"

"据说这幢主楼是19世纪末的一座私人住宅，侧楼是改建成精神病院时重新修建的，尽管维修了好几次，不少原有的东西还是被保留了下来，"霍华德指着走廊尽头一条狭窄的铁质旋转楼梯道，"比如这道楼梯。"

霍华德领着凯特踏上陡峭的旋转楼梯。楼梯非常狭窄，转弯的坡度很大，有些地方狭小得连一只脚都容纳不了。两人都走得小心翼翼，直到踏进楼上开阔的阅览室，他们才不由得同时松了口气。

阅览室是一个圆形的大房间，足有两层楼高，顶上是罕见的玻璃屋顶。凯特抬起头，正巧一道闪电划过，透过图案繁复的彩绘玻璃，在房间里洒下水晶般夺目的光芒，伴随着房间里回响的雷声和噼里啪啦的雨声，整个房间绚丽如幻境。

"天哪！太美了！"凯特开心地欢呼着，"你可真会讨女孩子欢心！"

"没错，这场暴风雨可是我专程为你安排的。"霍华德调侃，凯特这么高兴，简直让他心花怒放。

阅览室的几面墙壁从地板到天花板全都是一排一排牢固的书架，书架前面摆着一圈本色的木桌，稀稀落落的几个病人坐在桌边看书。

房间正中是一张环形的桌子，一位上了年纪的妇人戴着眼镜，坐在那里阅读书籍，她的相貌中带有东方女性的特质，轮廓柔和、五官细致。霍华德和凯特走到她身旁，女人抬起头来。

"你好，霍华德。来看你爸爸吗？"女人一口纯正的美式英语。

"是的，"霍华德答道，"我还带了个中国朋友，来见一见我最亲爱的书魔。凯特，这是艾琳，她是阅览室的管理员，她几乎读过这儿的每一本书。"

艾琳摘下眼镜，笑着朝凯特致意。她的长发雪白如霜，瘦长的脸，一双明

梦魇

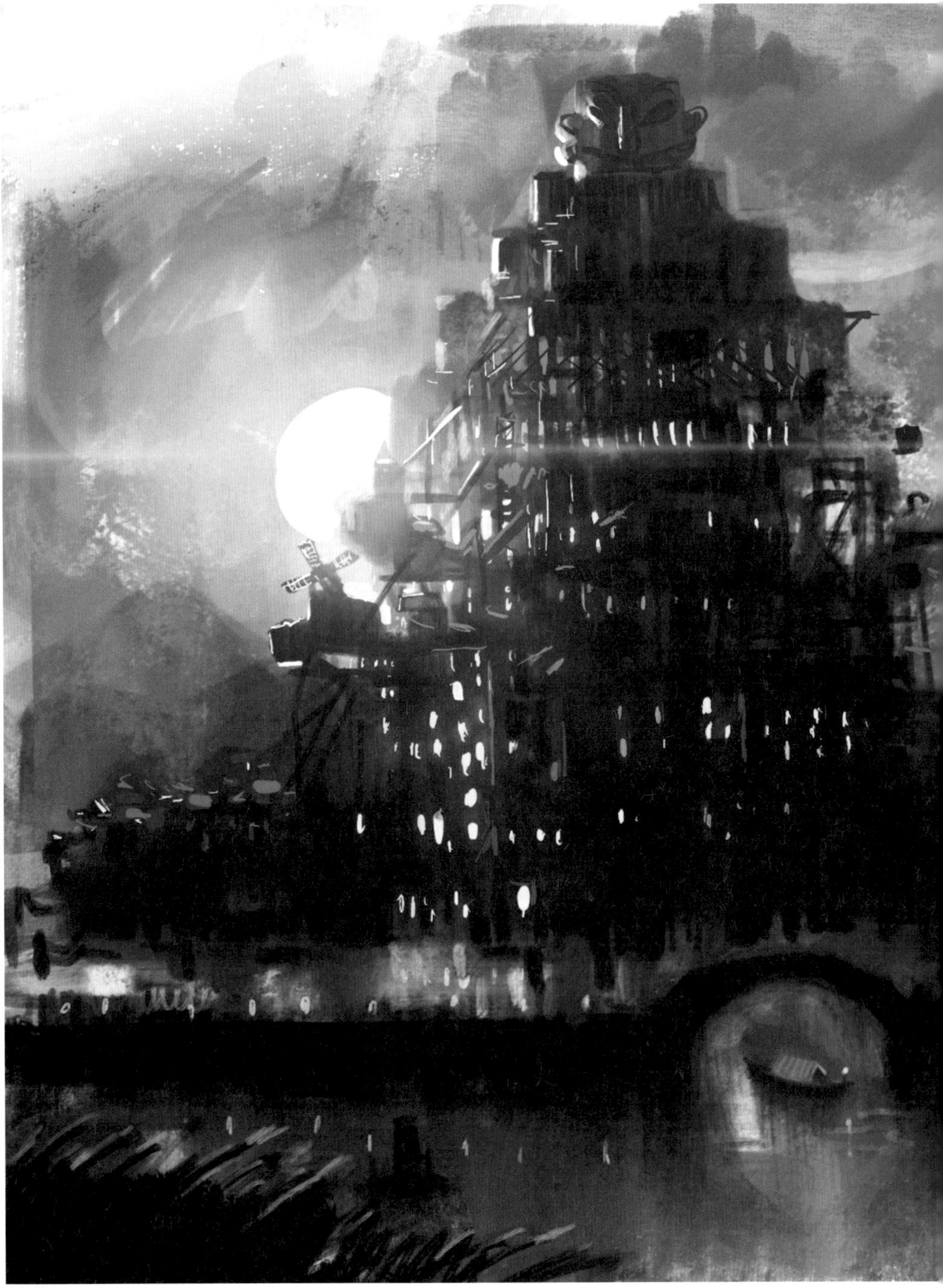

月光下的城堡

君王与大臣

亮的深褐色眼睛，看起来神采奕奕。

"我犯了个错误，告诉霍华德应该叫我书魔，因为这名字比图书管理员有意思得多，结果整间医院里的人都开始叫我书魔。"艾琳微笑着对凯特说。

"那一定是因为你很爱阅读。"

"对，我习惯了阅读。你们年轻人只需要动动指尖，摆弄一下手机和电脑，就能掌握世界，而我得在积满灰尘的图书里翻上几个星期，才能找到我需要的知识。"

"这样的生活节奏很令人羡慕，"凯特说，"冒昧地问一下，你身上也有中国血统吧？"

"许多人说我长得像中国人，"艾琳笑着说，"很久以前，有个中国女人跟着一个爱尔兰男人去了加州金矿，回来以后就定居在这座小镇……后来就有了我的故事。"

"原来如此。请问我可以用手机拍些照片吗？这间阅览室太迷人了。"

"当然，我亲爱的孩子。"艾琳说，"可惜我年轻的时候没有手机这种好东西，否则我就能拍下这间阅览室里所有有趣的人和事——去那边吧，那个角落的视角最好。"

凯特依言站到艾琳指示的位置，录了一段短视频，还幸运地抢拍到了又一次来临的闪电在玻璃屋顶营造出的斑斓色彩。

随后凯特就在阅览室里闲逛起来，浏览书名，偶尔拍些照片。在经过一个书架时，她突然停住脚步，神色惊讶地抽出一本薄薄的红色封面的旧书。她一边翻看，一边缓步走回桌旁。

"发现了什么好东西？"霍华德问道。

凯特没理他。

"这本书可以借给我吗？"她问艾琳。

霍华德好奇地凑过去，凯特手里的那本书很旧很旧，封面是古老的砖红色，标题是一些奇异的符号，霍华德根本不认得。

艾琳闻言，拿起脖子上挂着的款式简洁的老花镜，架到鼻梁上，仔细端详凯特手中的书。

"哦,"她说道,"这是一本中文书,打从我到这儿工作以来,就没人借阅过这本书。我想,这是阅览室里为数不多的珍本之一。要是你不认识中国字,抱歉我连书名都没办法告诉你。我的家人在好几代之前就不认识中文了。"

"Jinse mianju,"凯特说道,"意思是金色面具。"

"我记下这个书名了,"艾琳微笑着说,"你可以带回去阅读,条件是,还书的时候,你得告诉我里面都写了些什么。"

"谢谢你,"凯特仔仔细细地把那本古旧的书放进包里,"你刚刚说这是珍本,为什么?就因为陈旧?"

"不止如此,好吧,我不知道你俩有没有兴趣听听跟这本书有关的往事?"

凯特看着霍华德,他点点头。他并不急着去看望爸爸,毕竟无论何时,爸爸都待在病房里。

"艾琳拥有擅长讲故事的爱尔兰基因。"霍华德开玩笑。

"此言不虚,"艾琳装出一副蹩脚的爱尔兰口音,"医院接手这里之前,这儿曾经是一座私人住宅。"

霍华德和凯特聚精会神地听着。

"这里的主人叫作沃特·希利,据说他在1884年的加州淘金潮里,经营航运发了大财。金子被淘光之后,他就带着赚的钱来到了这里,那时,我的祖先也定居在此地,沃特·希利的故事就经由我的祖辈传了下来。在这儿,沃特·希利继续经营船队,拥有这里的大部分货船和镇上的鱼罐头厂。他雇用了不少中国工人,所以艾尔福德曾经有过规模很大的唐人街。中国工人获得的报酬极其微薄,他把大部分财富都用来建造这幢楼。"

霍华德和凯特听得津津有味。

"沃特·希利单身一人住在这儿,身边只有一个中国仆人。传说沃特·希利是个隐士,当时差不多就没人见过他的真面目。他所有的时间都待在这幢楼里,处理业务和购买用品之类的事情,全部由他的中国仆人完成。唯一一次有人见到他,是隔着很远的距离,看见他在山坡上散步。"

神秘人物的传记把霍华德和凯特牢牢地吸引住了。

"沃特·希利酷爱读书,他跟世界各国的科学家们保持着书信联系,他们告诉他最新的图书出版信息。因此他的仆人经常把一摞一摞的书单交给他管辖下的那些船长,他们在扬帆远航时,会从各种偏僻的角落里替他淘到书单上的书。有时候他们带来很难买到的孤本,沃特·希利会付给极高的报酬。后来,就有了这间阅览室。这里一度是各类珍本的中心,很多游客和知识分子慕名而来。那些书,让沃特·希利引以为傲。"

霍华德下意识地看了看周围的书架,可是,那上面并没有充满历史感的古旧线装书,而是跟任何一间公共图书馆一样,大多是些外观设计精美的通俗小说、画册、文学名著等等。

艾琳注意到霍华德疑惑的表情。

"如今,这里的古书已经很少很少,凯特找到的这本讲面具的书就是其中之一。"

"其他的书呢?经过了几百年,肯定跟古董一样值钱了。"

"本来应该是这样。不过,中间发生了一些事情,沃特·希利的孤僻导致他声名狼藉,也导致了他的书籍下落不明。"

"为什么?因为他的吝啬引起了大家的反感?"凯特揣测。

"不,沃特·希利很慷慨,"艾琳说道,"1885年,镇里中学的校舍烧毁了,他出钱新建了一座,还给学校捐了很多钱,"艾琳说,"听说是沃特·希利的好奇心促使他走上了不归路。"

"不归路?"霍华德和凯特面面相觑。

"那时,镇上传言纷纷,说这幢楼的窗户会在深夜发出奇怪的光芒和噪音——那些光芒的颜色太过繁复,而那些嘶吼声也不像是从人或动物的喉咙中发出的。大家都说,沃特·希利掌握了书里记载的古老咒语,然后,干了一件惊天动地的事儿,"艾琳压低嗓音,悄声说,"他用魔法召唤出一只魔鬼。"

就在这时,一道闪电猝不及防地划过屋顶,随即,雷声刺耳地炸响。霍华德吓得一跃而起。艾琳看到他的窘迫模样,不禁笑出声来:

"怎么样,这是个好故事吧?"

霍华德狠狠地摸摸鼻子。

"巫术和魔鬼的故事在交通闭塞的小镇总是很容易流传，"凯特头头是道地说，"沃特·希利也许只是个迷恋新奇事物的怪老头，他在房间里摆弄各种科学实验，产生了那些光和声响。"

"故事还没完，"艾琳意味深长地看了凯特一眼，"1891年，在一次气象史上有所记载的著名的暴风雨之夜，沃特·希利和他的中国仆人双双失踪了。"

"他们被风刮走了？"霍华德再度听得入迷。

"恐怕不是。那次风暴非常猛烈，狂风把镇上的树木连根拔起，掀翻了住宅的屋顶，就连坚固的市政厅也没能幸免，大雨如注，河水冲垮堤岸，淹没了镇中心的街道，毁掉了沃特·希利的很多货船，摧毁了大半条唐人街，没人确知那一夜究竟死了多少人。"

"这就不奇怪了，沃特·希利和他的中国仆人一定是被洪水冲走了。"

"没那么简单，"艾琳的表情很诡秘，"那可不是普通的风暴，它席卷的对象仅仅是这座小镇，好像是特意量身定做似的，周围的地方没有受到丝毫影响。更加可疑的是，沃特·希利住的这幢房子周围的建筑和树林全都荡然无存，唯有这里岿然不动，消失掉的，只是沃特·希利和他的中国仆人，他们消失得无影无踪。"

"难道他带走了大部分的藏书？"凯特提醒艾琳回到讲述这个老故事的本意。

"那个暴雨之夜过去以后，传说有人在这幢楼里见过一些稀奇古怪的东西——例如瓶子里泡着的动物标本，那是从未见过的动物，以及很多风干的植物，那些植物也没人认识，"艾琳还是没有提到书，"当然，如你所言，那可能只是些古怪的科学实验。最奇怪的是屋子里的水，尤其是地下室，里面的积水足有膝盖那么深，水不断地从墙壁和天花板冒出来，但积水的高度始终不变，可以让人蹚过，而楼上的每个房间都一样，水不停地涌出来，但高度从不变化。水没有弄湿房中的任何东西，就连那些书，全都完好无损，水从上面淌过，却没有留下丝毫潮湿的痕迹。"

霍华德听得毛骨悚然。

"那段时间，有一个书商对这套房子里的藏书产生了兴趣，他在那场风暴过后的几个月,来到镇上,带走了沃特·希利阅览室里的所有书,"艾琳终于提到了那些藏书,"沃特·希利没有继承人,他失踪以后,房屋由市政厅接管,书商慷慨解囊修好了市政厅的屋顶,大家就让他顺顺当当地拉走了那些书,足足用了三辆马车,实在装不下了,才遗留下极少的一些,包括这本《金色面具》。"

"真是个精明的商人。"凯特感叹不已。

"沃特·希利的藏书很珍贵,书商转手高价卖掉,从此发了财,后来,他又回到镇上,"艾琳接着说,"在杭曼山上修了一幢奢侈的豪宅。"

"那房子还在?"霍华德追问。

"房顶有个塔楼,是一幢红砖建筑,书商的后代直到此时还住在那儿。"

霍华德想了想杭曼山上为数不多的豪宅,心里有了数。

"那个书商叫什么名字?"霍华德确认。

"惠特利。"

"是利昂的祖先,"霍华德说,"他的祖先居然通过卖书积累下了财富,而利昂生平最讨厌的——就是读书,他是我们学校成绩最差的学生之一。真是讽刺!"

"那个家族的传说和绯闻相当多,但今天的故事就讲到这里了,"艾琳一点儿都不吃惊,她推了推眼镜,平淡地对霍华德说,"要是不想回家太晚,就该去看你爸爸了。"

"艾琳,谢谢你的讲述,太有意思了,"霍华德说,"我从未想到,这间阅览室居然有这么曲折的经历。"

"沃特·希利的中国仆人,是沃特·希利隐士生活唯一的见证者,"凯特还沉浸在艾琳讲过的情节中,"对了,他叫什么名字?"

"大家都叫他小黑。"

"小黑?"凯特陷入了沉思,随即她朝艾琳笑了笑,"谢谢你借书给我,很高兴认识你。"

霍华德和凯特作别艾琳,他俩沿着旋转楼梯往下走。这一次,霍华德主动伸手牵住了凯特,凯特的手心很温暖,她的手纤小光滑,顺从地蜷缩在霍华德的掌心里。在光线暗淡的、狭窄的楼梯上,这动作多少有点暧昧。霍华德打心眼儿里感激艾琳,阅览室的故事让他的初次约会变得与众不同。

第八章 艾尔福德 考古纪录片

回到走廊里，凯特和霍华德并肩站住，彼此对视，两个人都有些心神不宁，不知是因为艾琳的故事，还是楼梯上意味暧昧的牵手。

"阅览室很酷吧？"霍华德想尽量让自己显得轻松一些。

"艾琳很了解这座小镇和它的历史。"凯特答非所问。

"她读了太多书，没有她不知道的事。要不怎么叫她书魔呢？"

"病房在哪里？"凯特转移了话题。

霍华德领路，顺着一条走廊转到西面的侧楼，这里全都是紧闭的病房。

"这边比东面的侧楼更像医院，那边是症状较轻的病人，所以有很多公共区域和自由活动的空间，这里住的是需要封闭式监管和专门医疗护理的病人。"

来到走廊中部，霍华德停在一扇门前，有些迟疑。凯特像先前那样牵住了他的手。

"除了我和妈妈，你是第一个来看爸爸的人。"

"我很荣幸，"凯特在他的手掌上安慰似的轻轻

握了一下，"我明白，邀请一个陌生人进入你生活中最隐秘的部分，这是件很难的事情。"

"你不是陌生人。"霍华德笃定地说，这是他的真实感觉。虽然几小时以前才结识了凯特，但他此时感觉跟她已经是心心相印的老朋友。

凯特温柔地笑而不语。

这时门从里面打开了，一位身穿白大褂的男人走出来。这是位小个子的医生，头顶光秃秃的，戴着一副小小的金边眼镜。他眉头紧皱，但一看到霍华德就微笑起来。

"你好，霍华德，"医生说道，"希望你没等太久，我查房来晚了点儿。今天很多病人都出现了烦躁的现象，挺棘手的。"

"今天是月圆之时吗？"霍华德开玩笑。

医生抚掌大笑。

"我倒希望是这个缘故，可惜那只是远古的传说，有时候病人们会出现集体性的躁动，事实上从来没找到准确规律——你带了个朋友一起来？"

"是的，罗医生，"霍华德介绍，"这是凯特，我的同学。"

"好极了，"罗医生说道，"接触你爸爸的朋友越多越好，我告诉过你，心理刺激对缓解病情很重要，"他又转向凯特，"霍华德的爸爸入院前心理遭受到了巨大的冲击，所以他潜意识里排斥着那些记忆，不幸的是，他反应过度，完全封闭了跟外界的连接。我们的任务是尝试着恢复他对于正常生活的体验——和他说说话，给他读一些书籍，放放音乐，唱唱歌。我知道，在得不到任何回应的时候，大家都会很难过很失望，但我能肯定的是，他的大脑一定能不断地接收到某些信息，等这些信息积累起来，达到了足够的数量，就足以抚慰他受伤的心灵，说不定我们就能把他丢失的心智给找回来。"

"怎么判断这些方法是不是奏效？"凯特问道。

"很难准确地评判，有些时候好像得到了微弱的回应，比如眨眨眼睛，扭头看一下身后等等。无论如何，我们不能放弃哪怕只是一线希望。毕竟大脑的工作机制极其复杂，医学发展至今，我们仍然很难洞察其全貌，"罗医生又转而对霍华德说，"你爸爸一整天都待在床上，你们可以尝试着让他活动一下肢体。"

"谢谢你。"霍华德说着，打开门，示意凯特一块儿进去。

屋子面积不大，陈设并不像病房。地面铺着暖色调的地毯，墙纸是好看的花卉图案，墙上悬挂着几幅抽象画，还有一台平板电视。墙角有壁橱，窗前是一张咖啡桌，上面零散地放着杂志，旁边一把舒适的扶手椅，式样简洁的木头床，床头柜上摆着闹钟和台灯，羽绒被和床单都是明快的蓝色。整个房间完全是一派居家风格。唯有两样东西充满了医院的特色：床边防止病人跌落的护栏，以及靠近天花板的地方安装的摄像头。

病房的窗户朝向医院的花园，风停雨歇，暮色中，可以依稀看到凯特的黑猫在草地上无所事事地游荡。

霍华德的爸爸坐在床上，身穿法兰绒睡衣，背后靠着一摞抱枕，两手机械地摆放在身体两侧——他对两人的到来毫无反应。电视播放着鲸鱼题材的纪录片，静音状态。它的播放只是为了给房间增加点活力，事实上根本没人看电视。

每次见到爸爸，霍华德都会十分难过。虽然爸爸并没有患上器质性的疾病，但他的身体还是莫名其妙地衰弱下去，就像是病入膏肓。他的头发梳得整整齐齐，眼睛睁开着，但目光空洞、面无表情。霍华德有时会产生幻觉，仿佛眼前这个人根本就不是他的爸爸，甚至比不上任意一张照片上的爸爸来得真实可信。

"嗨，爸爸，"霍华德努力装出开心的语调，"你还好吗？我带朋友来看你了，这是凯特，她是我的同学。"

"叔叔你好，"凯特走到床边，"很高兴见到你，霍华德跟我聊过很多你的事。"

两人的问候都石沉大海，霍华德的爸爸置若罔闻，他仅有的动作就是偶尔眨一下眼皮。

"坐下吧，"霍华德对凯特指指床边的一把椅子，他绕到床的另一侧坐下，"我爸就是这样，从来不搭理我，我一般就是告诉他一些在学校里的事情。待会儿咱们陪他去大厅里走走。"

"他能走路吗？"

"是的，他很听话，要是扶他下床，他就会一直站着，往前拉他，他就会一直往前走。他就像一台机器，没有自主意识，只有被动地接受指令才会行动。"

霍华德和凯特徒劳地跟病人说了一会儿话，告诉他课堂上、学校里和新闻中发生了什么。因为病人的沉默，他们不由自主地隔着床聊起天来。

"你觉得利昂的祖先惠特利靠卖书发财的事是真的吗？"霍华德问道，"卖掉几本书就能盖一所豪宅，几百年以后还能给利昂买辆昂贵的越野车？"

"我觉得能行。"凯特想了想，慢慢地答道。

"你怎么那么肯定？"

凯特从书包里掏出笔记本和钢笔。

"盖这幢楼的家伙叫什么名字？"

"沃特·希利。"霍华德想了一下。

凯特点点头，她把这名字一丝不苟地写在笔记本的空白页。

"你想玩字谜游戏？"霍华德逗趣儿道。

"这很重要，"凯特说，"字母的不同排序能给我们提供很多线索和启发。"她认认真真地把惠特利（WHATELEY）写在"沃特·希利"（WATHEELY）下面。

"看见了吧？"她把笔记本递给霍华德。

霍华德仔细看了半天，然后茅塞顿开。

"字母是一样的！"

凯特微微一笑。

"顺序是不同的，但毫无疑问，两个名字都使用了相同的八个字母，惠特利是沃特·希利所用字母的异序词。想一想，这怎么可能只是个巧合呢？"

"你的意思是，他们就是同一个人？但是，为什么当时小镇上的人没有发现？"

"你忘了，他是个隐士，几乎没人见过他本人，跟人打交道的是他的中国仆人小黑。当然，我们也不能排除惠特利并不是他，而是确有他人，不过这种可能性微乎其微。如果他们就是同一个人，卖书就是发财的一个托词，事实上，沃特·希利，或者说是惠特利，本身就身家惊人。问题是，他为什么需要用卖书作为借口来洗钱呢？"

两人正在绞尽脑汁琢磨这件稀奇事儿，霍华德突然发现爸爸的胳膊轻微地抽搐了一下，似乎打算抬起手臂。

"爸爸，你怎么了？你想干什么？"霍华德吃惊道。

爸爸的目光虽然停留在电视屏幕上，但他的表情发生了明显的变化，一种掺杂着恐惧、忧虑、惊慌的复杂情绪出现在他的面孔上，他的嘴唇也开始翕动，好像要说什么。随即，他显然是使出了吃奶的力气，举起了一只手，颤颤巍巍地指向电视。

霍华德和凯特赶紧扭头看向屏幕。鲸鱼纪录片不知何时结束了，正在播放的是一幕考古的场景。挖掘现场，一位中国科学家面对镜头接受采访，由于是静音，听不见他在说些什么，屏幕下方也没有字幕出现。

"我去叫护士吧，"霍华德担心地自语，"住院以来，我爸从没这样激动过。"

"别急，"凯特制止了他，"你告诉过我，他原来是个考古学家，"凯特随着霍华德爸爸的视线，注视着电视，"也许这节目让他想起了自己从事的工作。"

霍华德不知所措地望着爸爸，这一年多来，爸爸呆滞的双眼从未像此时这么充满激情，或许凯特是正确的。

爸爸使劲想要表达什么，但他张开嘴，只能发出奇怪而夸张的咯咯声。这声响显然惊动了摄像头所连接的监控室，一名护士推门冲了进来。

"一切还好吗？"护士询问道。

"还好。"凯特说。

"你想说什么，爸爸？"霍华德抓住爸爸的手。

爸爸沉重地喘息着，费力地想要说出什么，但他的表达能力显然没有恢复，挣扎了好半天，他极其痛苦地说出了一个词：

"面、面具……"

"面具？"霍华德不明就里，凯特示意他看电视。于是，霍华德发现镜头转到了一处博物馆。先前那个中国科学家还在喋喋不休地说话，他的手指向博物馆中央的一个巨大的玻璃容器。

容器中陈放着一颗硕大的头颅，形状异于人类或是其他任何霍华德见过的动物，眼球高高凸出，耳朵像一对张开的翅膀，一张大嘴咧开着，那表情像是在笑，笑容却无比神秘。

"那是什么地方？"霍华德问道。

"三星堆。"凯特毫不迟疑地回答。

霍华德刚要开口问她三星堆在哪里，他爸爸已经快速转过身来，一把抓住凯特的手腕，郑重其事地盯着她说："对！"然后他回过头来，看着霍华德，一字一顿吃力地说道，"必——须——去。"

"好的，爸爸，"霍华德顺从地说，"不过，凯特，三星堆在哪儿？"

"中国。"

"爸爸，我们暂时去不了中国，那太远了，得等你康复——等一下，我想起来了，爸爸，你生病之前，不就是去中国参加一项考古发掘吗？难道你在那儿见到了这个面具？"

"必——须——去。"霍华德的爸爸又说了一遍，他明显激动起来，坐直身子，不住拍打床栏杆，似乎要朝外走。

"需要把罗医生叫来吗？"护士问道。

"不用，"霍华德答道，他不希望被医生打断，毕竟爸爸的情绪变化具有重大意义，这好过他处在持续中的无知无觉的状态，"我们先看看我爸想去哪儿，可能他只是想要上个厕所。"

霍华德放下护栏，扶着爸爸站起来。爸爸咬紧牙关，摇摇晃晃地站着，手臂往前伸去，像要抓住什么。

霍华德领着他来到洗手间门前，但他却清清楚楚地叫道："不！"他掉过方向，颤抖着主动去推房门。

"好的，"霍华德说，"不是厕所，那么我们试试带他去大厅。爸爸，出门的话，你得穿上外衣。"霍华德在护士的帮助下，帮爸爸披好外衣，他瞥了一眼凯特，发现后者面色平静。病房忙乱不已，霍华德心跳加速，他简直顾不上考虑凯特的感受，因为这样的时刻实在是太珍贵，毕竟爸爸能够有意识地说话和活动了，这是不是意味着，那个能言善道的、睿智优秀的爸爸就要回来了？

霍华德扶着爸爸，凯特陪着他，护士跟在后面，几个人走出房门，按照病人的意愿朝前走。爸爸的脚步很缓慢很虚弱，甚至必须搀扶着才能站立，但毫无疑问是他在带路。这说明他能够独立思考了。霍华德激动得几乎要哭出来。

"这是第一次吗？"凯特含蓄地问道。

"是的，他从来没有要求走出病房半步。"霍华德兴奋地说。

他以为爸爸会带他们去大厅或阅览室。谁知，到了前往阅览室的方向，爸爸却果断地改变路径，朝向一道人迹罕至的楼梯。

"那下面什么也没有。"护士说。

"随他去吧，反正散散步对他没什么坏处。"霍华德努力为爸爸争取着，他想知道爸爸到底打算去哪里。

走廊尽头是一扇沉重宽大的门，门后是楼梯。霍华德的爸爸挣脱他的手，跌跌撞撞地扑过去，险些撞到门上。霍华德想帮他打开门，却怎么都打不开。他发现门边的墙上有个小键盘。

"这道门是锁住的，"护士解释道，"我看我们还是把病人送回房间吧。"

"这扇门通往哪儿？"凯特问她。

"向上是去阅览室的备用楼梯，向下是地下室，那儿有锅炉间和储藏室。"

"也许他只是想去阅览室，又不想走那个麻烦的螺旋楼梯，"霍华德猜测着，"说不定他想去阅览室，找一本跟他刚刚看过的电视节目内容相关的书，咱们跟他去阅览室，也许能带来更多突破。密码是多少？"

"我知道密码，可是我不确定我们是否应该这么做，"护士犹豫不决，"一般情况不允许病人来这里，我们最好请示一下罗医生。"

"罗医生说必须给予他足够的刺激，"凯特提醒道，"无论这次改变是由什么引起的，我们都应该支持和观察。否则，他又会回到原先漠然的状态，我想，罗医生一定会责怪我们阻止了他行动的意愿。"

凯特正说着，霍华德的爸爸开始缓慢而有节奏地用头去撞门，表现出一种坚定的决心。

"我们有三个人照顾他，"霍华德消除护士的疑虑，"我们先把他送到阅览室，再呼叫罗医生。"

护士叹了口气，但还是伸手在键盘上按下五个数字。随着一声响亮的咔嚓声，门徐徐开启。

爸爸进入楼道，出人意料的是，他没理会通向阅览室的备用楼梯，而是径直踏上前往地下室的又长又暗的梯子。

第九章 艾尔福德·地下室的梦魇

四个人慢慢走下楼梯,光线越来越暗淡,楼梯尽头的走廊简直延伸进了无边无际的黑暗。

霍华德情不自禁地想起了反复出现在眼前的那团嚣张的黑雾,他感到轻微的恐惧,开始后悔任由爸爸带着大家来到这里。他正想提议回到楼上去,但双脚却已经迈下最后一级台阶,踩在那光秃秃的水泥地板上。此时,整个空间突然灯火通明。

突如其来的光亮吓得霍华德往后一退,差点拽倒跟他一起的爸爸和凯特。

"别紧张,"凯特稳住脚步,"这是声控灯。"

霍华德恢复了镇定,打量四周。眼前是一条老旧的、脏兮兮的灰色水泥通道,闪烁的节能灯照亮了通道内侧,电线并没有埋进墙壁内部,而是裸露在外。墙上涂着绿漆,两侧房间的布局毫无规律,错落开来。通道尽头的门敞开着,看得见是一个堆满机器的房间。

"那边是锅炉间,"护士说,"这边的房间是储藏室和配电室。"

霍华德的爸爸不再试图往前走,似乎他唯一的目

标就是来到地下室。霍华德很失望,突如其来的灯光让爸爸回到了无动于衷的状态,他的面部和双眼都失去了神采。

"这儿什么也没有,"护士说道,"我们应该回到楼上去,我先去告诉罗医生发生了什么事,看看他有没有办法巩固病情的进展,你俩能把他送回病房吗?"

"好的,听你的。"霍华德同意了。护士沿着楼梯往上走。

"加油,爸爸,"霍华德鼓励爸爸,"咱们先回房间去,今天的探险足够成功了。"

霍华德搀扶住爸爸,想带他转身。意外的是,他感觉到清晰的抗拒。爸爸全身都绷紧了。

霍华德和凯特不解地看着他。他一动不动地盯着那条隧道,露出担忧的神色。他开始说话,口齿不清、语音含混,但这一次霍华德倒是听清了他在说什么。

"Jinse mianju(金色面具)。"

"这不是你在阅览室找到的那本书的名字吗?"霍华德诧异地问凯特。没等凯特回答,他爸爸又瓮声瓮气地继续说:

"Jinse mianju. Zhe ben shu zai zheli. Ni yinggai kanshu. Xiaoxin zuomeng de sizhe.(金色面具,这本书在这里,你应该看书,小心做梦的死者。)"

在这一长串话音里面,霍华德听出了早先麦迪逊告诉他的那句话:你应该看书。

这一天当中发生的每件事情仿佛都有着微妙的联系,霍华德还没来得及告诉凯特他的感受,就感到一阵从天而降的眩晕,身边的墙壁荡漾起来,砖石摇晃着,迅速地融化了。黑雾再次袭来。他的视野中出现一条黑而长的隧道,通向走廊尽头的那扇门。门里隐约现出一张似曾相识的、狭长的中国面孔。

"你到这儿来干什么?"那个人冷冷地问道。

霍华德吓得魂飞魄散。他呼吸急促,全身冷汗淋漓。他盲目地伸手想抓住什么,但四面八方都是空荡荡的,什么都没有。他像是独自待在一个空旷的地带,空无一人,空无一物。

这是什么毛病?癫痫还是中风?他心底泛起本能的疑问。然后,他视野中的黑雾弥漫开来，就连走廊尽头的门和面孔都被黑雾吞噬，它们越来越远，越来越模糊。霍华德想要呼唤凯特，他发现自己完全不能发出任何声音。

但是，他还能动弹。他感到自己就站在原地，他能感到脚下的地面，不过他很冷。他什么都看不见，实在太黑了。

他再度伸手，触摸两边的墙。这一回，他摸到了，却不是正常的、光滑的墙壁表面，而是粗糙、潮湿、黏滑的岩石，磕磕巴巴、凹凸不平。

这种触感让霍华德惊骇得发抖。

他本能地往上触探，居然轻而易举地摸到了天花板，湿漉漉的，并且有一些枝条缠住他的手指，枝条分泌出带有腐败气息的黏液，似乎想要把他的手粘住。

他又厌恶又害怕，赶紧用力地把手从枝条里扯开。他转身触摸身后，发现这里的墙壁也是潮湿的。显然，他置身在一个狭小的甬道里。

霍华德惊恐不已，不由地朝前扑去，意外的是，前面倒是没有墙，他跪倒下去，磕痛了膝盖。疼痛的感觉让他明白这绝不是一个梦境。

他忍不住哭起来。他没做梦、没死、没疯也没晕过去，而是活生生地进入到一个奇幻的、陌生的、恶心的世界里。问题是，他是怎么来的？这是哪里？他该怎么回去？还有，凯特、爸爸以及走廊尽头那张脸都在哪儿呢？

真是活见鬼了！

霍华德竭尽全力，大声喊叫凯特和爸爸。他发现自己可以发出声响了。他大喊、尖叫，可是无济于事，黑暗和墙壁吞没了所有的声音。他害怕，沮丧，拼命捶打身边的墙壁。这毫无效果，除了皮肤传来的痛感证明他还活着。筋疲力尽之后，他跪坐在地上，沮丧地痛哭起来。

不知过了多长时间，几秒、几小时、几天还是几年——时间在这黑暗中仿佛失去了意义。终于，他深吸一口濡湿的空气，跌跌撞撞地站了起来。他从没这么恐惧过。他侧耳倾听，希望能够听到某种熟悉的声音，同时又希望在这伸手不见五指的黑暗里没有能发出声音的怪物。这个诡异世界的静谧就像黑暗一样深不可测。无边无际的黑暗与寂静，本身就具有毛骨悚然的恐怖。

这是真实存在的世界，霍华德确信。因为做噩梦的时候，指尖绝不可能产生这样鲜明的触感。湿润的墙壁、倾斜的地面、恶心的黏液，这个世界的一切都太确切、太稳固、太逼真——一切都是固化的，不像是梦境里，凡事都捉摸不定、诡异变幻。而且，霍华德的脑子很清醒。在梦中怎么可能这样有条不紊地思考呢？

那么，他的肉身还待在精神病院的地下室吗？或者，他是被外星人绑架了？这些问题，他统统回答不了。

作为一名好学生，霍华德还从未遇到过交白卷的情形。他的自尊心受到了极大的伤害，一股莫名的怒火涌上他的心头。奇怪的是，这突如其来的愤怒，反倒驱散走了越来越浓重的恐惧感。

"这不可能！"他朝着寂静的黑暗大声喊叫，"这不是真的！我不可能在这儿！我不在这儿！我站在凯特和爸爸身边，在精神病院的地下室！"他拼命发出愤怒的吼叫，"我家厨房的锅里炖着辣酱豆，我妈正在参加宇宙和谐联盟的活动，走进和倾听自己的内心，"他几乎是在尖叫了，"我要醒过来，我必须醒来，无论是医院的地下室，或者是在家里的床上，在哪儿都无所谓。让我醒过来就好。求求你，求求你……"

霍华德睁开眼睛——对着黑暗、寒冷的墙壁和不断滴落下来的黏液。他感到从未有过的无望、无助和无力。这时，一阵冷风吹到他的脸上，应该是来自前面的甬道。这是个出路吗？

霍华德迈着沉重的脚步，跌跌撞撞地往前走。他必须往前走，即使碰得头破血流，他也必须走。除此之外，他还能做些什么呢？他一边走，一边尽力伸开双臂，摸索两侧的墙壁和低矮的天花板。

通道越来越窄，顶端越来越低，令人反胃的冰冷的黏液和类似植物触须的玩意儿狠狠蹭着他的脸。他只好蹲下去，避免接触到它们。要是四壁狭窄到他只能爬行该怎么办？要是最终他被岩石给卡住了又该怎么办？他会陷在这个可怕的通道里，直到渴死或饿死。这太可怕了。

他觉得快要疯掉了。一瞬间，他听到某种动静，是轻柔而有节奏的哗哗声，还闻到一种气味，微弱但确定无疑。精神病院距离海岸有好几英里的距离，但霍华德能够判断，他所闻到的，正是海水的咸味，而那声音，显然来自海浪拍岸。

雾锁云封

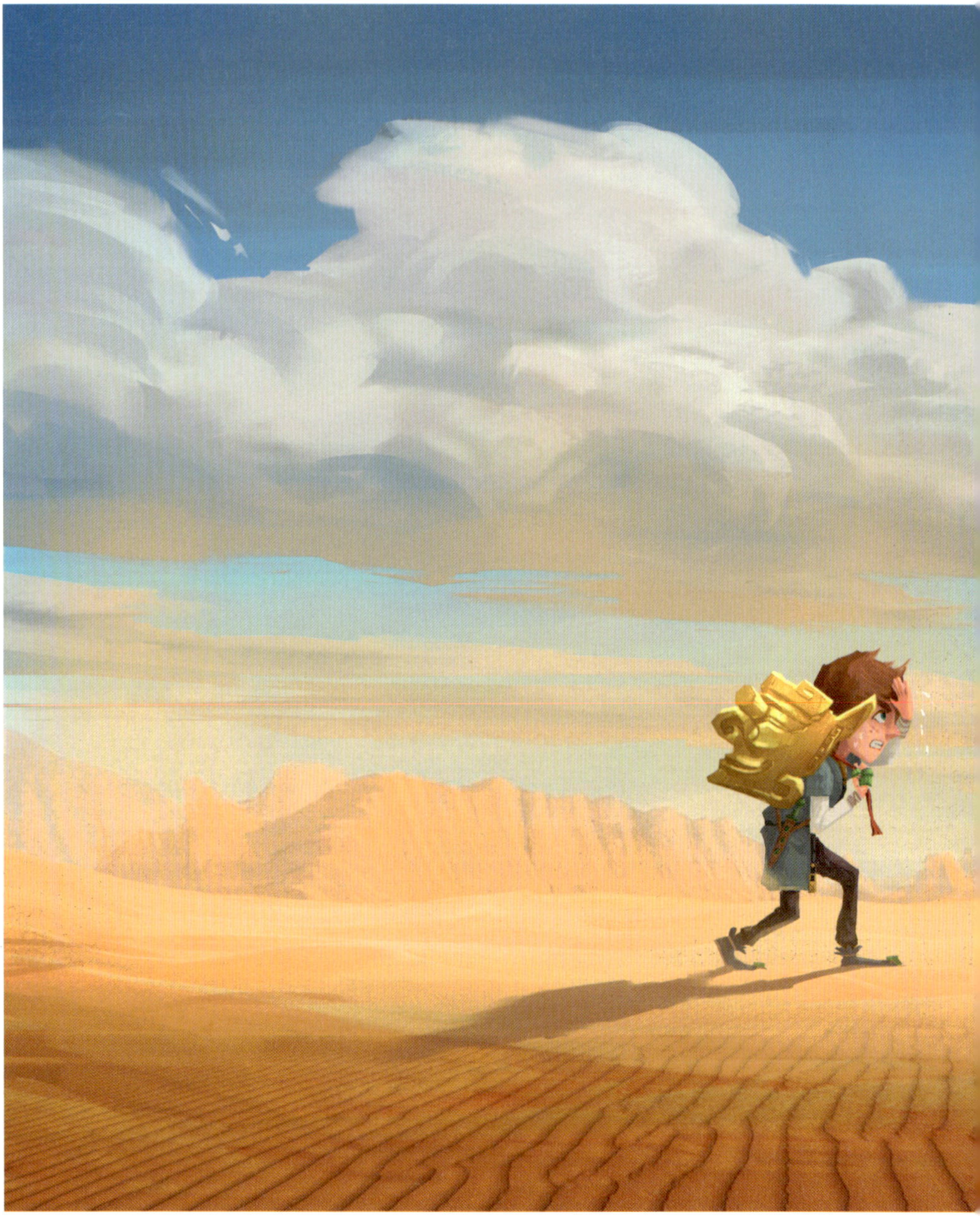

旅途

记忆中的面具之城

忽然，四面八方的墙壁消失了，空间一下子变得辽阔，若明若暗的光线穿透了黑暗。霍华德试着站起身来，四面张望。

他站在一个布满岩石的海滩上，天空中的一轮满月照亮了整个海滩，月光皎洁，但有着难以言说的清冷和诡谲。

他往前走了几步，两只脚陷进疏松、潮湿的沙滩里。轻缓涌来的海浪在他的脚下低语。霍华德傻傻地看着一望无际的海面。在他的右前方，一座黑乎乎的岛屿探入海中，岛屿呈现出尖锐的手指形状，好像指向海天交界处一个隐约可见的白色斑点。

片刻，平静的海面开始发生变化，异乎寻常的一幕出现在霍华德眼前。海水汹涌席卷，海面越涨越高，差不多接近天空的高度，刹那间，水面裂开，大股大股的白浪倾泻而下，浪花落尽，露出黑色的陆地，陆地上耸立着一片山脉。

透亮的月光下，依稀可以看见有古老的城堡的废墟散布在高山上。霍华德看得目瞪口呆。那座城堡太奇异了，遗留下的凌乱遗迹遍布着不可思议的线条，那些巨型石块，那些垮塌的建筑，刻满了美得无与伦比的图案与蜿蜒曲折的象形文字，堪称鬼斧神工。

在城堡的废墟中间，有一处完整的建筑，石块以匪夷所思的角度盘结交错，连接处严丝合缝，它们环绕着一座高大漆黑的拱门，即使隔着遥远的距离，也能感受到拱门中吹来的一阵阵刺骨寒风。

霍华德呆若木鸡。忽然，他察觉到那片废墟动了起来，凝神细看，原来倒塌的石柱和石块上爬满了面目可憎的大型生物，霍华德从未见过这样的奇怪物种，它们很像是画册里的史前动物，只是比史前动物看起来更怪异，怪异中透着一股莫名的邪恶。

它们用四脚爬行，拖着丑陋鼓胀的肚子在海面蠕动。有一些滑进了海水中，用力挥动四肢向海滩游过来，头上和身上的肉冠如同鲨鱼的背鳍一般快速划开水面，那动作敏捷得像最新式的快艇。

霍华德吓坏了，他惊恐地呆立着。成群的怪兽越游越近，眼看着就要爬上他脚下的沙滩。更让人感到绝望的是，一团乌云遮住了月亮，整个海滩瞬间暗了下来，陷入深不见底的黑暗。

他浑身发僵，在海风里冻得瑟瑟发抖。奔涌的海浪声里，怪兽发出瘆人的鸣响，像哀鸣，又像某种禽类跌宕起伏的锐叫。

一个巨大的浪头打过来，落在霍华德的脚下，从浪花中伸出一只手，一下子抓住了他的脚踝。他疯狂地尖叫，绝望地猛踢。他的脚踢到了什么东西，那只手松开了。由于用力过猛，他的另一只脚在岩石上滑了一下，重重地往后摔倒。这一刻，有什么东西从浅滩中往上一蹿，直逼到霍华德跟前。

一道刺眼的闪电照亮了霍华德眼前的景象，虽然只是一瞬间，霍华德却终生难忘。蹿过来的怪兽呈现出人类的体形，浑身布满粗糙的鳞片，一道鳍从头顶一直延伸到后背。它伸长脑袋，硕大而鼓出的双眼紧盯着霍华德，眼睛惨白，没有黑眼珠。脸上没有鼻子，脖子两侧却各有几道裂缝似的鳃，一张一合。口水滴答的嘴巴大大地张开，露出两排利齿，猩红的舌头饥渴地舔着肥厚的嘴唇。

这是比梦魇还要恐怖的生物，而且还不止一个。闪电之下，波涛中爬出成群结队的恐怖怪兽，浑身挂满湿淋淋、乱糟糟的海藻，它们挥动着满是长蹼的尖锐的前爪，急切地朝着霍华德爬过来。

霍华德的心脏狂跳不已，像要跃出胸膛，他快要窒息了，他不得不急促、痛苦地用力吸气。

怪兽尖锐的啸声充斥了整个空间，它们爬动的声音也越来越响，就连海滩都仿佛被震动。霍华德感到自己马上就要晕过去了，然而，就在怪兽们即将登陆的时刻，它们像是集体得到了某道神秘的指令，转了个方向，缓慢地爬回了海水中。

霍华德大口喘着气。

"那是些什么玩意儿？"他背后响起一个熟悉的声音，"它们长得可真丑啊，你看到它们的嘴了吗？我都能闻到它们口腔中恶心的臭味儿！"

霍华德回过头来，一道长长的光源朝着自己移动过来。

"你……你是谁？"他喘着粗气问道。

亮光晃了一下，照耀着一张在结识凯特以前他所梦寐以求的脸，那是美丽而骄傲的麦迪逊。

"麦迪逊！是你？你在这儿干什么？"霍华德猛地松了口气，此前所有濒临绝境的惊恐都烟消云散。此刻，任何人的出现都会令他感激涕零。

"你这问题可真蠢，"麦迪逊说着，步履不稳地走近前来，用她一贯目中无人的口吻说道，"我要是知道我来这个鬼地方干什么，就不会到处晃悠了。喂，我说，这是个疯狂的梦，对吧？刚刚我还在利昂家为聚会做准备，一眨眼就到这儿来了。可能我喝了几杯，利昂这个混蛋，肯定是他给我下药了。要是给我查出来他敢在我杯子里放东西，我非宰了他不可！不过，你怎么会出现在我的梦里？"

霍华德看着麦迪逊，她手机屏幕的白光照亮了她的面孔，她的脸色很难看。那道明晃晃的光芒就是麦迪逊的手机光源。霍华德啼笑皆非。就目前的处境来看，麦迪逊说出这番胡话情有可原，同时事实证明，这个女孩比他的智商更高，毕竟她想到了用手机照亮，而他在那坑爹的黑暗甬道里却差点儿吓得崩溃。

"这不是梦，麦迪逊。"他说。

"傻瓜，你在说什么？这不是梦，难道是一出手机游戏？去你的，我只想回去参加聚会！好吧，我得走了。"麦迪逊转身欲去。

"等一等，"霍华德叫道。"你怎么回去？"

闻言，麦迪逊停住了，她的身体轻轻地颤抖了一下，随即慢慢转过头来。她脸上又露出了放学时在学校门口出现过的那种形神分离的状态。

"Chuanguo gongmen（穿过拱门）。"她徐徐地、冷漠地说着。

"什么意思？"霍华德追问。

自以为是的表情回到了麦迪逊的脸上，她瞪了霍华德一眼，嘲讽地说道：

"我可不想浪费时间跟你瞎扯。"她抬脚就走。

"刚才那句，是中国话吗？"霍华德冲着她的背影喊道，"就像下午你在学校外面说的'你应该看书'，这两句都是中国话？"

"你在说什么？中国话？"麦迪逊回首白了他一眼，"我看你脑子不是进水了就是坏掉了。"

"你让我看什么书？"霍华德穷追不舍，"还有，穿过拱门就能回去吗？"

麦迪逊摇摇头。

"你这个白痴！你一定是中了邪！而我，绝对是利昂下了迷幻药，我要去杀了他！"麦迪逊在海滩上大步向前走去。

"你怎么回去？"霍华德急得高声喊，他下意识想跟过去，他可不想再次孤零零地待在这里。但是，不知道为什么，他的脚完全迈不开。

"废话！当然是开门回去。"麦迪逊扔下一句。

"门在哪里？不是你说的拱门吧？"霍华德急坏了。

"从哪道门进来，就从哪道门回去，连这你都不明白？老天，你可真是蠢到家了！"麦迪逊手机的光芒和她的声音一起从他眼前消失掉了，阴云密布的海滩重新变得漆黑一团。

"麦迪逊！"霍华德拼命大叫。

没有回应。这时，他发现自己的脚又可以走动了。他挣扎着往前走，却一头撞到了一堵石墙。这里根本就没有门！

霍华德试着往左边和右边走，但全都是冰冷潮湿的石头。他筋疲力尽地瘫倒在海滩上，不知所措。

乌云渐渐散开，月亮出来了，眼前亮起来。海面上的山脉和岛屿还在那里，怪兽们了无踪迹，这让霍华德稍感安慰。岛屿指向的那个白点离得更近了，霍华德能够看清楚，那是一艘老式的白色帆船。

他该怎么办？难道永远被困在这个黑暗可怕的世界里？就在这时，他听见有人在呼唤：

"Huilai! Xinglai! Huilai! Xinglai!（回来！醒来！回来！醒来！）"

他费力地站起来，寻找声音的来源。

"救救我，"他狂叫着，"你在哪儿？快救救我，我迷路了！"

一团黑雾在霍华德眼前升腾起，霍华德急切地朝前奔跑，黑雾扩散开来，他跌跌撞撞地跑着，肩膀被一堵墙撞得生疼生疼的，那是一堵实实在在的墙。他站立不稳，跌倒下去。

他倒在地上，抬起头，上方是在走廊尽头出现过的那个中国男人的面孔，漂浮在虚无的墙体间。他无法确定自己是回到了现实世界，还是停留在噩梦中。

"不要远离坚实的岛屿。"那个中国男人缓慢而庄严地说着。

第十章 三星堆·古老的地震仪

"真美啊!"汀紫在山巅停下脚步,俯视着山脚下一望无际的平原,那里是"面具之城"的所在地,水草丰美、林木繁茂,看上去像是世外桃源。

这么美的景象,让汀紫几乎忘记自己是个囚犯,被迫穿越平原,前往岷山。在王宫被捆缚之后,汀紫和来福在沈贤的要挟下,不得不跟着沈贤以及他的二十个精壮卫士连夜动身,赶回部落。

一路跋涉,身后的天空逐渐亮了起来。沈贤下令在山林深处的一座神庙里稍事修整。卫士们分成两班,一班睡觉,一班站岗。

来福享受着优渥的待遇,它被装在一只笼子里,一个士兵提着它。沈贤命令士兵好好看住来福,开战以前,沈贤不允许任何的叛逃行为发生,包括一只狗。在蜀人眼中,开战前的逃亡或杀戮都是极其忌讳的噩兆。此次行动,沈贤早已机关算尽,他决不允许自己的大计在决胜关头被一条小狗所破坏。

汀紫的双手被一条绳子捆起来,沈贤像是牵着一只小动物那样亲自看管着她。汀紫已经筋疲力尽,但沈贤还是逼着她,随他一道,走下一段长长的台阶,

来到神庙深处的密室。

密室中烛火通明，一位年长的祭司坐在房中。屋子正中是一个巨大的石台，上面立着一只很大的青铜球。青铜球的表面刻满复杂的花纹和笔画卷曲的文字，而让汀紫震惊的则是托举青铜球的金色神鸟。

金色神鸟栩栩如生，一共有八条，每条金色神鸟的尾巴在蛋的顶部交缠，再各自蜿蜒而下，金鸟尾羽高耸，鸟首昂扬着朝向八个不同的方向。

每只龙头下面都坐着一只张大嘴巴的青铜蟾蜍，而每只龙嘴里都衔着一个小巧玲珑的铜球。

"这是什么？太漂亮了。"汀紫忍不住赞叹。

"确实独具匠心，"沈贤表示赞同，"关键是非常实用。"

"这是魔法吗？"汀紫虽然发过誓，沿途绝不会跟绑架她的混蛋说一句话，但这前所未见的宝物让她情不自禁地问出声来。

"魔法？呵！无知的小孩儿。"沈贤嘲笑道，这一路他的确把汀紫当成了天真无知的孩童。

汀紫观赏着光彩耀眼的金色神鸟。

"从昨天起鸟嘴里的铜球落下了几次？"沈贤转而问祭司。

老祭司拿出一串念珠数了数。

"五十二次。"他说。

"好极了，"沈贤说，"一直是那只蛤蟆吗？"

"是的。"

"动静增强了吗？"

"我觉得是，比前天更强了。"

"你们在说什么？"汀紫忍不住询问祭司，她的好奇心发作，"铜蛤蟆怎么喂食呢？难道它们也需要吃东西？"

仿佛专程回答汀紫的问题，一只金龙口中的铜球落了下来，不偏不倚地，恰好掉进了下方的铜蛤蟆嘴里。

"果然是魔法！"汀紫孩子气地跳起来，"不然金色神鸟不可能把球吐进蛤蟆嘴里！"

老祭司对汀紫的话不为所动，沈贤则仰面大笑起来，汀紫的无知和稚气让他觉得滑稽。

"你以为是魔法，那是因为你看不到它的内部结构，"沈贤得意扬扬地炫耀，"青铜球里有个摆锤，就算是大地最轻微的震动也能让它摆动起来，如果大地震动的时间足够长，摆锤就会打到某只金鸟的肚子，让它嘴里的球滚落到蟾蜍嘴里。"

"可是，我没有感觉到任何震动。"汀紫不太相信。

"蠢丫头，摆锤可比你的脚灵敏得多，它能测出几百里以外的震动。而且，哪只球落下来，就可以告诉我震动从哪个方向来。譬如这只，"沈贤嚣张地继续显摆，他拿起掉到铜蛤蟆嘴里的小球，轻轻放回龙嘴里，"清楚地告诉了我，震动来自岷山。小球掉落的次数越来越多，震动越来越频繁，这可是大地震来临前的预警。"

汀紫猛然开窍，她倒吸一口凉气。

"这样的话，你就能知道岷山什么时候会被地震给震倒了！"

"看来你还不算彻头彻尾的傻瓜——没错，震动正在一天比一天增多，等到四面八方的震动同时降临，一场史无前例的大地震将无法避免，而岷山……那是神力造就的，神创造了它，神也将在必然的时刻毁灭掉它。岷山将要倾塌，谁也阻止不了！用不了多久，金色面具就是我的了！"

沈贤话音未落，汀紫便用力往前一跃，她的手腕被绳子扯得一阵挖心掏肺的剧痛，毫无防备的沈贤也险些被她带倒。汀紫成功地撞向了青铜球。青铜球猛烈晃动，金鸟嘴里衔着的球全都滚落在地，这台巨大的器物轰然倒在老僧脚边，一些配件摔得粉碎，老僧被吓得面无人色。

"这下好了，"汀紫乐颠颠地大叫，"现在它就没法为你预报地震了！你不会知道岷山什么时候倒塌，王和锦生会打败你的！"

没想到沈贤居然不惊不诧，他平静地伫立着，嘴角隐隐露出一丝笑意。

"你真是愚笨到不可救药，"他淡定地说，"可惜啊……你毁掉了这么美的东西——你以为我会依赖这么一个物件？告诉你，通过这几个月的观测和纪录，我已经找到了规律。换言之，我不再需要它了。否则，我怎么会让你这种小孩儿看到如此重要的工具？答案已在我心中，我早算清楚了岷山倒塌的准确时间。你眼前的一切，还有庄鲲和他的"面具之城"，全都在劫难逃！"

汀紫完全傻掉了。她没想到沈贤竟老谋深算到这种地步。她可以舍弃自己去保护"面具之城"，保护城里无辜的生命。但此刻，她深知单凭借自己的力量已经无法阻止沈贤和他的邪恶势力，她感到了深深的绝望与恐惧。

与此同时，辰风正翻山越岭地追赶而来，他想赶紧救出汀紫，更希望能帮助王和女神阻止沈贤的阴谋。

在王宫中，庄鲲无时无刻不惦记着即将到来的恶战。锦生陪伴着他，给予他安慰和鼓励。锦生知道，庄鲲是个善良和博学的有识之士，但他在臣民面前的威武和气势都是装出来的，实际上，他的内心过于柔软，缺乏帝王应有的霸气与决断。

"锦生，告诉我，我们还有多少时间为战争做准备？"庄鲲愁眉苦脸地问锦生。

"沈贤离开整整一天了，"锦生答道，"走进山区，然后翻过群山抵达他的部落，还要花八九天的时间，部落集结军队来到这里，要花同样长的时间，所以我们至少有十七或十八天。"

"辰风能够提前探听到军队的消息吧？"

"返程的时候，辰风可以抄近路，军队负重，没法走小道，所以辰风速度会比他们快很多。其实，辰风追至沈贤的部落，最重要的任务不是担当密探，而是救回汀紫。你没发觉辰风对汀紫的情意吗？这两个孩子之间的感情是最纯粹的，这样的感情就像湖泊一样透明，咱们应该帮帮他们。"锦生微笑着说。

庄鲲也露出笑意："我当然清楚，锦生，所以我才会派辰风那小子去刺探情报。汀紫也是我的子民之一，我希望在这场战争之中，没有一个"面具之城"的臣民会因此而丧生。"

"那么，你的队伍准备得怎么样了？"锦生转而问道。

"很不好，"庄鲲说着，神色又愁苦起来，"我的军队有太久没有打仗了，人数已经削减到最少。你知道，我一直希望以信仰代替暴力来统治我的国家。也正因如此，平时的军事训练或多或少有所疏忽……尽管我的士兵们都很勇敢，但他们恐怕抵不过沈贤麾下那些训练有素的那些猛士。"

"或许，骁勇善战并不是这场战争的决胜因素。我已经说过，如果预言里的条件凑齐，无论什么样的精兵强将都阻止不了沈贤，真正致我们于败地的，是岷山。"锦生面色凝重，"今天早晨，你感觉到了大地的震动吗？"

"是的，王宫中的人都在嚷嚷着地震了，这是不是说明岷山崩塌的时刻就要来临？"

"恐怕是的，最近的震动越来越频繁。"

"这么说来，'面具之城'就要没救了……"庄鲲疲惫地摸摸额头。这几日他连夜失眠，双眼熬得通红，整个人都消瘦下来。尽管如此，他仍然想不出一个好的对策。

锦生面带悲色，默然不语。

"那么，排兵布阵还有意义吗？如果上苍注定，'面具之城'要在我的手中失去，任何努力都是徒劳无益的。"庄鲲缓缓开口。

"是的。"锦生说。

"是神要我就此放弃吗……"庄鲲双目潮湿，他用双手捂着脸，几乎潸然泪下。

"不可以，"锦生冷静地提醒，"即使'面具之城'会被沈贤占领，这里的灵魂也必须保存下来，我们的祖先花了千百年才建立了繁荣的'面具之城'，大家放下武器，学会了耕田织丝……我们在太阳神的光辉下和平相处，这一切不能任其消逝。如今，我们还有最后一个办法。"

"什么办法？"庄鲲急切地问。

"让所有的百姓换个地方，继续繁衍生息。"

"你的意思是，整体迁徙？"

"没错。"

"我们能搬到哪里去？"

"沈贤的目标是'面具之城'，就让他待在这儿，反正'面具之城'注定了要被摧毁，就让臣民们迁往金沙。"

"金沙就在据此六十里的地方，"庄鲲难以置信，"沈贤的军队急行军两天，就能赶到那里。"

"沈贤不会去的，沈贤看中的是这片圣地，"锦生分析，"沈贤占领我们的城池，根本的目标是幽深之室里的金色面具，他的野心是统治乾坤，这将是沈贤与天地间万事万物的一场对弈，起码……在对弈尚未有结局之前，'面具之城'的子民必须努力地活下来。而后再做别的打算。"

"好吧，你说得很有道理，我不跟沈贤硬碰硬了，我们去金沙。"庄鲲如释重负地下定了决心。

"不，我俩不去，"锦生看着他的双眼，"让老百姓全部搬过去，带走所有能拿走的祭祀用品，所有珍贵的器具，开始新的生活。军队的作用是开荒垦地，驱逐野兽，好让大家能够尽快地栖居下来。"

"我听你的，"庄鲲点点头，"不过，什么都可以带走，唯有金色面具必须留下，否则沈贤必然追至金沙。"

"金色面具就留在幽深之室中。"

"但我们无法守护住金色面具，沈贤的法力在我们之上，难道就这样将面具拱手送给沈贤吗？"庄鲲不甘心道，"他一旦戴上金色面具，就能得到无限的力量，可以为所欲为，连天空都可以被他轻易捅破。"

"不止如此，他还可以打通充满怪兽的世界，让未知的怪物进入到我们的世界里。"

"我想，怪兽恐怕不会友善对待我的臣民，这就意味着天地的末日即将来临。"

"这也是我们必须留下来的原因，"锦生说，"我和你，我们要拼尽全力，阻挠沈贤接近金色面具。"

"我不认为我们两个人能够做到。"庄鲲有些惶恐。每当这种时候，他性格中懦弱的部分便开始作祟。

"你要振作起来，既然金色面具只跟你、我和沈贤有缘分，我认为我俩联起手来，总会想到应对之策。"

庄鲲把脸埋进手掌中，深深叹口气，锦生亲手斟了一杯茶，递过去，庄鲲抬起头，哀伤地注视着她，一时之间，两人相顾无言。

此时，被庄鲲派出的辰风勇往直前，沿着陡峭的山路艰难攀爬，离开王宫以后，他已经连续行走了一个多星期，走得双脚起泡，浑身的筋骨都快散架了。幸好沈贤的速度不快，一路跟随他和他的手下并不算太难。好几次，辰风都隐隐约约见到汀紫与来福的身影，这支撑着他勇敢地朝前走去。

快要抵达山巅时，辰风俯视着岷山脚下辽阔的湖面，倍感奇异。他爬上来的时候，山脚下面是宽阔的平原，这会儿竟然撞见了一片动人的蓝色湖面。他不知道，这是个刚刚形成的堰塞湖，一次较为剧烈的地震导致了严重的滑坡和好几处堰塞湖。

他抬起头来，看着山顶，至少还需要一天的时间，才能到达顶端，然后就是下山的道路，山的另一边就是沈贤的部落。他要一路追随，直到有机会救出汀紫和来福。

辰风手脚并用地攀爬时，忽然产生了一种幻觉，仿佛他身边的空气正在散发出光芒。他揉了揉眼睛，以为是自己太累了。然而，光线忽然变得更加明亮，脚下的土地颠簸起来，他站立不稳，摔了个狗啃泥。大地像水波一样震荡，高处的石头哗啦哗啦地滚落。他连忙抱住脑袋。

震动停止了，他爬起来，还好没有被石头砸中。不过他的身上还是多了些细小的伤痕。眼前灰尘弥漫，一些极大的石块掉到山坡上，砸进湖水里。

辰风松了口气，他一度以为岷山要被震倒了，结果只是小地震而已。他捡起背包，怀着劫后余生的心情，沿着小路继续追赶他心爱的女孩。

第十一章 艾尔福德

脸色灰白的锅炉工

霍华德从那片恐怖的海滩回到了精神病院的地下室，凯特和爸爸都在身边。凯特正一脸关切地望着他。

"你怎么了？"凯特问，从凯特并不太焦急的神情来看，霍华德判断自己经历的一切，在艾尔福德的时间轴里，只是短短的一刹那。

然而，这一刹那带来的惊恐简直漫无边际。霍华德突然有一种泫然泣下的感觉，他惊喜交集，见到凯特和爸爸的这一刻，他前所未有的欢喜，甚至比考试得到第一名还要兴奋。他情不自禁地张开双臂，紧紧拥抱住凯特。

"出什么事了？"凯特体贴地轻声问道。霍华德放开凯特，看看爸爸，后者面无表情。

"我想知道，刚才发生了什么？"霍华德试探着问凯特。

"你突然大声喊叫，然后用拳头砸墙，好像受到了什么刺激。"凯特说。

有一阵清晰的痛感传来，霍华德低头一看，他的手背和指关节严重擦伤，看起来血糊糊的，有个指甲完全裂开。这一切都再次证明，霍华德所经历的，绝对不是梦魇。

霍华德察觉爸爸直直地望向他身后的走廊，那里依稀站着一个人。霍华德定睛细看，看到一张东方人的面孔。

"那是谁？"霍华德问道。

"应该是锅炉工，"凯特说，"他听到你的喊叫声，就走了出来。"

"需要帮助吗？"那个东方人远远地问了一声，他的个子很高，衣着邋遢，整个人瘦得不可思议，脸就像一具骷髅，被灰白色的皮肤紧绷着。

"不用了，谢谢你。"凯特扬声道。

"你们不该来这儿，这不是你们待的地方。这里有不适合你们看见的东西。回到属于你们的世界去吧。"他说了一串奇怪的话，转过身去，顺着走廊回到锅炉间里去了。

"这家伙怎么阴阳怪气的，他的皮肤太苍白了，就像一辈子待在地下室，从没见过阳光一样，"霍华德使劲回忆着失神前看到的那张中国男人的脸，但怎么也想不起来了，他无法确定是不是眼前这个东方人，"他说这里有不适合我们看见的东西，那是什么意思？"

"他多半是怕我们弄坏他的锅炉或机器，"凯特心不在焉地说道，"这人长得真难看，瘦得像根竹竿。"

"我要是在地下室待上几十年，也会变成那样的，"这句假设让霍华德忍不住打了个哆嗦，他若有所思地说，"我觉得他有点儿眼熟。"

"既然他在这儿工作，你来探望你爸爸的时候兴许碰见过他。"

"估计是吧。"霍华德也拿不准了。凯特深深凝视着他，眼神中充满了担忧，毕竟他出现了如此奇特的症状，尽管只有很短的一刻。

"刚才那会儿，我还以为你受到了某种攻击，所以你全力反抗，但我什么都没看到，这里虽然阴暗，其实很安全。"凯特直言不讳地说。

"我喊叫了多长时间？"

"没多久，顶多三十秒，肯定不到一分钟，刚够锅炉工从走廊那边跑过来查看。"

"我感觉很漫长。"霍华德说，他想着那段仿佛没有尽头的路程，那片阴森森的海滩，那些令人毛骨悚然的怪兽，还有突然出现的麦迪逊。

"有什么刺激到了你？还是你想到了什么？"凯特望着他。

"黑暗，以及很长很长的、倾斜的隧道。"霍华德语焉不详，此刻，他脑子仍旧乱糟糟的，他不太想说出更多的细节，凯特的问题让他感到不安，他故作轻松道，"你为什么觉得我应该记得？我觉得人在精神错乱之后什么都记不清才正常。"

"没有的事，"凯特温言道，"有时我们会做白日梦，只不过你的格外激烈一些罢了。"

"可我并没有做白日梦，"霍华德很沮丧，"说不定我真是遗传到了我爸爸的病，你不知道，那感觉无比真实，"他猛地想起那些唤回他的单词，"我听见了几个词语，有人在大声叫我？"

"对，是两个重复的词，Huilai（回来）和Xinglai（醒来）。"凯特说。

"又是中国话？"霍华德猜测。

"对。"

"是什么意思？"

"很简单，Huilai的意思是'回来'，Xinglai的意思是'醒来'。"

"你为什么要用中国话叫我？"

"那不是我说的。"凯特直视着霍华德的眼睛。

"不是你？那是谁？"霍华德愕然。

"是你爸爸，在你大喊大叫的时候，他伸开胳膊说，'Huilai，Xinglai'。他重复了一遍又一遍，就像念口诀或咒语。等你回过神来，他就什么都不说了。"随着凯特的话，两人都看向霍华德的爸爸，他安静得像个水泥雕塑，对身边的一切视而不见。霍华德百思不得其解，爸爸怎么会说中文呢？

"入院以前，我爸说的胡话，也很像是中文，奇怪的是就连中国医生都否认那是中国话。"霍华德说。

"中国有很多种不同的方言，比如西南官话、吴语、闽南语等等，一个地区的人完全听不懂另外一个地区的方言，这是常见的现象。"

"但至少中国医生可以判断出那是中文，对吧？"

"未必如此。你爸爸的发音与众不同，那种音节像是极其古老的音韵，与现代汉语的发音差别很大——咱们讨论这个之前，先把你爸爸送回病房吧。"

"好，"霍华德又是困惑又是害怕，脑中乱成一团，他一分钟都不想待在这里了，"我们在这儿没太大意义了。"

"你的身体没事吧？"凯特问。

"说实话吗？我觉得很不好，主要是心里如同乱麻。"

凯特皱着眉头，咬着嘴唇，像是在苦苦思考着什么。然后，她调整表情，朝着霍华德莞尔一笑，露出雪白整洁的牙齿。她的笑容灿烂得仿佛将所有的阴霾都驱逐一空。

"罗医生会让我们详细介绍你爸爸的变化。"凯特说。

"肯定会。"

"我认为，我们不应该把你的遭遇告诉他。"

"我倒没想过这个，但为什么不说呢？他也许能帮我诊断，是不是遗传到了我爸的疾病。"霍华德艰难地说出了自己的隐忧。

"不，那是两码事儿，"凯特肯定地说，"医院有对外营业的餐厅吗？"

"餐厅？"突变的画风让霍华德的思维跟不上趟，"有的，在另外一边侧楼里。"

"那就好，我有些事情想要跟你解释，你听了也许会很有用，这件事跟医生诊断病情完全没有关系。来吧，咱们先送你爸爸回病房，然后去餐厅，我请你喝可乐、吃薯条。"

"行。"霍华德同意了。

他俩扶着病人走上楼梯，病人毫不抗拒，由着他们带领。他们顺着走廊回到温暖干净的病房。这趟医院之旅可把霍华德给害苦了。他魂不守舍，东张西望，警惕地审视眼前的一切，努力让自己相信身边这个世界是真实的。他惶恐地观察着所有光源——暮色之光以及灯光，生怕黑雾再度把他生拉硬拽地拖回噩梦之中。

霍华德的爸爸被他们安顿在床上，他看起来有些虚弱，像个木偶一样任由他们摆弄。电视里播放着篮球比赛，他茫然地瞪视着。很快，罗医生出现了。

"护士告诉我，病人有了反应？"他说着走过来，用随手带着的小仪器检查了一下病人，结果病人面无表情。

"告诉我是怎么回事。"

霍华德和凯特讲述了他爸爸对考古纪录片的反应，以及领着他们去地下室的经过。但只字未提霍华德在地下室失神的那件事。

"我们需要仔细琢磨，"等他们说完，罗医生摸摸下巴，"霍华德，像你爸爸这样的病人，一旦对某种刺激做出反应，就必须要搞清究竟刺激源是什么，但这很难。尤其是，有些事物可能只会引起一次性的反应，第二次就毫无用处，这样的情况也不少见。"

罗医生继续尽量用一些浅显的语言解释心理学方面的研究成果，可是霍华德不住地走神。爸爸有所反应，这是好现象，然而地下室的经历已经在他简单而平静的少年岁月中蒙上了一层厚厚的阴影。他希望能够赶紧跟凯特去餐厅，作为见证者，他太想知道凯特会说些什么。

"好了，起码我们知道有些东西能够触发你爸爸的内心，我去想想法子，看能不能搞到那个纪录片的拷贝，再来一遍试试，也许它还能引起反应。现在，让他好好休息一下。"罗医生总算结束了他的独白。

三人道别，霍华德和凯特朝餐厅走去。

大战来临

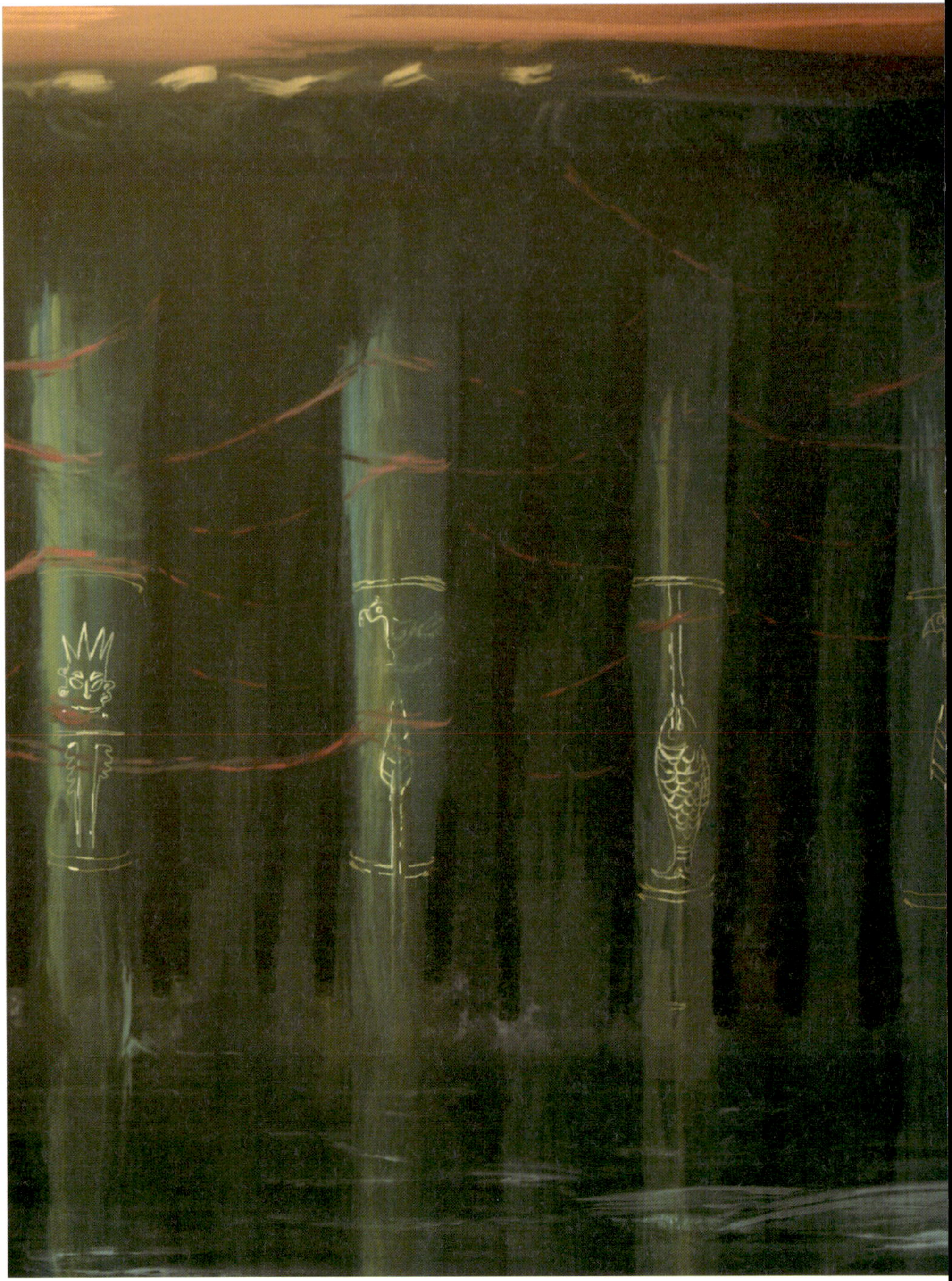

地下水域

宁静的早晨

第十二章 女巫凯特

医院的餐厅是复古风的，整体设计仿照20世纪50年代的样式。弧线形的不锈钢吧台与靠墙摆放的闪亮的冷柜很搭。深红色皮质高脚凳在吧台前排成一列，同款餐桌陈放在餐厅中。一首经典爵士乐缓缓回响在空气里。

霍华德和凯特选了张靠墙的餐桌，服务员慵懒而冷淡，他们点了两份饮料和一份薯条。餐厅很冷清，其他顾客只有两个医生和四名护士。

霍华德的爸爸刚入院时，领着霍华德和妈妈参观医院的护士曾经带他们来过餐厅，并且介绍餐厅的装饰风格是为了创造一个相对时尚的环境，以便医院的员工在此解压。这一招看来很奏效，因为在这个别致的餐厅中，霍华德逐渐放松下来。

服务员送来可乐和薯条，凯特付了钱，喝了一口饮料。霍华德抽出一根薯条，蘸了番茄酱，送进嘴里。脆香的薯条几乎让他相信世界又恢复了正常。这时凯特开始说话了。

"到底发生了什么？"她边问边拿起几根薯条，"我是指刚才那会儿。"

霍华德想忘掉那些记忆，他不想重温一遍恐怖的气氛，因此他的第一反应是油嘴滑舌地避开这个问题。不过凯特看起来十分严肃，他直觉自己没法儿蒙混过关。况且，这世间他只能跟凯特谈论这件事，换作别人，会把他当成不折不扣的疯子。

"我在一个很黑很黑的甬道里。"霍华德开始说了，一经开口，他就发现自己完全停不下来，他太需要倾诉了。他一股脑儿把所有的景象都告诉了凯特，倾斜的隧道，融化状的墙壁，浓得化不开的黑暗，海滩上的怪兽与废墟，高大的拱门，帆船，还有迷迷瞪瞪的麦迪逊……他全都说了出来。

"麦迪逊跟你说话了吗？"凯特打断了他啰啰嗦嗦的情感表达，他在叙述中加上了太多类似于惊恐啊、害怕啊一类的字眼。

"说了，音调很怪，听着就像她在学校门口跟我讲的中国话，Chungo gong men，差不多是这个发音吧。"

"Chuanguo gongmen（穿过拱门）。"凯特纠正道。

"麦迪逊为什么认为穿过拱门就可以回来？事实并非如此啊。而且，之前她让我读书，读什么书？我觉得她根本不知道自己在说些什么，最近这种精神错乱的疾病是不是有流行趋势？"霍华德自以为幽默了一把。

"事情远比你想象的要复杂，"凯特没有笑，"告诉我，还发生了什么别的事吗？"

霍华德把自己跟麦迪逊的对话原原本本描述了一遍，包括麦迪逊说要回利昂家参加聚会。他事无巨细地说着，意识到倾吐会让自己轻松一些。等他说完，凯特已经默默地把剩下的薯条全都吃掉了。

"我怕自己会像我爸一样疯掉，"霍华德坦言道，"而且，我也很纳闷，我爸为何要带我们去地下室，他怎么会说古汉语呢？那些古汉语还真的把我召唤回来了。我怀疑这种种现象全是精神疾病的表现。"

凯特笑了笑，喝光了杯子里的饮料，她看起来非常镇定。

"首先，"她说道，"你没疯，也没有任何精神疾病。"霍华德觉得这没什么说服力，凯特又不是医生。

"接下来，我要告诉你一些事，这些事很奇特也很复杂。可能你没法完全理解，其实我也是。咱们尽量保持宽容与开放的心态来讨论，行吗？"

"我尽力。"霍华德说，事实上他的脑子里仍旧乱七八糟的。

"我先试着来解释你的遭遇，因为有些状况是显而易见的。那档电视节目是关于考古的纪录片，考古现场所在地，叫作三星堆。你说过你爸爸生病以前去了中国，他去的是三星堆吗？"

"我不太清楚。他去参加一次高级别的学术会议，是个叫成什么的城市。"

"成都吗？"凯特提示他。

"对，就是成都。他去之前可激动了，因为这次会议的规模前所未有，考古界知名人士云集，"霍华德顿了顿，回忆着，"可是爸爸出差归来以后，表现得不同寻常，以往他总会告诉妈妈和我出差地的名胜古迹，还给我们看各种文物的照片。然而他从成都回来以后，变得寡言少语，根本不提当地的人情风物，什么都不说。"

"你恐怕不知道，三星堆是世界上最特别的考古地点之一，那里距离成都只有一小时车程。在历史上三星堆有过各种名字，比如'面具之城'。"

"也就是说他从纪录片里认出了那里？他一定是去过的。"

凯特颔首。

"为什么他绝口不提呢？还有，为什么他看到纪录片反应这么强烈？跟三星堆会有关系？要是这样，作为一处考古胜地，每天肯定会有成千上万人去参观，难道去过的人都会发疯？"

"显然不会。不过，三星堆的确是关键，但不是今天的三星堆，而是很久很久以前的三星堆。"

"我不明白。"

"人类的思维普遍存在着误区，认为自己是理性的，认为世界尽在掌控中。当然，地震、海啸、火山爆发……这些非人力可控的因素，会导致灾难和死亡，但这也是在科学可以认识和了解的范畴之内。然而，真实的情况是，在世界上还存在着许多人类无法理解的事物。"凯特停住，观察着霍华德的表情。

"可我们确实能控制很多东西，"霍华德呆气十足地反驳，"我们能通过砍伐森林、污染环境之类的行为让全球变暖，通过战争搞乱秩序，同时，也能通过循环利用、关注环保与和平共处来让世界变得更加美好。我妈说过，世界是可变的，人类的职责就是共同守护它。"情急之下，霍华德引用了妈妈那些絮絮叨叨的话。

"你们大错特错，这完全是在用人类的方式考虑问题。"

"不然该怎么思考？用猫猫狗狗的方式？"霍华德开起了玩笑，凯特一本正经说着这些稀奇古怪的话，实在是令他忍俊不禁。

"用人类的方式考虑问题，这会带来麻烦，麻烦就是，只能跟有限的人类自身对话，这绝对不是明智的做法。因为人类没法跟任何其他物种沟通与交流。举个例子，假如人类能够跟鲸鱼对话，必然会生出一种截然不同的世界观。那么，要是跟恐龙或三叶虫对话呢？它们来自地质史上的远古时代，它们必然会告诉你，曾经一度，世界的统治者是它们，跟人类一点儿关系也没有。"

霍华德压根儿不知道三叶虫是什么，但他觉得虫子跟他此刻的处境毫无关联。

"现在是人类在掌控世界。"他提醒凯特。

"在一定程度上，是这样的，"凯特承认，"但是——要是还有其他生物也在控制着世界的发展呢？我是说跟人类并行的某些物种。不是鲸鱼、恐龙或三叶虫那些史前生物，比它们强大，也比它们有智慧，在它们面前，我们就像庭院中的蚂蚁一样渺小。"

"你是指上帝？"霍华德蹙眉。

"你得换个角度来考虑问题——想象一下，你是庭院里的一只蚂蚁，正在开开心心地给蚁群挖隧道、照顾幼虫、寻找食物，做着各种你认为很有意义的工作。在你的小心眼里，以为蚂蚁就是世界的主宰者。有一天，你出去拖一只死苍蝇，对于你而言，苍蝇的体积太大了，把它拖进洞穴实属不易。假设这是一个盛夏的午后，阳光很好，所以庭院的主人决定出来烧烤，他们是人类。一个男人或者是一个女人发现了你的蚁穴，于是回到厨房里烧开水。你不知道发生了什么，你听不懂他们的语言，就在你奋力拖动苍蝇的时候，一大盆开水冲进你的洞穴，彻底毁掉了你的世界和所有的蚂蚁，上到蚁后，下到最低级的工蚁。你是开水的幸存者，你吓得缩成一团，拼命想要保持理智，但你的眼前黑了下来，因为一个鞋底踩了下来。在你生命的最后一刻，你意识到自己所生活的世界拥有着你难以理解的超能量，它是那样的冷酷、庞大。在这股能量的背后，是一种气力和邪恶程度都超乎想象的未知物种——那就是人类。而作为蚂蚁的你，以及你生活的空间，对他们来说简直微不足道。"凯特一口气讲完了这个残忍的故事。

"好吧，"霍华德犹犹豫豫地开口，实际上他对这番谈话的方向一无所知，他认为凯特不会是要给他编一个针对幼儿园小朋友的弱智故事，"发生在蚂蚁身上的事件很残酷，我保证，从此善待这种小生命，我再也不会踩死蚂蚁了，但这就是你想告诉我的？"

霍华德等着回答，而凯特却盯着桌面的木纹，等她抬起头来，神情显得更加严肃。

"如果我们就是那些蚂蚁呢？"她说。

霍华德更加疑惑了，他花了好半天才大概想明白她指的是什么。

"你的意思是，在这世间，有些东西比我们强大得多？它们根本不尊重也不在乎我们的存在，还能轻而易举摧毁我们的世界？"

凯特盯着他，慢慢地、郑重其事地点了点头。

"我们必须关注这件事？我是说那些强大的生物？"霍华德问道。

"你没有意识到事态的严重性，或许是因为事情还没糟糕到人类去庭院里烧烤。"凯特无奈地摇摇头笑了起来，但霍华德并不想回应她，他已经够迷糊的了，凯特还来添乱。

"你想一想，我们只能通过有限的五种感官来了解世界，"凯特说，"对很多生物来说，世界跟我们所感知的截然不同——蚂蚁能'尝'到空气里的化学药品味道，蛇能'看见'热量的形状，一些昆虫能感受到紫外线，狗能通过嗅觉寻找物品，而人类缺乏诸如此类的能力。"

"你是说，外面有我们看不见的怪兽？"他问道，他越来越失望，他以为凯特会有非同一般的讲述，没想到全是这种抽象的比喻，让人一头雾水。

"如果怪兽只能反射紫外线，那我们就永远看不见他们，但是，"没等霍华德指出我们还是有可能撞到它们，凯特就抢先一步说道，"大多数情况下，我们根本看不见超出我们常识的东西，也就是说，我们自动屏蔽它们的存在。"

"我完全听不懂。"

"再举一个例子，你出现过找不到手机的情况吧？"

"那当然，人人都出现过吧。"霍华德说着，本能地摸摸衣服口袋，确认手机是否安然无恙。

"如果你找不到手机了，你的思维过程一般是这样的：你以为放在床头柜里，所以你打开床头柜的抽屉——不在那儿。你想起自己刷过牙，所以你去卫生间里找一遍——也不在那里。你看过电视，所以你在沙发上找来找去——还是不在。你敢肯定是在床头柜里，你又去找，顺便趴在地板上找找，免得手机掉下去——还是没有。"

"我不明白。"霍华德摊摊手。这个比方是什么鬼？

"问题在于，你联想到的都是手机平常放置的地方，你只找了那些地方，而事实是你妈妈在卫生间看见你的手机，怕它沾到水，就把它拿了出来，顺手放在橱柜上。它就在厨房里，你从橱柜旁边走过去三次，但是因为你没有想到手机会在那里，所以你熟视无睹地走过去，完全没看见。"

"对，我干过这种傻事，我明白你的意思了，不过，如果橱柜上坐着一只庞然大物，我肯定能看见。"

"假设构成它的物质是人类具备的五种感官所无法察觉的呢？换一种说法，假设它和你压根儿就处于不同的时间当中？"

霍华德再度懵了。

凯特歪着头，用捉弄的表情看着她的小伙伴。霍华德努力假想在另一个时间流域中，坐在自家橱柜上的怪兽，但他做不到。

"我已经被绕晕了，"霍华德开始怀疑凯特也疯掉了，这就是一个疯狂的世界，但是这个笑意盈盈的凯特让他无从拒绝，他决定迁就她的思路，"你的例子我都听清楚了，蚂蚁和手机，不过这跟我在地下室的经历有关系吗？"

"要是你看见的怪兽处在和我们不同的维度呢？"

"那就永远看不见了呗，"霍华德轻描淡写，"就算有其他的维度，我们也不可能穿越维度吧。"

"万一有些人可以做到呢？如果世间有某种神秘的力量，能够让我们的时空与其他的时空交错呢？如果某些地方是连通我们的时空跟其他时空的通道——可以让人或东西同时处在两种时空中呢？"

霍华德看着凯特，脑子乱成一锅粥。凯特在说些什么？怎么会从庭院中的蚂蚁和找不到的手机，转向时空通道？

"这不可能。"他说，隐隐期望凯特随即就会哈哈大笑，告诉他这是某部科幻戏剧的对白。

"只有这样，才能解释你在地下室的遭遇。"凯特并没有笑，反而一脸严肃。

"地下室里发生的一切的确超越常理，"霍华德喃喃说着，"那不是梦，因为我很理性，我能清楚地思考，能按我的想法行动，就像待在真实的世界里，甚至我的书包都好端端背在我肩上。但我总觉得……那也不像是去到另外一个维度的时空旅行。凯特，你的想象力真惊人，但我情愿这是我快要发疯的前兆，我宁愿相信这一切都是我的幻觉，而不是那些维度或智能生物什么的……"

"你要怎么解释你爸爸对电视纪录片的反应？还有，他会说古汉语，以及你失神的时候他能把你从可怕的地方叫回来？"凯特皱着眉头紧盯着他，忍不住提高了嗓门。打盹的服务员被惊醒过来，生气地瞪着她。

"凯特，你创造了一个虚幻的故事，根本就没有什么超能量怪兽等着一脚踩死我们，我要去看罗医生，他会给我诊断，用一大堆仪器检查我，但是什么异常都没有，我就是疯了！我爸爸已经疯了，现在我也快疯掉了！"霍华德自暴自弃地冲凯特大声说，"我发作的频率会越来越高，症状越来越厉害，不出两个月，我就会住进我爸隔壁的病房，认不出我妈，也认不出你……"霍华德哽咽住了，他强忍着泪水，站起身来，伸手去拿书包，"对不起，我得走了。"

凯特抓住他的手腕。

"最后一件事，"她说着，从桌上的牙签筒里抽出一根牙签，递过去，

"走之前，把你的指甲缝剔干净。"

"什么？"这个要求太奇怪了，"把我的指甲剔干净？"

"对，照我说的去做。"

"好吧。"霍华德无奈地重新坐下来，仔仔细细地把每个指甲缝里的泥剔出来，留在凯特特地铺好的纸巾上。

那些泥土脏兮兮、黏糊糊的，并且是极其罕见的墨绿色。霍华德认真查看着，吃惊不小。

"见鬼了，"他用几乎微不可闻的声音说道，"这就是甬道墙壁和天花板上的泥巴。"

"看看你的背包。"凯特又提示他。

霍华德的背包上到处都是潮湿发绿的水迹，他呆住了。

"闻闻你的鞋。"

霍华德依从凯特的指令，抬起左腿，闻了闻鞋的气味。鞋底很湿，这可能是下雨时踩到了积水。但鞋面散发出的带着腥味儿的海水气息就很难理解了。

"怪兽一度抓住我的脚，那时候海水正好漫过我的鞋子，"霍华德目瞪口呆，"那么……这些都是真实的。"

凯特的眼光充满了怜悯。

"怎么会？怎么会？怎么会？！"霍华德念叨着，这一瞬间，他信仰过的所有科学或是宗教，都变成了不稳定和不确切的存在。

"我没疯，是吧？"他轻声问道。

"没有。"凯特说。

"你是怎么知道这些事情的？"霍华德猛然产生了质疑。

凯特咧嘴一笑。

"我当然知道，"她说，"因为，我是个女巫。"

第十三章 三星堆·逃亡之路

太阳从山巅缓缓升起，辰风头一次看清楚沈贤部落的营地。沈贤的军队已经堂而皇之地驻扎在营地上，营地之大，远远超出辰风的想象。

营地上，帐篷绵延，旌旗招展，武器林立，士兵们各司其职，穿梭往来，有的在生火做饭，有的从河里运水，有的往高高的双轮战车上装武器。

如此庞大和井然有序的军队，让辰风感到绝望，他断定"面具之城"的士兵面对这样的敌人毫无胜算。这还不够，更让辰风感到惊讶的是，营地右侧有一处很大的猎场，里面圈着至少好几百匹骏马。

辰风见过马。"面具之城"的军队曾经击败过一小股敌人的袭扰，敌人拱手送上的战利品，就是几匹好马。

然而，辰风做梦也想不到沈贤会有这么多的马。据说马跑得很快，一匹骁勇善战的马一天之内就能把一名战士送到很远很远的地方。马拉车也比"面具之城"的农民和商人所使用的慢吞吞的牛更加高效。这种便捷的作战神器，在"面具之城"的军队中只有最高级的将领才能使用。

庄鲲派辰风来做密探，是想让他打探到沈贤的实

力后,抄小路赶在敌人到达之前送回情报,这样才能及时防备,排兵布阵。但是,敌军骑马来犯就大大的不同了。他们只需要几个时辰就能追上徒步行进的辰风,然后超越辰风,赶在他前面抵达"面具之城"。

辰风不知道要怎么才能完成任务,但他下定决心,首先救出汀紫和来福。他原本打算趁着夜晚混进营地,可是现在看来恐怕行不通了。从营地忙碌的景象看来,这支军队必然是即将开拔。

有那么一瞬间,辰风闪过一个念头,那就是火速踏上返程,尝试一下有没有机会抢在敌人前头回到王官报信,不过他随即就放弃了这个打算。毕竟他的双脚无论再勤快,也没办法跟快马相比,何况他也不忍心丢下汀紫和来福不管。

辰风朝着山下走去,来到营地。他打扮成了农民模样,营地里忙乱的士兵们已经开始拆除营帐,装进马车,没有人留意这个脏兮兮的、挂着鼻涕的农家孩子。有几个士兵在他经过时冲他叫喊,他听不懂部落中的方言,但很显然,他们在招呼他过去帮忙装车。辰风一边继续走着,一边冲他们晃一晃背着的包裹,又指指前面,假装一副要事在身的样子。

辰风走到营地中央,正在观察汀紫可能被关押的地方,一个士兵冲他叫道:"喂,小子,过来,我给你安排个活儿。"

士兵说的是"面具之城"通用的语言,显然,他是沈贤的贴身侍卫,来自"面具之城"。辰风不得不停住脚步。

"我要送个重要信息。"辰风说。

"待会儿再去!"士兵粗暴地揪住辰风的衣领,把他拖了过来,指着地上的一只笼子,笼子里正是来福。来福可怜巴巴、狼狈不堪地坐在里面。

"我看守了这只蠢狗十来天了,"士兵喋喋不休地抱怨,"要不是沈贤大人让我看着它,我早就把它扔进水井里去了,我可不想惹恼沈贤大人。今天早上长官突然告诉我们,全军马上开拔。我得去收拾我的行李,要是行李不能及时装上马车,要么会被别人给偷走,要么就会被落下,到时候我就得辛辛苦苦地背着它翻过这些大山。所以,你就乖乖地守在这儿,给我盯住这条该死的狗。要是我回来的时候有个闪失,我立马把你丢进油锅里。听明白了吗?"

辰风惊恐地连连点头,不敢说半个不字。

"很好。"士兵放开了辰风的衣领，抬脚就走。

辰风来到笼子边。

"你好，来福。"辰风轻声说。可怜的小狗听到自己的名字，抬头看着他，虚弱地摇摇尾巴。

"看来他们对你不太好，对吧？你饿坏了，是不是？别担心，来福，我是来救你和汀紫的。"听到汀紫的名字，来福吃力地站起来，使劲摇了摇尾巴。

"你真是条忠诚的狗。告诉我，汀紫在哪儿？"来福的尾巴摇晃得更起劲了，粉红的舌头味出来，甩来甩去。

"你知道吧？走，咱们找她去。"辰风四下里看了看，见那士兵已经走远，他打开笼子，来福敏捷地窜了出来，咻溜一下，消失在最近的营帐背后。

辰风慌忙跟上，追着来福，来到一面宽大的营帐跟前。门帘掀开，沈贤和一个身披厚实的羊皮战甲、体格魁梧的将领一道走了出来，辰风急忙收住脚，躲到一旁的角落里。来福看来也认出了沈贤，箭似的沿着边缘冲进了大帐的门帘，没让他们发现。

"今天午夜之前，军队必须翻过山。"沈贤沉声说道。

"大人，这儿离岷山另一边还有七十里路，全是崎岖的山路，一天当中很难完成这么长距离的行军。"将领说道。

"所以我们只能扔下车辆，轻装前进。传令下去，所有士兵一律带上自己的武器、一袋食物和一壶水，别的行李统统留在营地。时间就是一切！"

"翻山的路很不好走，要是把马逼得太紧，它们承受不了，会垮掉的。大人，打仗的时候，马是很珍贵的。"

"几匹马的价值能跟我们夺取'面具之城'以后唾手可得的黄金与财富相比吗？我告诉你，要是今天午夜前不能翻过山去，我们就攻不下'面具之城'。"

将领停下脚步，面色沉重地想了想。

"大人，虽然我不明白你的法术从何而来，但是你展示出的威力让我信服。我答应你，今天午夜之前，我们会在岷山的另一边安营扎寨。放心，我会做到。"

"这就对了。走吧，跟我去巡查出发前的准备情况。"沈贤满意地带着将领向前走去。他们从辰风身旁经过，由于讨论得太过专注，根本没有发觉藏在帐篷阴影里的男孩。

等他们走远，辰风蹑手蹑脚地钻进门帘，他一进去，立刻就有一个人影扑将上来，辰风惊恐地将其推开，拉开马步，摆出格斗的架势，听见对方发出清脆的笑声，这才发现那是汀紫。

"汀紫！"他惊喜地叫起来，"可让我找到你了！"

"不是你，"汀紫笑着说，"是来福找到了我，你只是跟着它进来的，"然后她迅速收敛起笑容，"没时间说闲话了，我们必须赶回'面具之城'。"

"什么都来不及了，这支军队转眼就会骑马出发，他们今天夜里就能穿过大山了，就像插着翅膀一样，我们怎么都追不上的。"辰风有些沮丧地说。他是个勇敢的孩子，只是，此时事情毫无希望，他难以遏制地露出了性格中的软弱面。

"沈贤有台地震仪，他已经测算出岷山倒塌的时刻，不过，我们必须搏一把！听我的，我们立刻逃走，抢在他们前面，去王宫报告消息。"汀紫坚定地说。她的力气虽然不如辰风大，但她的性子却比他坚毅得多。

"那是不可能的。"辰风没精打采。

"当然有可能，我们骑马！"汀紫咧嘴一笑，她早就想好了这招险棋。

"什么？"辰风吓一跳，"我从没骑过这玩意儿，那是很危险的……"他还没说完，汀紫就冲到了帐篷门口，低声吼了他一声。

"沈贤就要回来了，"汀紫急促地说，"快走！"

他们钻出门帘，一溜烟跑了出去。营地里一片混乱，士兵们正在集结，高声传令，收拾武器，准备马匹。除了战前准备之外，他们无暇顾及其他。两个孩子和一条小脏狗就这样旁若无人地从他们的眼皮底下逃走了。

辰风跟着汀紫一通猛跑，跑到了马圈旁，马匹全都用长长的缰绳拴在一起。这些高大的牲畜有着温驯的眼睛，看起来不像辰风想象的那么骇人。辰风想，他也许不怕这牲畜，但这并不代表他胆子大到敢骑着它们翻山越岭。

汀紫顾不上考虑辰风的感受，她径直走向一匹黑白相间的小马，准备骑上它逃跑。这小马长鬃飘逸，显得威风凛凛，个头在所有马匹中是最小的，很适合身材瘦小的汀紫。正在汀紫准备翻身上马时，一个身穿粗糙皮甲的士兵冲了过来，一把抓住她的肩膀，喊着辰风听不懂的语言，显然是在恐吓他们。

武林高手的英雄形象从辰风脑海里闪过，他急中生智，飞身上前，左脚一蹬，使出他自创的绝杀技——"飞刀除草"。无奈他依旧倒霉，左脚在泥地上滑了一下，摔了下去，狼狈地撞在汀紫的腿上，被汀紫敏捷地扶住。

士兵没有想到还有这一出，不禁失声大笑起来，汀紫朝着辰风使了个眼色，辰风会意，汀紫转身狠狠踢中士兵的膝盖窝，与此同时，来福嗷呜一声，一口咬住士兵的脚踝。士兵吃痛，大叫一声，重重撞向离他最近的一匹马，那匹马受惊跃起，对着士兵的脑袋，一通狂踢。

趁着士兵浑身蜷缩起来，在乱踢的马蹄下护着头，满地打滚的时候。汀紫冲辰风大喊："上马！"而后她轻松地跃到小马的背上，伸手拽过身边另一匹褐色小马。

"上来！很容易的！"她的语气不容置疑。

辰风鼓足勇气，笨手笨脚地爬到马背上，那匹马感受到了辰风的生疏与笨拙，紧张地原地踏步。

"抓住你面前的长毛，那叫马鬃，抓紧了！"汀紫边喊边掉转马头，往营地外策马冲去。

躺在地上的士兵站起来挥手大叫，来福跟着汀紫往外奔去。辰风别无选择，伏在马背上，两手尽可能牢牢抓住马鬃，竭尽全力大叫一声："驾！"然后闭上眼睛，决定听天由命。

幸运的是，辰风的坐骑高高兴兴地扬蹄疾驰，很快便赶上了汀紫的马。两匹小马并驾齐驱，飞奔着冲出营地。辰风隐隐听到身后愤怒的叫声，但他的注意力全部放在马鬃上，他拼命抓紧，生怕被颠了下来。

汀紫骑着马越跑越快，来福也一路狂奔，辰风跟在后面，痛苦地忍受着马背上的摇晃。大地从他眼前飞速掠过，风扑面而来，群山不断逼近，他感到头晕目眩，差点吐了出来。

跑了好一会儿，汀紫停了下来。她先是将气喘吁吁的来福抱上马背，又扭头关切地问辰风有没有问题。辰风已经没法说话，只能哼哼着点头或是摇头，他怕自己一开口就要呕吐。汀紫看着他狼狈的样子，忍不住笑了起来：

"刚刚你假装摔倒，转移了他的注意力，这可真是一着妙棋！"

辰风点点头，露出不好意思的表情，其实他心里很羞愧，恨不得找个地洞钻进去。

"我们得抓紧赶路，沈贤的军队很快就会出发，我们不能让他追上。"汀紫说着，率先打马前行，辰风只好努力跟上。

哪怕是被抓住也好，总比在这家伙的背上晕得天旋地转、翻江倒海来得痛快。辰风绝望地想着。然而他并不愿意在汀紫面前露出怂样儿，于是强忍恶心，一声不吭地抓紧马鬃，装作若无其事地朝前飞奔。事实上，他早已在心里念着各路神明的名字，祈祷神力庇佑，让自己熬过"晕马"这道难关。

第十四章 艾尔福德·盗梦空间

凯特说自己是女巫，这简直荒唐透顶。

"不，告诉我这不是真的"霍华德大喊一声，拼命想要抵抗凯特所说的一切。

这太不可思议了，他掐了自己一下，痛感证实了他不是在做梦。指甲里的绿色黏液，背包、跑鞋上的海腥味也都在向他说明，刚才的荒谬经历都是切切实实发生过的。

"你不可能是女巫！世界上根本就没有什么女巫！"他近乎绝望地看着凯特，希望后者是在说笑话。

"我不认为有什么事是不可能的。"凯特笑眯眯地望着他。

霍华德不得不承认，经过这一天的体验，他发现自己对世界的认识太有限了。

"其实，我不是童话故事里讲的那种女巫，我不会烧一口大锅，等着小孩子掉进去。准确地说，我只是个'灵使'。"

"那又是什么？"霍华德几乎是苦恼地望着她。

"这是中国古代的一种称谓，可能更接近萨满而不是巫类。这类人能够通灵，能看到、接触到一

些普通人看不到、接触不到的灵异事物。从很早以前开始，人们就有过各种称呼：先知、预言家、术士、疯子、萨满、灵使、女巫等等。不同国家、不同时代的人对我们有不同的称呼，但我更喜欢'灵使'这个说法。"

"所以你是个……灵使？"

凯特眨眨眼表示认同，同时尽量用霍华德能理解的方式解释道：

"自古以来，就有极少数的人对于日常生活之外的东西很敏感，你读过《爱丽丝奇遇记》和爱伦·坡的那些恐怖小说吧？你以为作者的灵感都是从哪儿来的？全部是坐在屋子里空想出来的？当然不是！眼下，我要告诉你更为重要的事实，那就是，不仅我是灵使，你也是，而且我认为你爸爸也是。"

霍华德怔怔地看着她：

"那么，我爸被所有人认定是在发疯的时候，其实跟我刚才所经历的是一模一样的？"霍华德抓住了关键。

"我想，你爸爸跟你看见的不完全一样。毕竟不同的灵使能看见不同的东西，以不同的方式做出反应。"

"这就能够解释，我能记得所有非同一般的细节，而我爸完全傻掉了，他什么都想不起来？"

"我认为你爸爸看到的东西超越了你的经历，恐怕是一些常人难以想象的恐怖场景，这让他的大脑没法应对，因此大脑的防御机制开启了应激功能，自动屏蔽了他所有的记忆，包括现实生活中的经历。"

"但他貌似开始恢复记忆了，"霍华德说，"他领我们下楼之前说了'金色面具'和'必须去'，这意味着他的经历跟金色面具有关联？"

"有可能，毕竟他作为灵使，看到的和感受到的一切还留在他脑子里，大脑只是把它们暂时封存了，电视纪录片里的考古场景以某种方式触动了那些封存起来的记忆。"

"我在地下室里发作的时候，他还有什么反应吗？除了召唤我归来的那些古汉语？"

"你真敏锐，"凯特赞赏地说，"没错，他一直念叨着一些古汉语，比如他反复念那本书名，《金色面具》。然后，他还说了，'Zhe ben shu zai

君王与祭司

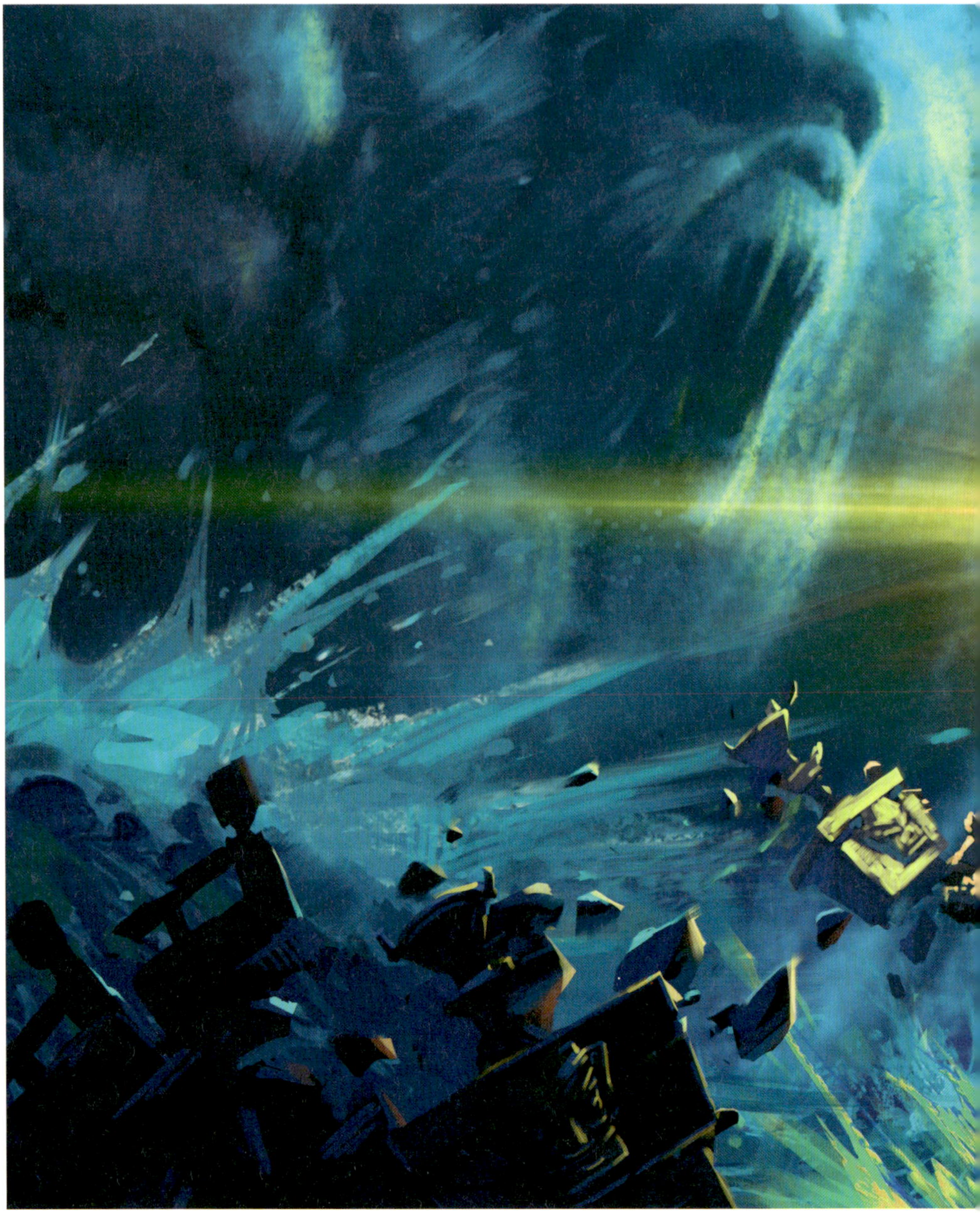

金色面具

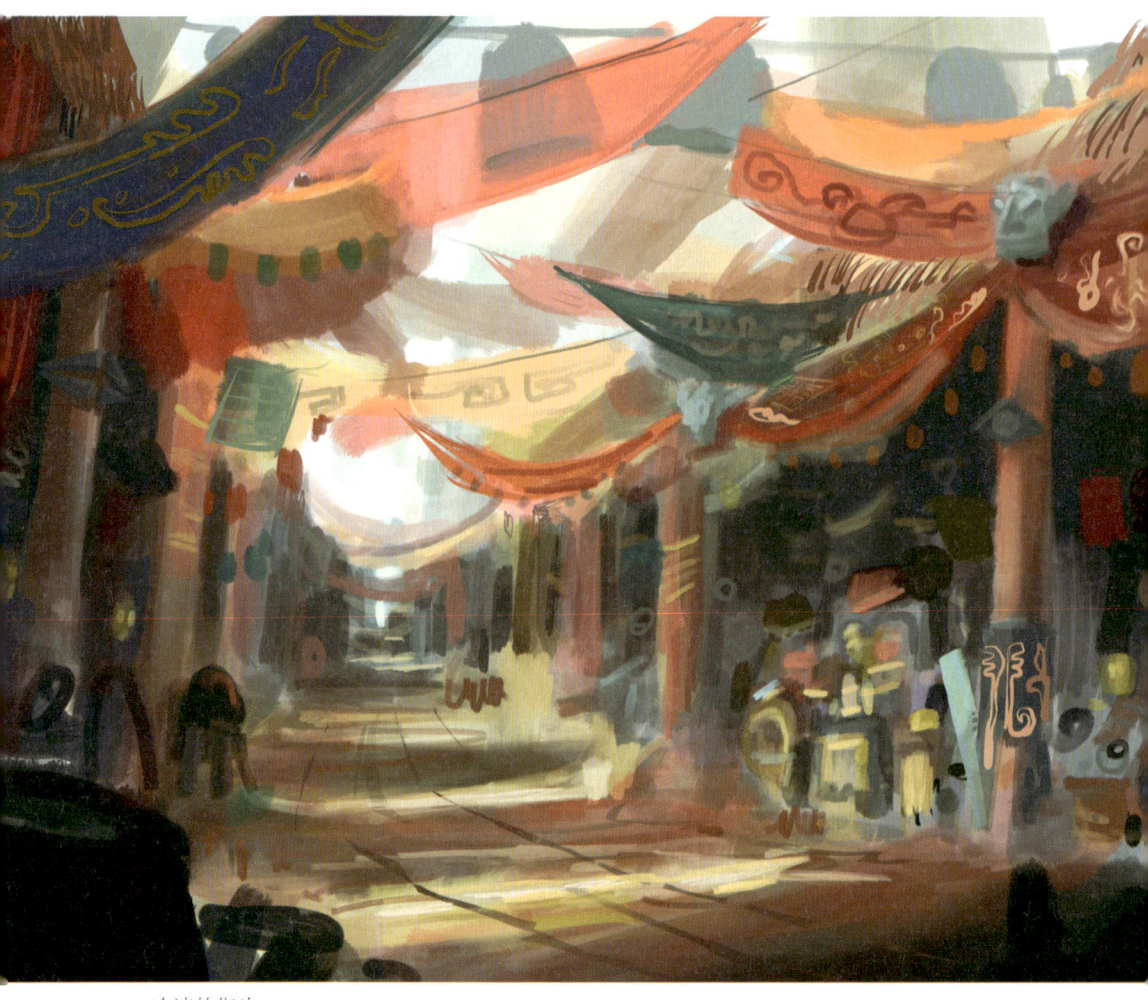

冷清的街头

zheli'，意思是'这本书在这里'；'Niying gai kanshu'，意思是'你应该看书'——这就是麦迪逊在学校门口对你说过的话；以及"Xiaoxin zuomeng de sizhe"，大意是'小心做梦的死者。'值得注意的是，他说的话全是汉语，没有半句英文。"

霍华德寻思片刻：

"既然金色面具是书名，而你在阅览室找到了这本书，我们是不是该先读一读，看看里面到底说了些什么？"

"但愿我们能够顺顺当当地阅读，毕竟这世上有好些古老的、失传的著作，比如*De Vermis Mysteriis*、*Necronomicon*、*Os Aureum*之类的，这些书是用很多种不同的语言写成的——巴比伦语、拉丁语、希腊语、阿拉伯语、以诺语、汉语、伊特鲁里亚语、希伯来语等等，它们的原本早已消失不见，留下来的都是残缺不全的孤本，不止如此，这些孤本全都是与原文出入很大的低劣翻译本。其中，*Os Aureum*就是'金色面具'或'Jinse mianju'的拉丁语说法。"说着，凯特忽然停下来，一副忧心忡忡的样子。

"你在担心什么？"霍华德皱着眉问道。

"我想不到会在阅览室里发现这本失传已久的《金色面具》，这本书的副本寥寥无几，大多都是希腊文或拉丁语的劣质译本，残缺不全。让我难以置信的是，我拿到的这个版本似乎是完整的原版。"

"这难道不是好事儿？"霍华德不懂了。

"这可能非常危险。你不知道，《金色面具》的原著诞生在好几千年以前，作者使用的是一种古老的语言。在阅览室里，最初我以为自己看到的是较晚的仿写版本，但后来我怀疑它跟原著出现的时间非常接近。这太诡异了。据史料记载，在3000年前的古老三星堆时期，那个地区的中国人是没有文字的，既然没有文字，又为什么会有书籍？然而麦迪逊和你爸爸都提到了看书这件事，你爸爸更是直接用古中文说出了'金色面具'。现在这本书阴差阳错地到了我们手里——这一切简直是环环相扣、严丝合缝。霍华德，我有点儿不敢翻开这本书了，我总觉得这本书里隐藏的秘密非同寻常。"

"好吧，这确实很可怕，但我们必须尝试去面对和解决。这本书是中文的，所以你读得懂，是吗？"

"阅读倒没什么难度，可问题在于，它也许是原书最精确的副本。"

"最精确的副本……这有什么可在意的？"霍华德不解。

"不少古书的原著都具有无穷的魔力，据说，只要朗读里面的某些段落，随着朗读者的语音，就能打开通向其他维度，尤其是通向'古神之国'的通道。我所害怕的正是这个，因为我不知道手里这本《金色面具》有些什么样的功能。"

"古神之国？"霍华德觉得自己的脑子完全不够用了。

"我们置身的世界，不光有些地方能通向其他的维度，而且有些时间点也具备这样的能力。不同的维度在时空里旋转，当两个维度靠近时，通过某种触发，两者就会被打通。根据目前的研究推断，就在近期的某个时间点，古神之国会非常非常接近我们的世界，如果这时候有人打通了两者之间的连接，那么古神，那些可怕的东西，就会来到我们的世界，从而发生难以预测的灾难。"

"古神是什么东西？它们……很可怕？"

"记得我那个比方？如果我们是庭院里的蚂蚁，古神就是正要来庭院烧烤的人类。"

"力量悬殊如此巨大，"霍华德盯着凯特，"不过，你是怎么知道的？"

"我读过一些资料，同时，你爸爸的话印证了这件事。他在地下室里说了你应该看书之后，又说'Xiaoxin zuomeng de sizhe'，意思是'小心做梦的死者'。在某些古代文本的记录中，古神就是直接用'做梦的死者'来指代。书里记载说，古神的梦境时不时地会渗透到我们的世界里，会出现在我们的睡梦里，一些敏感的灵使会经历这些梦。"

"那一定是噩梦。"霍华德凭直觉判断道。他想到最近频频骚扰自己的怪梦，以及缠绕着他的那团来历不明的黑雾。

"是的，肯定不是美好的体验。当两个维度旋转到一起的时候，灵使的梦境就会更加逼真、更加强烈，仿佛自身正在经历的不是梦境，而是陷入了另一个切实存在的真实世界。这样的经历自然会让不愉快的体验愈发刻骨铭心。当然，这只是灵使的第一个特点——"

"甚至可以在白天出现？就像我在地下室那样？"霍华德迫不及待地打断她。

凯特颔首：

"你是个灵敏度极高的灵使，因此其他灵使的梦境也会滑过你的梦境边缘，乃至被你察觉和查看。"

"好吧，"霍华德不情不愿地说，"我明白了。那么麦迪逊呢？她也是灵使？她那么笨，怎么可能是灵使？"

"这跟智商没多大关系。"凯特笑了起来。

两人沉默下来，霍华德苦苦思索着凯特的话——刚才她说的这些都很疯狂，但的的确确能够自圆其说，特别是能够解释目前大家遇到过的所有的怪象。

"你是说灵使还有别的特点？"霍华德想起被自己截断的话头。

"还有一个，相信你不会喜欢的。"凯特说。

"比大白天做噩梦，梦见怪兽往我身上扑还要烦人？"

"灵使能体验彼此的梦境。"凯特说。

"就像麦迪逊会出现在我的梦里？"

"对，"凯特犹豫了一下，说了出来，"你也会出现在我的梦里——其实，我来到艾尔福德，插班进入你所在的中学，就是为了来找你。"

"找我？"霍华德不知道该不该受宠若惊，如此美丽的东方女孩，竟然是冲着他来的！可惜，来找他的理由却不同寻常。

"我梦见你有好几个月了。"凯特略带苦恼地说。

在此之前，要是凯特表白梦见自己好几个月了，霍华德肯定会深情款款地把右手伸过去，握住她柔弱无骨的小手，彼此温柔对视。

现在他却不知道怎么回应，要不干脆调侃一句："原来我是你的梦中情人。"他还没来得及开口，凯特便继续说了下去：

"最初，我梦见的不是你。一开头，画面很模糊，我梦见街道、房屋、学校。之后，它们渐渐变得清晰。不过，我感觉自己只是纯粹的旁观者，我在观看另外一个人的生活，通过他的视角，看着他在家里走动，去上班，给学生讲课……"

"给学生讲课？"霍华德糊涂了。

"是的，那是一年多以前了。最初，梦境中的视点都很正常，突然有一天，梦境变得支离破碎，接连好些日子，梦境的最后，都会出现一团黑雾，我清醒地知道自己还在做梦，但什么都看不见也什么都听不见。接下来，出现在梦境中的就是医院了，并且我常常有一种被束缚的感觉，感觉自己被困在了床上。再后来，这些梦全都消失掉了。"

"那是我爸，"霍华德艰难地挤出一句，"你梦见我爸住进了精神病院。"

"这段梦境消失以后，有一阵子，我没再做梦。然后，大概三个月以前，梦境又出现了。这次的梦有所不同，我不再有附体的感觉，不再是通过别人的视线观看，而变成了观察者本人，直接看到一个人经历的一些事情。"

"那个人是我？"霍华德提心吊胆地等着答案。

"是你。"凯特说。

一个女孩子在暗中注视自己有好几个月了，吃喝拉撒睡尽在她的目光中进行，这念头让霍华德浑身不自在。他忍不住回顾自己有没有做过什么愚蠢的、见不得人的傻事儿。

"别担心，"凯特真是玲珑剔透，"我看到的生活片段，都很无聊。"

"这话可安慰不了我，"霍华德半真半假地说，"这么说来，你是在你的梦里，监控我的行为？"他猛然记起，在他梦境中出现过的中国女孩，很可能就是凯特，这么说来，他们彼此都在对方的梦境里出现过。

"我也不想呢，"凯特叹息，"可是我控制不了自己的梦，就像你同样控制不了你的梦。"

"现在你还会梦到我吗？"霍华德赶紧问，他暗想着要怎么把凯特梦中的自己变成一个完美无缺、风度翩翩的少年。

"不会了，我来到艾尔福德，那些梦就不见了。"

"为什么会想要找到我？"霍华德巴不得凯特说出自己被这个陌生男孩所吸引之类的甜言蜜语。

"因为到了最后的阶段，我的梦境产生了一些变化。我发现观察你的不只是我一个人，还有其他的目光，那些目光不怀好意，充满邪恶，似乎很高兴顺利地进入了你的梦境。"凯特的叙述毫无温情，她只是就事论事。

"那是另一个灵使？"

"我不确定是什么，人类，还是别的生命体。我能肯定的是，那目光怀有恶意，"凯特说，"这让我产生了警惕，我必须找到你，阻止任何危险的发生。"

又一次上演了"美人救英雄"的戏码。霍华德落寞地想着。原来在凯特眼中，他是需要被拯救的那个人。

"然后，在艾尔福德，你看到的我，跟你梦境中一样无聊。"霍华德酸溜溜地说了句玩笑话，但凯特并没有因此而露出笑容。

"我到了这儿，就没法梦见你了。但我的梦境中，出现了一团黑雾。"凯特表情严肃地说道。

"跟我的梦是相同的，"霍华德惊讶地说，"这些梦是怎么引起的呢？而且，你觉得它充满恶意？"

"是的，但我也不知道它们是怎么来的。我能想到的就是关于古神之国的传说，因为它们即将到达一个能够进入当下维度的点。据说在人类出现以前，是它们在统治地球，还有一种说法，它们来自外星球……"

"停下，停下，停下，"霍华德做了个停止的手势，"你说的这一切，太让我伤脑筋了，这些内容足够我思考一辈子。我啥也不想知道了，我就想你能告诉我，怎么做，才能叫那些梦滚蛋。"

"我也想知道，"凯特露出爱莫能助的表情，"我同样被困扰。我能够分析的就是，你和我应该有某种联系，我觉得你爸爸也是，同时，我们几个人的遭遇都跟那本书有关。"

"书就在我们手里，读完以后，凡事就将迎刃而解？"

"恐怕非你所愿，正是因为书在我们手里，事情会变得更为艰难。"

"我不明白，一本破书就是一堆词语的组合，还能怎样？！"霍华德简直有些生气，他觉得凯特让他知道了事情的真相，却带来了更多的烦扰。

"亲爱的，词语是极其重要的，"凯特语气轻柔，但声音里透出慎重，"在某些古老的宗教中有这样一种说法，即说出一个词，就能创造一个宇宙。比如在犹太教里，上帝有七十二个名字，念出这些名字，就创造了不同的世界。这种创造，从某种程度上讲，也是对旧有世界的毁灭。基督教《新约》的开篇就说：'太初有词，词与神同在，词就是神。'你想想，词就是神。传说中《金色面具》这本书的原著能够打开不同维度和不同世界之间的通道。你记得吧，你在地下室发狂时，是你爸爸说的几个词语把你召唤回来的。"

霍华德承认，凯特说得没错。

"那么，究竟什么才是现实？什么才是我们真正置身的时空？"他抚住额头，痛苦不堪。

"这是个终极问题，"凯特讲出了一番深邃的道理，"人类试图给肉眼所见的世界寻找符合情理的解释，但肉眼所见，并不意味着真实与全部。自古以来，无数哲学家，甚至无数异教和小型宗教都尝试着对于现实和我们在现实当中所处的位置，给出系统的论述。在这些论述里面，有灵使的经历，也有灵使的感悟。我能告诉你的只有这些——不存在所谓的答案，因为追寻的脚步一直在路上。"

霍华德简直对凯特的逻辑思维能力敬佩得五体投地，她说得头头是道。可惜，这些大道理对于霍华德凌乱的思维而言，并没有任何神益。

"我知道一个民间组织，我妈参与的宇宙和谐联盟，他们那个联盟里有人确信收到了来自古代亚特兰蒂斯的信息。"

"民间有很多类似的组织，每个人都想要搞清楚生与死、宇宙与人类、过去现在和未来这些大问题。"

眼看他们的谈话越来越抽象，霍华德赶紧把话题拽回来，他可没有兴趣研究玄学或是哲学。

"这么说，要是几个词就能把我从海滩带回来，那么，只要找到正确的词语，就能打开你说的那些不同时空之间的通道吗？"

"我不能肯定，毕竟这都是传说或者记载。但我相信，即便有可能做到，那也绝非灵使之外的人能实现的。不过，目前看来，某些语句和词组确实有可能导致可怕的事情出现。因此，我们最好加倍小心。"

"有点儿像是往另一个时空发送电子邮件。"霍华德说。

"也可以这么说，"凯特笑起来，"但你别指望能收到回信。"

"另外的时空是什么模样的？"

"谁知道呢？"凯特嘟起嘴巴，"时间太晚了，我们得回去了，黑猫肯定等得不耐烦了。"

霍华德和凯特起身，默默地穿过精神病院的走廊。怪兽、梦境、魔法和其他时空在霍华德心里纠缠不休。到此时，他依然难以确定自己究竟是疯掉了，还是卷入了比发疯更为糟糕的恶性事件之中。这不寻常的一天里，唯一使他欣慰的是爸爸看起来有了恢复神智的希望。此外，当然还有他和凯特之间不经意擦出的暧昧小火花。这种青春洋溢的感觉真是太好了，好到足以抵御其他所有的焦虑和不幸。

不知不觉间，他们已经走到了接待桌面前。接待护士叫住了他俩。

"那只黑色的猫是你们带来的吗？"护士说，"霍华德，你肯定知道我们这儿不允许宠物进入。"

"我的猫很听话，"凯特抢先答道，"我让它待在外面的草地上，它不会跟进来的。"

"它已经闯进来了，"护士耸耸肩，"有位医生下班回家，门一打开，它就冲了进来。"

"它在哪儿呢？"凯特四处张望，"它还从来没有这样调皮过。"

"一进来，就直奔那边的楼梯，冲着阅览室的方向去了。它的速度太快，我根本追不上，这会儿又没人可以替代我，我不敢离开。所以你们最好立即上去找到它，把它带出来。"

"对不起。"凯特一边道歉，一边冲向楼梯间。霍华德跟了过去。

他们来到阅览室，先前在这里阅读的人已经纷纷离去，黑猫蜷缩在屋子中央的桌面上，耷拉着脑袋，萎靡不振地闭着眼睛，艾琳正在轻轻抚抚摸它的皮毛。

"怎么回事？它怎么了？"凯特焦急地问道。

"它没命地跑进来，尖声叫唤，就像有魔鬼在追赶它，"艾琳说，"然后它就跳上桌来，趴在这儿歇气。"

"真抱歉，它平时不会这样无理取闹。"

"没关系，"艾琳笑着说，"我们现在是好朋友了，刚才我们聊得挺好，对吧，黑猫？"伴随着艾琳的话语，黑猫睁开双眼，轻轻叫唤了一声。

"你怎么知道它叫黑猫？"霍华德走到桌前问道。

"我猜对了吗？原来它真是叫这名字，它的皮毛颜色可真是纯正，一点儿杂质都没有。"艾琳说，"去看过你爸爸了？情况怎么样？有所好转吗？"

"还行吧，他看起来有点儿反应了。"霍华德说。

"有反应就是好消息。"艾琳说，"你今天待了很长时间呢。"

"我们去了趟地下室。"霍华德和艾琳说话时，凯特一直关切地注视着黑猫。听到霍华德的话，她补充了一句，"我们碰到了一个阴阳怪气的锅炉工。"幸好她没有提到霍华德遭遇的怪事。

"阴阳怪气的锅炉工？"艾琳有些不解，"当然，吉姆的幽默感有时候会显得莫名其妙，但我们知道他是苏格兰人，有着苏格兰式的幽默，所以我们都不跟他计较。倒是从来没有人评价他阴阳怪气。再说了，今天是星期五，吉姆每周星期五休假。如果有紧急情况，医院倒是会安排他临时加班。但据我所知，今天锅炉间没出什么麻烦事儿啊。"

"吉姆是什么模样的？"凯特问。

"矮个子，淡金色头发，有点儿超重。"艾琳的形容很含蓄。

"我们看见的可能是他的助手或是别的锅炉工，"霍华德说，"那是高个儿的、脸色很白的东方人，应该是中国人。"

艾琳盯着霍华德，显得十分困惑：

"吉姆没有助手，也没有别的锅炉工。他经常抱怨工作太多，因为他独自承担。医院的后勤保障部门没多少员工，能被你们看出一些中国人血统的也就我一个人，没有别的东方面孔。"

"你也看见他了，对吧？"霍华德扭头问凯特，想从她那里得到一些有效的信息。但是凯特已经不告而别，霍华德看见她的背影匆匆走向通往地下室的楼梯。黑猫来了劲儿，跳下桌子，跟了上去。

"回头见，艾琳。"霍华德赶紧跟艾琳道别，快步跟了上去。

霍华德跟着凯特急急忙忙跑下楼梯，来到地下室。霍华德心生畏惧，生怕再次进入迷幻空间。他正在犹豫，头顶的灯光再次突然亮起来，又把他吓了一大跳。

地下室的走廊依然如常,但是走廊尽头的门被关上了。凯特轻轻拉住霍华德的手,力量从凯特的掌心传递到霍华德的心里。凯特看了他一眼,霍华德明白了她的意思。

霍华德松开手,步向走廊尽头。门关着,他拧了一下把手,门一下子就开了,走廊里的灯光照亮了房间里的锅炉,还有密密麻麻的管道、电线之类的物品。

"怎么回事?这儿没人?"霍华德回过头去。凯特和黑猫默默注视着他。

"这不是我的幻觉吧?不只是我看到了那个中国人。你也看到了,对吧?"霍华德求证。

"我也看到他了。"凯特说。

"这怎么可能?按照艾琳的说法,这儿从来就没有中国员工。"霍华德回到凯特身边。

"我也不知道,"凯特淡然道,"我得好好想想,我们走吧。"

霍华德再次回头,看向空无一人的锅炉间。他不甘心就这样离开,但是别无他法。那个中国男人出现在虚空中,又消失在了虚空中,实在是太魔幻了。

夜色渐浓,霍华德与凯特上楼,走出医院的大门,一起走向车水马龙的街道。世界如常,没人知道这两个中学生正在经历着什么。

第十五章

艾尔福德

宇宙和谐联盟

两个小伙伴默然行走着。黑猫一声不吭地跟着他俩，机灵地绕过大雨留在地面上的小水洼。

乌云已经散尽，湿漉漉的街道笼罩在淡淡的月光中。潮湿的空气挟裹着冰凉刺骨的寒风，缓缓吹动着路旁沟渠里的漂浮物。

霍华德和凯特裹紧外衣，在夜风中漫步。霍华德的脑袋像一个爆炸现场，充满了凌乱的信息碎片，他努力地想要一片一片地拼凑起来，形成一个完整的链条，然而不断地有新的念头冒出来，打乱他的思路。他想跟凯特讨论个水落石出，但是他明白，凯特告诉他的已经够多的了，其实他本能地抵抗着凯特的那些说法，恨不得一切都只是凯特杜撰的故事。然而他越琢磨，就越觉得凯特所说的，是对所有异常事件唯一合理的解释。

霍华德打算问问她以后该怎么办，既然凯特让他知道了自己是罕见的灵使，这就意味着他还会经历种种不可思议之事。他正要开口，手机响了。

"谢天谢地，你没事吧？你在哪儿？"是妈妈焦急的声音，"我参加完宇宙和谐联盟的活动回到家

里，没有看到你。我都担心死了，以为你碰上了什么可怕的事。"

妈妈说得没错，他确实碰到了非常非常可怕的事，但他不打算跟妈妈说。他不想让妈妈操心。

"对不起，妈。我忘记打电话给你了。"霍华德意识到早就错过了应该回家的时间，他在精神病院待得太久了。

"去看你爸爸了吗？"妈妈问道。

"看过了，挺好的。我跟一个朋友一块儿去的，然后我们去了餐馆。我把时间给忘了，现在我们刚出来，就快到家了。"

"好的，注意安全。"

"我妈催我了。"霍华德把手机放回裤兜，对凯特说。

凯特再次牵住霍华德的手，他们在黑暗里往前走。霍华德感受着从凯特掌心中传来的安慰与力量。

"你怎么样？今天对你来说太特别了。你经历了这么多，而且，我硬塞给你的东西也太多了。"

"我扛得住，真的，放心吧。"霍华德佯装坚强，他告诉自己，不可以在心仪的女生跟前示弱，那也太丢人了。真相却是，他害怕回家，害怕黑夜，尤其害怕入睡后可能会做的那些怪梦。

"真的吗？"凯特看了他一眼，凯特深邃的目光让他彻底缴械投降。

"其实……这是假的，是我骗你的，"霍华德握紧凯特的手。"你说的那些内容让我很难接受，我知道，我应该相信你，因为只有这样才能解释我碰到的那些事。从今天开始，我所面对的整个世界，还有从我出生以来就毫不怀疑的一切事物都在崩塌。凯特，说实话，我很害怕，怕得要死。"

"你最怕的是睡觉吧？"凯特就像能洞悉他的思想，"你是担心睡着以后会做噩梦？"

"你说得对，"霍华德承认，"目前，这是我最害怕的部分。"

"别紧张，这方面我可能帮得上忙。"凯特从包里掏出一个别致的绿色小雕像，递了过来。

小雕像躺在霍华德的手掌中，有拇指大小，半人半兽的造型，蹲踞着，一张看起来聪明而和善的面孔，长长的胡须、高高的颧骨、大大的招风耳。这雕像触感极其光滑，甚至有些油腻腻的，感觉倒是很贴手。

"这是什么？"

"它叫贝斯，"凯特一本正经地说，"是古埃及人最喜欢的神灵之一，也是很古老的神灵，没人知道他究竟有多老。它是家庭的保护神，是一切善良、美好事物的守护神，同时，也是一切污秽、邪魔的敌人。对了，它还擅长杀蛇。"

"这么说，就算从卧室的窗户忽然爬进来一条大蟒蛇，我也不会有事的？"霍华德调侃道，"除了杀蛇，贝斯还可以干吗？"

"今晚把它放在你枕头下面，他能赶走噩梦。"

听着凯特的话，霍华德翻来覆去看着小小的贝斯，看不出这个小摆设怎么会有如此强大的功能。不过，他相信凯特不会逗他的。

"这样我就踏实了，"霍华德真心实意地说着，他简直要把贝斯当成老朋友了，"谢谢你，凯特。"

"咱们得订个计划。"不知不觉间，他们走到了霍华德家门前，凯特停住脚步，说道。

"订计划做什么？用来打败可能从其他维度冲过来的怪兽吗？"霍华德开玩笑说。

"至少不能让他们毁灭掉人类，"凯特很严肃，郑重其事地说着，"现在，已经有我们两个灵使了，不会是我一个人孤军作战，今晚我会好好思考这个问题。明天是星期六，你到希尔德公寓来一趟怎么样？我住在阁楼。咱们可以一块儿讨论，尽量想个完善周密的行动计划。"

"没问题，我都听你的。今天真是谢谢你。"

"我不知道你该不该感谢我，更不知道我对你意味着什么，"凯特很诚实，"但是我想，多了解一些情况，好过两眼一抹黑。一无所知，这才是最令人恐惧的状态。"

"是的，我好像没那么害怕了。"

"但愿吧，"凯特闪烁其词，霍华德正想发誓自己确确实实不是一个胆小鬼，凯特已经截住了他的话头，捏了捏他的手，然后放开，提醒他道，"别忘了把贝斯放在枕头底下。"

霍华德一直是无神论者，他差点儿用哄小孩子的圣诞老人或是牙齿仙子来比拟这个袖珍的贝斯，不过凯特那严肃的表情让他没法儿说出戏谑的话。

"无论如何，谢谢你告诉我这些，"霍华德说，"我得好好消化消化，它们太新奇了。还有，一旦需要在不同的维度之间穿梭，那是需要力气的，我会养精蓄锐，做好充分的准备。不管怎么说，跟巫婆约会挺带劲儿的。"

凯特乐不可支，往他肩膀上使劲捶了一拳。

"什么巫婆？多难听啊。是灵使，记住，我们叫作灵使，"凯特说，"晚安，睡个好觉。"

霍华德伫立在家门前，目送凯特和她的黑猫走进暗黑的夜色中。明天能够继续跟凯特待在一起，让他心神荡漾。她是个神秘的女孩子，他还不能确定是否要全盘接受她说的话，有一点却是可以肯定的，那就是，他渴望跟她在一起，他们在一块儿的时候，他感到舒服而安心，就像是已经认识她很多很多年了。他从未有过这样的感受。

冷风呼啸着吹过树梢，霍华德打了个冷颤，转身进屋。

"妈妈想你了，我的宝贝儿，"他刚进门就被妈妈一把抱住，"晚饭在桌上，边吃边陪妈妈聊聊天。"

"好吧，妈妈，不过我要先把书包放下。"霍华德好脾气地说道，他对待妈妈一向很有耐性，尽管他心里很反感妈妈老是把他当成乳臭未干的小家伙。

妈妈不好意思地松开手，好让他放下书包。霍华德很饿了，喷香的晚餐让他愈发饥肠辘辘。他会跟妈妈边吃边聊，但把今天的事情都告诉妈妈，那可行不通。

他才吃了几口辣酱炖豆，妈妈就已经性急地报告了一遍盘子里有哪些种类的豆子，以及她所谓的秘密配方——那不过是在原来的炖豆里添加了一种新的植物作为食材。

"对了，刚才你是和哪个朋友在一起？"报告完菜谱，妈妈试探地问道。妈妈就是这样，总是想要事无巨细地掌握他所有的动态与想法。

"就是个同学而已。"霍华德说道。

"改天请他来家里吃饭吧,可以介绍给妈妈认识一下吗?"

"当然可以。"霍华德爽快地答应着,对付这种邀请,口头接受是必要的。只有漫不经心的态度,妈妈才不会放在心上。这是经验。他才不会傻到让妈妈知道凯特是女孩子。那样的话,一旦见过凯特第一面,没准儿性急的妈妈就会乐颠颠地出门为他们挑选结婚礼服了。

"除了去餐厅,你俩还干吗了?"妈妈对霍华德的事情始终保持着好奇心爆棚的状态。

"我们就去餐厅喝了杯饮料而已,"没等妈妈追问,他又补充道,"爸爸的状况有所好转,他甚至还说了几个词。"

"真的?"妈妈大喜过望,"他都说了什么词?"

"就是随便说了几个词而已,没什么具体的意义。"霍华德对妈妈撒了谎,他不打算告诉妈妈那几个词是古汉语,而他的新朋友是个灵使,灵使认为爸爸和他也都是灵使。这些话,会把妈妈吓傻的。

"罗医生认为这是好现象,毕竟爸爸开口了,"看到妈妈失望的神色,霍华德赶紧安抚道,"罗医生说这是个重要的突破,还说以这种方式开始逐渐恢复神智,是爸爸这种病人常见的康复过程。"

虽然夸大其词,但看着妈妈的脸色立马放晴,让霍华德确定在某些特定的时刻,谎言的确是美丽的。

"这可是个好消息,我明天就去看看他,说不定他很快就能出院回家了。"妈妈自言自语。

"妈妈,你参加的活动效果怎么样?"霍华德赶快转移话题,避免妈妈被不切实际的乐观情绪冲昏了头。妈妈的注意力很容易就被他牵着鼻子走,这把戏屡试不爽。其实,霍华德一点儿都不看好妈妈参与的那些奇奇怪怪的组织,他认为那不过是让憔悴的中年妇女们消磨一下光阴而已。但是,经过了这几个小时的洗礼,他对奇闻逸事的兴趣陡然增加。

"联盟里有人告诉我们,世间存在一种叫作宇宙生命流的能量,这种能量在我们这个世界里出现的形态是蜜蜂,"妈妈果然变得兴致勃勃,说出一长串奇谈怪论,"古代亚特兰蒂斯人是把蜜蜂当作太阳神的标志来顶礼膜拜,如今想来，这完全说得通，因为蜜蜂可不是普通的生物，它是那种巨大的能量的表现形式。"

霍华德的妈妈是个话痨，只要她一开口，就没有对方说话的余地。霍华德不需要回应，他只要大口吃着香喷喷的炖豆就可以了。平日里，妈妈也经常喋喋不休地说起从宇宙和谐联盟中听来的各类神神道道的故事，霍华德通常不会走神，这次可不一样了，她谈论的东西远远比不上凯特告诉他的事情荒诞离奇。即便如此，霍华德还是更愿意相信年少的凯特是个了解其他维度的女巫，而不太相信由一群大叔大婶们组成的联盟能够跟古代的亚特兰蒂斯人取得联系。

不过为什么会有这样的区别对待呢？不只是妈妈和凯特的年龄问题，还有一个关键点，他的经历太恐怖了，要是他在精神病院的地下室遇见的是一群嗡嗡叫的小蜜蜂，而不是海滩和怪兽，也许他会接受妈妈的说法，相信蜜蜂是某种神圣之物。

"当然，关于蜜蜂的说法，只是主流的宇宙和谐理论。我们艾尔福德成立的这个联盟很多年前就跟主流的理论界彻底决裂了。我们的全名是'来自远古的亚特兰蒂斯之光与九大维度的宇宙和谐之艾尔福德篇章'（Cosmic Harmony of the Light of Atlantis and the Nine Dimensions），简称奇兰达克（CHLANDAC）。"

霍华德点点头，妈妈好像之前没有提过这冗长庄严的名字，光是这长度就足够让他肃然起敬了。

"我们联盟中的人都知道亚特兰蒂斯人，"妈妈继续说着，"他们本领很大，能够在宇宙间自由自在地旅行，想去哪里就去哪里，无论是多么遥远的星球都可以办得到，而且，他们还可以在不同的维度之间穿梭来往。"

听到这儿，霍华德怔了怔。

"你是说，他们能去其他维度？"

"是啊，"霍华德表现出来的兴趣让妈妈很开心，"宇宙中不同的星球处在不同的维度中，彼此会有所辐射和关联，地球上某些地方的维度屏蔽会相对薄弱一些，比如被完全摧毁之前的亚特兰蒂斯、土耳其的哥贝克力石阵、秘鲁的纳西卡、苏格兰的卡拉尼什、中国的三星堆，还有咱们身处的艾尔福德社区。"

"艾尔福德社区也是？"霍华德瞪大双眼。

"绝对是。这儿集中了很多的宇宙能量，就在此地，在我们身边，唾手可得。要是我们有本事得到高深的知识，甚至可以穿越时间，去往过去和未来。说实话，无聊的时候，我会梦想在某个旧书店的角落里，突然找到《金色面具》。"

霍华德被一口炖豆给呛住了，剧烈地咳嗽起来。妈妈说的这番话让他大惊失色。

"慢点儿吃，宝贝儿。"妈妈探身过来给他敲敲背。霍华德使劲让呼吸恢复正常。

"妈，你说的是《金色面具》？"他终于喘息着问道。

"这是沃尔特说的，他是联盟的召集人，他说《金色面具》是亚特兰蒂斯人最重要的书籍，"妈妈不厌其烦地告诉他，"当然了，即使能找到，也多半是复制本，传说原书是用以诺语写的，就是亚特兰蒂斯人的语言以诺语，或者是用比以诺语更古老的语言写成的。在流传的过程中，有过好多语言的复制本。不过，在好几个世纪之前，它就彻底失传了。我们联盟的成员全都期待看到它，要是能找到，那会让人兴奋死的。"

"Jinse mianju（金色面具）。"霍华德忍不住轻声念道。

"宝贝儿，你在说什么？"妈妈不解。

"没什么。"霍华德连忙说。

"亚特兰蒂斯人有很多记载了远古咒语的书，"妈妈接着说，"他们的大祭司知道各种咒语的使用方法，有一些咒语能够让人自由地穿梭在时间中。可惜那些书大部分都失传了，仅剩下的，也都是残本。我对语言是外行，即使给我一册残本，我也看不懂。你爸爸就不同了，你爸爸是语言天才。他精通法语、西班牙语和拉丁语，就连俄语都难不倒他。"

一旦说起爸爸，妈妈就愈发停不下来了，她转而回忆起爸爸为了考古研究，曾经周游世界，寻访各类古代文献。

霍华德变得心不在焉，妈妈不知道，自己的话语在他心中掀起了惊涛骇浪。这简直太巧了，麦迪逊和爸爸都让他读书，爸爸更是提到面具，而凯特碰

神秘的国度

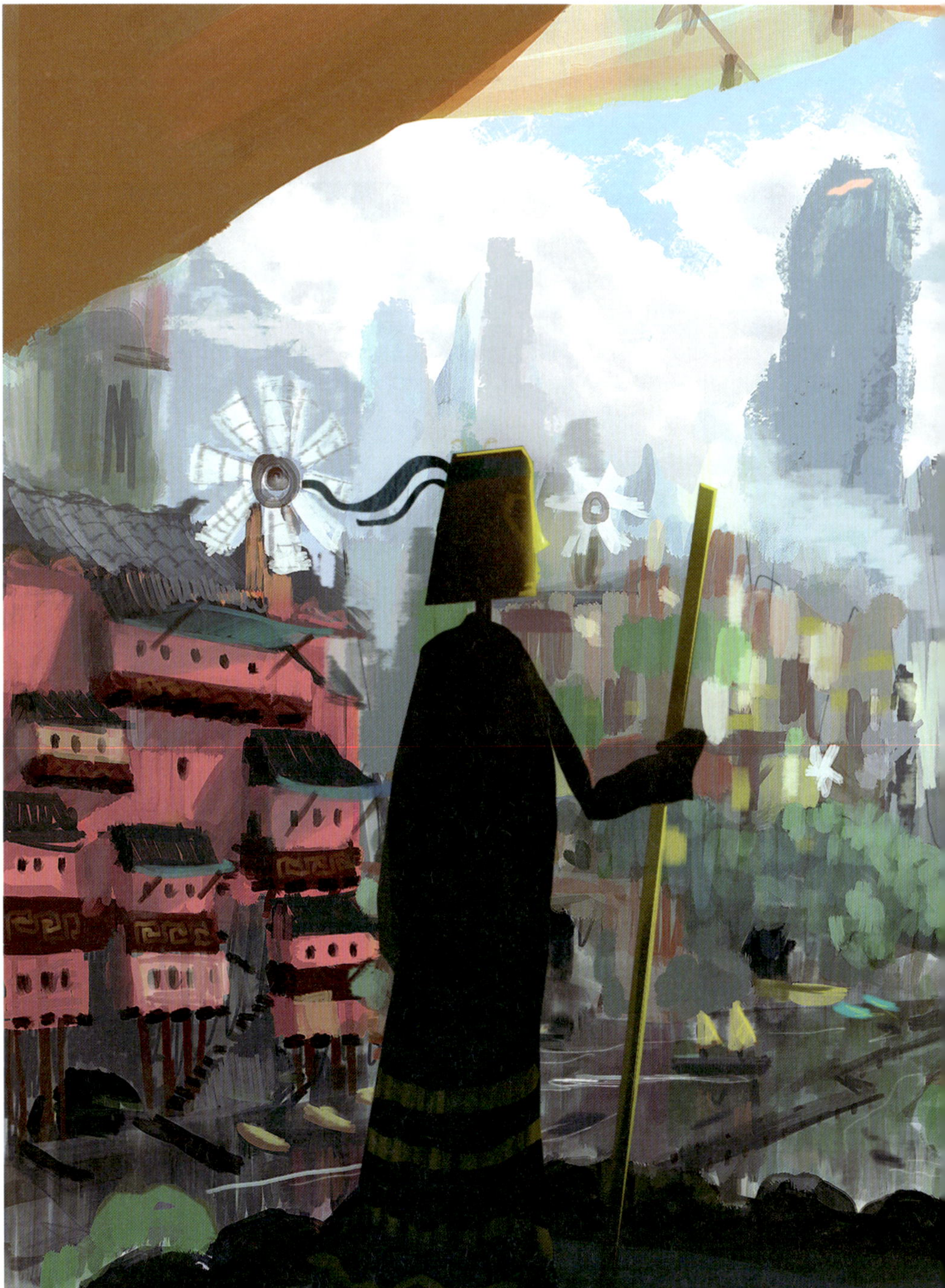

乌云压境

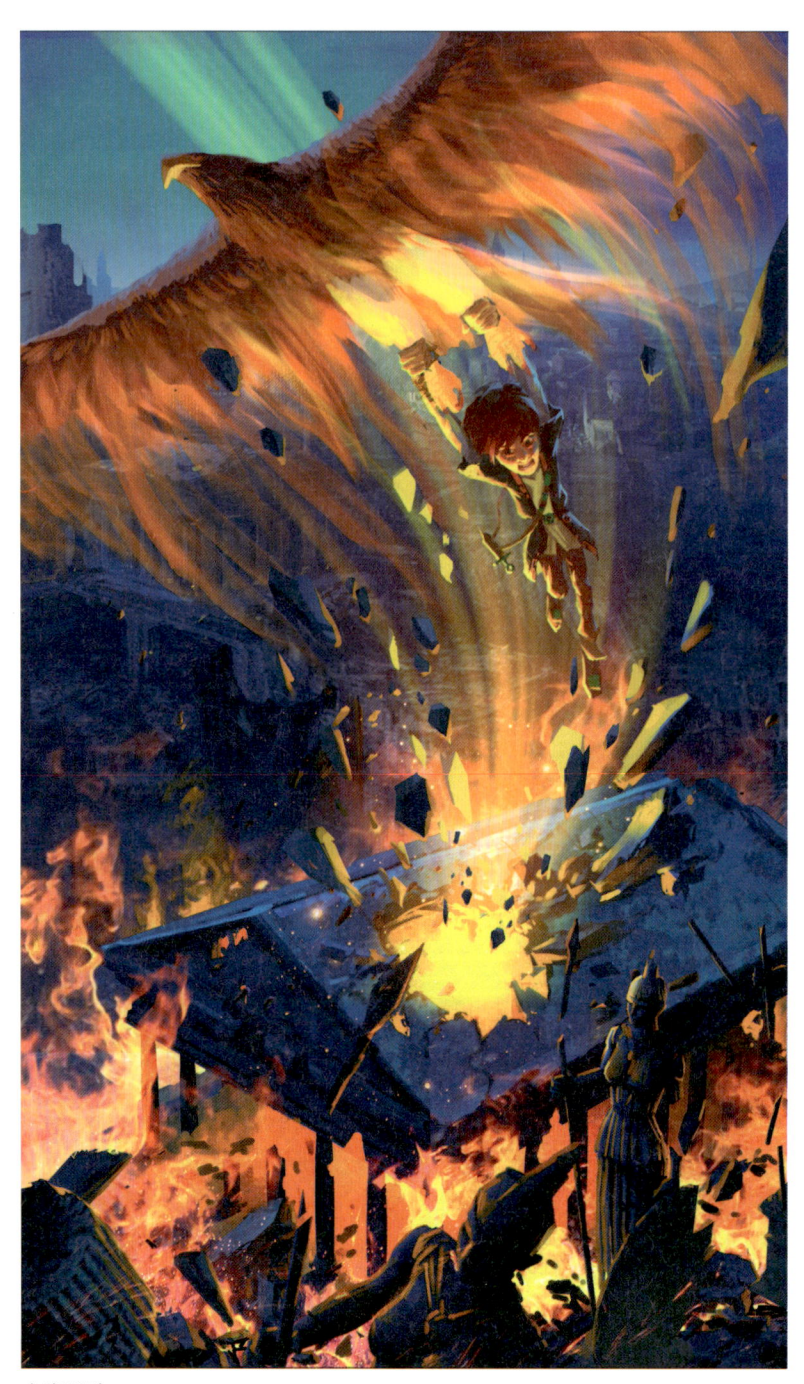

火海脱险

巧在阅览室找到了这本《金色面具》，就连妈妈也提到这本书。这几件事出现在同一天，究竟是相互关联，或者仅仅是巧合？

"宇宙中都有哪些维度啊？"霍华德趁妈妈长篇大论的间隙插嘴问道。

"一共有九个，"妈妈的思路被他扯了回来，"我们眼下生活的世界只是其中一个。中世纪的炼金术士了解其他的八个，不过记载的文本已经失传。我们的联盟就是尽力想要挖掘出这些消失的知识，让它们继续流传下去。"说着，妈妈居然露出无限向往的神情，"有时候我真希望自己早生五百年，那样的话，就有可能跟伟大的魔法师和炼金术士们坐在一起，借用水晶球的魔力，和来自别的维度的生物交谈。"

"完全没人知道其他八个维度是什么模样吗？"

"亚特兰蒂斯人居住的以诺维度，我们稍稍了解一点点情况，这是从一些残本中得到的。至于另外五个维度，听说要么是我们这个世界以其他形态存在着，要么就是金星啊、土星啊或是别的星球现存世界以及过去世界的某种形态。"

"这才七个，"霍华德数了数，"还有两个呢？"

妈妈停了停，表情陡然发生变化，眼神中充满了不可名状的哀伤。

"那两个维度与一场惨烈的悲剧息息相关，"妈妈喃喃说着，她那悲怆的表情把霍华德给镇住了，霍华德一向觉得妈妈很有演戏的天赋，不过这一回，显然是入戏太深，竟然把一场遥远的劫难描述得像是发生在咫尺之遥的昨天，"亚特兰蒂斯末年，有两个知名的大祭司，一个名叫安舒，意思是光明，另一个名叫克雷克，意思是黑暗。安舒充满太阳的光明能量，但克雷克追随月亮的黑暗势力。克雷克想增强自己的力量，就穿越到最后那两个维度去了。事实上，在亚特兰蒂斯之前很久的远古时代里，祭司就下令，禁止所有的人去那两个维度，因为那两个维度充满了可怕的邪恶力量。克雷克不听警告，他带回了地狱般恐怖的灾难，从而亲手毁灭了优雅的亚特兰蒂斯文明，一瞬之间，那些神奇的成就和非凡的知识都被毁掉了。因此，从那以后，再也没有人进入那两个维度，也没有人知道里面究竟是什么样的。"

"既然亚特兰蒂斯已经毁灭，他们的书也都失传了，那宇宙和谐联盟怎么会知道关于他们的这些事情？"霍华德挑剔地问道，妈妈诉说的事件已经偏离了《金色面具》这本古书，他的兴趣不太大了。

"极少数商人和外来的旅客在那场浩劫中幸存下来，他们遭受刺激，从此浪迹天涯，在旅途中，讲出了有关那个消失的大陆的故事。当然，那些故事已经流传了好多个世纪，早就面目全非了。不过，无论如何，我们都要当心，"妈妈话锋一转，忧心忡忡地看着霍华德，仿佛他不是安全本分地坐在餐桌前，而是吊儿郎当地骑在摩托车上，随时准备开始一场刺激又危险的飙车，"保存下来的内容当中，不只有关于安舒太阳能量的知识，还有关于黑暗维度的讯息。一些幸存者是克雷克的信徒，他们仍在四处宣扬着黑暗的力量。因此，这些知识中既有积极美好的，也有阴鸷险恶的。"

霍华德觉得这些话事不关己，只是随意地听着。

"今晚我们学了一条咒语，来，听着，"妈妈终于说到了有趣的话题，她一本正经地闭上双眼，念念有词：

"*Filleadh abhaile*

Duisg

Filleadh abhaile

Duisg"

念完叽里咕噜的咒语，妈妈睁开眼，冲他微笑。

"记住，宝贝儿，这条咒语在关键时刻，能保护你的安危，还能把你从任何地方带回家来。"

"比打出租车还要方便？"霍华德风趣地说道，他不忍心嘲笑妈妈虔诚的信仰。

妈妈笑起来。

"谢谢你告诉我这么多有趣的事，不过，我有一篇历史小论文下周一要交，我得去赶论文了。"霍华德站起来，结束了这场谈话。

回到房间，霍华德细细思考妈妈说过的某些内容，那个宇宙和谐联盟着实诡异，而妈妈说的话跟霍华德今天的经历有着千丝万缕的关联，这就更加不可理喻了。

下周一确实有历史小论文要交，但霍华德两天前就写好了。他坐在书桌前，盯着桌面发呆，不知为什么，妈妈念过的咒语在脑子里很讨嫌地反复回响：

"*Filleadh abhaile*

Duisg

Filleadh abhaile

Duisg"

这是什么语言？霍华德想不明白。就连准确的发音他都不清楚，就更不懂它的含义了。他努力压制住脑中回旋的咒语声，回想着今天发生的一切。就在今天早晨，他人生中最大的困扰还是那些令人窒息的噩梦，以及棘手的校园社交生活。午饭过后，他约到了可爱的凯特，她陪他在精神病院的地下室度过了迄今为止最艰难的时刻，然后告诉了他一大堆足以颠覆认知的事物。这些奇妙而诡异，荒诞又刺激的经历，让霍华德有点儿难以承受。

他深深地叹了口气。

"睡个好觉吧。"他对自己说。

保持清醒的头脑，才能应对爱情与灵异事件的双重试炼。这样想着，他从背包里掏出了贝斯。

"你能把我的噩梦赶走吗？"他问道。一脸善意的贝斯安详地微笑着。

霍华德把小神像塞到枕头下面，舒舒服服地躺在了床上。

第十六章 岷山大地震

〔三星堆〕

"我们多半跑不掉了。"汀紫回首张望,绝望地说出一句。漫长的奔跑中,辰风还从未见她如此泄气。

夜色渐浓,辰风和汀紫已顺着山体一路策马狂奔,逃到了岷山东端的山坡上。山坡前有条小溪潺潺流过,他们便停下来喝水、饮马。

"嗯,他们越来越近了。"辰风说着,也回头看了看,身后的追兵卷起了滔天烟尘,每次回头,他都感觉滚滚烟尘又近了一些。他扭了扭腰,伸展四肢,每块骨头都疼得要命,内脏在马背上颠得就像错了位。

"敌人的高头大马速度太快了,离我们最多不到一两里了,"汀紫说,"估计到了通向平原的那个下山口,他们就能追上我们。"

辰风顾不上发愁,马背上漫长的一天让他痛不欲生,晕马的感觉让他无法正常思考。也许被敌人抓住拷打,反而是一种解脱。

"前面太空旷了,"汀紫喝了好些山泉水,恢复了冷静,"我们必须就近找地方躲起来。喂,你看见

上面那个悬崖了吗？"

辰风哼唧着作答，他全身都快散架了，就算汀紫安排他跳崖，他也会毫不犹豫地执行。

汀紫仔细查看着山势。

"我们顺着悬崖往下走，没准儿能找到山洞或是掩体，躲避起来，他们从这条路上经过，就不会发现我们了，但我们却能瞭望平原上的动静——就这样，快跟我来！"

汀紫迅速牵马离开山路，往陡峭的山坡上爬去。来福很高兴汀紫把它从马背上放下来了，活蹦乱跳地追着她的脚步撒欢。辰风则挣扎着挪动自己僵硬的肢体，牵着马，跌跌撞撞地追随着汀紫的脚步。

"加把劲儿！"汀紫鼓励道。

不仅是汀紫在给辰风鼓劲，来福也不断跑到他身后去，查看究竟是什么拖慢了他的步子。辰风在主仆二者的监督下，强迫自己拖着笨重的步伐，吃力地往坡上爬。他觉得自己距离武林高手的梦想前所未有的遥远，那简直就是一个笑话。从汀紫被抓走开始，他便一直奔波在追寻的路上，沿途风餐露宿，连续的疲惫加上骑马的颠簸和晕眩让此时的他苦不堪言。他每走一步都疼痛难忍，每走一步都在放弃与坚持中纠结。如果现在就地躺下，稍微歇上一阵，至少能将晕马的反应赶跑。然而他还得再继续坚持下去，追兵在后，只有好的掩体才能保障大家都安全，他不能让自己的软弱拖累了汀紫和来福。

"他们已经来了。"汀紫回头看看山路，绷着小脸说道。

辰风也回过头去，看到远方的烟尘中清晰地出现了第一个骑兵。

"但愿前面有个像样点儿的大山洞，能让我们躲起来。"他尽力忍着疼痛和仓皇。

"咱们离得够远了，"又走了几分钟后，汀紫判断道，"从路上已经看不见我们的痕迹了，但是，只要敌人离开山谷，冲进平原，咱们就能看见他们的身影。"

"又有什么意义呢？这对我们和'面具之城'都没用了，我们只能眼睁睁地看着他们的大部队进攻我们的王国，"辰风疲惫地说道，"这场仗，我们已经输了。"

"输赢没得选择，"汀紫安慰他，"反正我们已经尽力了，谁知道明天会怎么样。也许王早已做好充足的迎战准备，现在，我们得尽量藏好了。"

她走到一块巨大的凸起的山石底下，跟辰风一起，找了一大蓬新鲜的草料，引诱两匹马走到石块底下，把它们拴起来，让它们吃草、休息。

"我要是食草动物就好了，"辰风垂涎欲滴地看着马香喷喷地吃着草，"我都好几天没吃过像样的东西了，那些野果吃了不顶事儿。"

"沈贤倒是没让来福和我挨饿，我们不吃东西也能坚持几天，只要有水源，我们就会好好的。"

"要是你觉得好好的标准，就是饿得要死和疼得要命。要是以这个为标准，那咱们现在确实挺好的。"辰风抢白。

汀紫被逗得咯咯直笑。汀紫美好的笑容让辰风觉得自己受过的罪都是值得的。辰风情不自禁地说道：

"最起码咱们能自由自在地待在一起，你再也不用做沈贤的囚犯了。"

"是啊，"汀紫感激地抓住辰风的手，"谢谢你赶来救来福和我。"沁凉的夜风里，这个男孩的脸一下子就红了起来。

"王让我跟踪沈贤，刺探他的实力，我正好用这个机会来救你——"辰风老老实实地说，"对了，你的骑术怎么会这么好？"

"来到'面具之城'以前，"汀紫解释道，"我跟着爸妈在部落里长大，就是沈贤统领的部落。部落里的每个人，都是会走路的同时就学会了骑马。"

"那你怎么会到了'面具之城'？"辰风问她，这是汀紫头一回谈到自己的身世。汀紫犹豫了很久，才继续说道：

"我六岁那年，爸爸为了一匹马，跟族长吵了起来。后来，他们动起手来，爸爸被族长给杀死了，妈妈就带着我和我哥哥逃到了山这边。"

"我不知道你还有个哥哥。"辰风惊诧。

"他从来没在'面具之城'停留过，当天夜里，他就跟我妈妈返回部落，他们要去为爸爸报仇，后来，他们就失去了音讯。这次我又回到了部落来，却也没能打探到他们的任何消息。"

"你一定很惦记他们。"

"是啊,幸好我爱上了'面具之城',还遇到了来福和你。"

辰风握紧汀紫的手,两人略带伤感地沉默下来,此时万籁俱静,唯有马儿咀嚼山草和来福打呼噜的声音。

又过了一会儿,远处山路上传来急行军的动静。在月亮升起以前的漆黑中,他们很快就看到山下的平原地带有一簇一簇的火光闪耀起来,那是敌军安营扎寨了。

辰风想问问汀紫,要不要趁黑试着从敌营旁边悄悄溜走,但还没来得及开口,他就被困倦打败,蜷成一团睡着了。

不知过了多久,辰风被来福的狂叫声吵醒,只见来福惊慌失措地跑来跑去,边跑边叫。辰风翻了个身,伸伸懒腰。一觉醒来,他的身体更痛了。

"怎么回事,来福?"身边熟睡的汀紫也惊醒了,"你发现什么了吗?"

来福依旧狂吠。

辰风挣扎着站起身,来到斜坡上张望。天色已经渐渐亮起来,借着微微发白的晨光,辰风看到斜坡下面空无一人。很远很远的平原上,士兵们已经起身,似乎正在做着出发前的准备工作。

"外面一个人也没有,来福在叫什么呢?"辰风大惑不解。突然,两匹马也大声地嘶叫起来,挣脱绳子,惊惶地跑到石块外面,使劲地把辰风撞倒,自顾自地跑下斜坡。

来福倒是停住不叫了,盯了汀紫和辰风片刻,冲着马跑掉的方向追出去。这里离敌营远得很,辰风倒是不担心来福的叫声被发现。

"这些家伙是怎么了?它们为什么全都发飙了?"辰风问道。

"谁知道呢,不过我们最好去将马追回来,咱们回'面具之城'最快的办法就是骑马。"

两人朝马和狗追了上去,但是还没追几步,就看到来福以最快的速度冲回来找他们。然后来福带着他们来到了山坡上的一处平缓地带,两匹马待在这儿,一边烦躁地踱步,一边仰天嘶叫。

"它们搞什么鬼呀?"辰风很不耐烦。

"我也不懂,"汀紫上前,试图安抚两匹焦虑狂躁的马,"马是温驯的动物,我从没见过它们无缘无故地发脾气。"

话音未落,一种低沉的隆隆声响起,这声音仿佛来自大地深处,渐渐地,那声音变得越来越清晰,越来越响亮。

辰风刚来得及说出一句"怎么回事?"脚下的地面就像破碎的七巧板一样,骤然往下降落。辰风一个没站稳,一下子向前扑倒,重重摔在随即向上弹起的地面上。

辰风想要站起身来,但他根本做不到。剧烈的震颤一波又一波涌过坚固的大地,大地变成了波浪,变成了船舶,变成了最为颠簸的马背,一起一伏,一升一降。辰风完全晕了。他看到汀紫就在身旁,蜷成球形,而来福紧紧依偎在她身边。两匹马则像跳舞一样狂动乱踏,完全无法站稳脚跟。

地底下的轰鸣声震耳欲聋,空气里飞沙走石,尘土弥漫。刚刚亮起来的天色骤然暗沉下去,辰风吓惨了,他觉得自己死定了。一定是大地想杀了他。他想起自己曾在言语中冒犯过神灵,现在,大地要把他摇晕,大山要把他震碎,神灵要用死亡来惩罚他。

辰风恐惧地闭上眼,等待神灵最后的杀手锏。蓦然间,震动停止了。轰鸣变成了低沉的咆哮,大地回到了原来静止的状态。这一切简直来去无踪影。

辰风呆了好一会,才喘着粗气费力地站起来。两匹马安静地站着,像被吓傻了似的。过了片刻,它们四下里看看,闻闻空气里的味道,开始咀嚼脚下的野草。来福趴在地上喘息着。辰风走到汀紫身边,扶她站起来。

"刚才是怎么回事?"他惊魂未定地问道。

"地震。"汀紫上气不接下气地说出两个字。显然她也被突如其来的大地震给折腾坏了,还没喘过气来——是啊,"面具之城"位于群山之间的平原地带,这里虽然时有地震发生,但那都是相对轻微的震动,最多只能将盛水的陶罐震碎。而今天这场地震来得凶猛而毫无征兆,仿佛神明的怒吼一般令人畏惧。

他们相互搀扶着,透过烟尘,朝山下看去,敌军营地一片狼藉,营帐东倒西歪,士兵惊恐万状,马匹四散奔逃。

"太好了,"辰风说,"我们的机会来了!他们要追回战马、整理营地,这可得花不少时间。我们冲到他们前面去,抢先回到王宫里,兴许还能让王和女神再做点努力。"

汀紫没吭声,瞠目结舌地看着辰风的背后。

"山……山倒了!"她有些结巴。

辰风猛地转过身去,只见对岸的一座无名大山正在快速崩塌。体积庞大的山体顺着山坡缓缓滑落,脱落之处露出光秃秃的岩石。山体越滑越快,所经之处,大树如枯枝般折断,随之一道坠下。山体前方,已经有碎石翻滚着砸进堰塞湖中,那些湖面瞬间就被填满。一片较大的堰塞湖闪着水光,仿佛等着被终结的命运。

很快,崩落的庞大山体撞进了湖面。湛蓝的湖面激起滔天白浪,湖水剧烈地震荡起来。滑落的山体越来越多,越来越快,波涛也越发汹涌。从山间冲出的泥石流铺天盖地而来,源源不断地倾泻着,竟然在平原地带冲出一道道裂口。更多混浊的泥水裹着山石和树木喷涌而出,裂口越来越深、越来越大,汇聚成一股令人惊悚的巨流,劈头盖脸地冲向布满营帐的平原。

营地正经历着一场黑色的死亡之旅,一大群士兵目瞪口呆地看着眼前的巨变,看着山体崩塌,湖水涌出。辰风和汀紫则在高处目睹着。

有的士兵反应过来,骑着马没命地逃走,其他人则四散乱跑,想要逃过身后的巨流,还有一些呆若木鸡。

洪流最终冲垮了营地,形成一条新的河道,翻腾着,一路朝前,奔向平原腹地。转瞬间,那片营地已经荡然无存。

"倒塌的山,或许救了'面具之城',"辰风一缓过气来就说道,"他们再也没法儿进攻了。"

"我们抓紧时间,还能抢先赶回王宫!"汀紫斩钉截铁地说。

第十七章 艾尔福德

美梦与噩梦

贝斯确实能阻挡噩梦。因此，霍华德的第一个梦境美得冒泡。在梦境里，黑暗消失得无影无踪。他欢欢喜喜地走在艾尔福德社区的街道上，四处阳光明媚、草木清香。

世间没有任何的烦恼，没有人搞出幺蛾子来捉弄他，也没有黑咕隆咚的雾团浮在空中吓唬他。他的心里全是无缘无故的喜悦，仿佛欢乐到双脚一蹬，就能凌空飞起。

这念头一经闪过，他竟觉得自己真的可以在空气中轻盈地游泳，就像在水中一样。他发现自己的双手变得宽大平坦，像一双翅膀。于是，他做出蛙泳的动作，挥动双手，划桨似的伸展开来。他的双脚顺利地离开了地面，整个人像热气球一般缓缓升起。他的手挥动的速度越来越快，加上双腿助力，便轻易地越飞越高。他在空中飞腾着，一边飞，一边欢快地尝试着各种花样俯冲。

这种感觉太美妙了。霍华德径直冲上云霄，在飘忽的白云间翱翔，时而侧飞，时而旋转，时而翻滚，运转自如。

艾尔福德社区变成了微缩景观，东面，是海岸边的峭壁和纯白的涌浪；西面，是苍苍郁郁的山脉和城市建筑物的尖顶。他加速飞行着，清新的气流一阵阵地扑面而来，他不由得纵情大笑。

他试着降低飞行高度，冲着擦肩而过的人字形雁阵挥手问好，一群大雁回以嘹亮的鸣叫。他飞得更低一些，以便从人群的头顶掠过。他看见爸爸妈妈牵手而行，他们随着人群抬起头。他们看到他，毫不惊讶地笑着朝他热情地挥手。

这时候，一个女孩飞到他附近。他定睛一看，居然是麦迪逊。麦迪逊一扫往日的矜持和冷淡，向他微笑致意。她主动飞到他身边来，卖弄着飞行技巧，优雅地空翻，对他展露妩媚的笑容。

"亲爱的，跟我来。"她召唤着他，率先朝艾尔福德社区冲下去。

他们一起飞到中学上空。利昂在学校里，从空中看起来渺小得像个乐高积木里的小人儿。此时，他正开着他的玩具小跑车滑稽地转来转去。

"咱们去吓唬一下利昂。"霍华德提议。麦迪逊在半空中嫣然一笑，跟着他在操场上空兜圈子。

凯特出现在他们的下方，发疯似的朝着他们拼命挥手。跟麦迪逊玩得这么肆意，让霍华德产生了片刻的负疚感，但他很快就将这点小愧疚抛之脑后。

"上来，跟我们一起玩儿！"他冲凯特大喊，"很容易的，跟游泳一样简单！"

凯特神情惆怅地摇摇头。霍华德看到她的嘴唇翕动，但却听不见她在说些什么。可能是汉语吧，他心想。无所谓，这么过瘾这么爽的体验，他永远也不想停下来。

"来吧，我们一起去看世界。"麦迪逊说着，牵住他的手。看起来牵着手也不会影响他们的飞翔，他们各自腾出另外一只手挥舞着，同时升高，冲向云端。

随着视野的不断扩大，霍华德可以看到广阔的大地。整个北美大陆都在他的正下方。隔着波光粼粼的、蔚蓝色的海洋，一边是欧洲，另一边是日本和中国。非洲和南美洲的边缘毫无缝隙地衔接在一起，远处薄雾蒙蒙的地方，是翠绿色的澳大利亚和白雪皑皑的南极洲，那颜色美得无以复加。这一切实在是妙不可言，霍华德觉得自己似乎变成了万物的主宰者。

麦迪逊转过头来，在透明的空气中，她的皮肤和双瞳散发出动人心弦的光芒。

"多么惬意啊。"她说。

"这是我有生以来，最快乐的一天。"霍华德发出会心的笑意。

"我有同感，"麦迪逊发出邀请，"希望你来参加利昂家的聚会，这会是今年的年度盛会，我非常非常希望进一步了解你。"

"我乐意之至。"霍华德回答得很绅士，如此伶俐的口齿与对答如流的姿态，也是他梦寐以求的。

"我等着你。"麦迪逊媚眼如丝。

霍华德的世界已经完美无缺——爸爸的病好了，黑暗的梦境没有了，他将携手女神级的麦迪逊出席富豪家的年度盛会。幸福的感觉达到了登峰造极的地步。

就在此时，麦迪逊笑着松开了霍华德的手，冲他挥手告别。然后，霍华德开始往下坠落。麦迪逊在他的上方越变越小，他的狂喜感骤然消失了，他感到自己飞速掉下去。

他卖力地挥动双臂，却无法阻止下落，速度还越来越快。他疯狂地挥舞胳膊，但双手已经恢复到正常大小。他真蠢，怎么会以为自己能飞起来呢？他越往下掉就越发恐惧。

北美大陆越变越大，直到充满他的眼球，随即，艾尔福德社区、家门前的街道还有他家的屋顶，都以可怕的加速度冲向他。

他想尖叫，却发不出声。美梦变成了噩梦。不可避免的，他重重地砸在地上，接着，他发现自己在床上惊醒，浑身大汗淋漓。

房间里黑沉沉的，这是午夜。霍华德胳膊酸痛，被子和毛毯被他踢到了脚下。打了个冷颤之后，他重新将被子和毯子拖上来，裹住自己，迷迷糊糊地想着贝斯在捣什么鬼，为什么会让好梦变成了噩梦。不一会儿，他再次陷入沉睡。

这一次，他回到了那个可怕的海岸。

一轮惨淡的月亮依旧高高挂在天上，形状圆润得像是一片剪纸。霍华德闻到了海水的气息，浪涛拍岸，冷风呼啸。他穿着菲薄的背心和短裤，冷得要死。他开始颤抖，但不仅仅是因为寒冷，而是他深知接下来会发生什么，一想到瘆人的尖锐啸声和令人作呕的爬行声，以及没有黑眼球、没有鼻子的脸，他

第十七章　艾尔福德·美梦与噩梦

就哆嗦得厉害。

他眺望着海洋中的那艘白船，它已经驶近海岸。黑色的岛屿还耸立在远方的海面，岛上依然有神秘的废墟所环绕着的阴森的拱门。一切都跟之前相似，唯一不同的，就是岛屿变得更大了。

一群面目可憎的怪兽从波浪中现身，朝他爬过来。周而复始的恐怖气氛正式登场了。霍华德想要退缩，却动弹不得。他四下里张望，徒劳地希望麦迪逊在手机的微光中走来。然而四周了无人迹。

忽然，他有了个主意。他念出了爸爸在地下室唤回他的词语：

"Huilai! Xinglai! Huilai! Xinglai!（回来！醒来！回来！醒来！）"

徒劳无益。怪兽越来越近了。

霍华德使劲重复这些词，提高声调，像是在呐喊。还是无济于事。也许是记错了发音？他又试了一次。就在这时，一只冰冷的爪子抓住了他的脚踝。

他倒吸一口冷气，预感自己会被吃掉，或是被撕成碎片。猛然间，他记起晚餐时妈妈念过的咒语。他用力推开脚上的那只手，但他的手腕立即被另一只散发出恶臭的爪子给逮住了。他闻到了怪兽口腔中腐烂般的腥味，他无望地喊出了妈妈念过的咒语：

"Filleadh abhaile

Duisg

Filleadh abhaile

Duisg"

刚刚念完，他就猛地醒了过来，蜷在被搅成一团的被褥中间，头上全是冷汗。

霍华德心有余悸，一只手还在微微发抖，他伸出另一只手打开了灯。乱糟糟的房间熟悉而亲切。他的心跳缓了下来，他低声自语道：

"谢谢妈妈，我再也不会小看你那个宇宙和谐联盟了。"

第一个梦那么美，第二个却那么吓人。贝斯在寻他开心？还是凯特？霍华德不明就里。

他伸手摸索着枕头，发现两个枕头都掉在了地板上。原来如此。一定是他开怀大笑着在艾尔福德社区的上空游蛙泳时把枕头给打掉了，而小绿雕像安安静静地缩在枕头之间，躺在地板上。贝斯离开了他，这必然是失效的原因。

紧接着，他有了一个猜想。那个飞行的梦，说不定就是为了让他胡乱挥手，以便把贝斯给弄到地上去，好让黑暗重新回来。这太惊悚了！他摇摇头，甩掉了这个恐怖的念头。

霍华德爬下床，捡起枕头和贝斯。这个笑容可掬的小神像让他安下心来。他钻回毛毯下面，攥紧贝斯，身上慢慢地暖和了。在一种镇静和不可名状的疲惫中，他再次安然入眠。

第十八章 艾尔福德·女巫的房间

第二天上午，霍华德睡了个长长的懒觉，凯特没有骗他，贝斯确保了他的后半夜风平浪静。这么多天了，他头一次在醒来的时候神清气爽。

妈妈在餐桌上留了便条，说去看望爸爸。霍华德知道，今天天气不错，妈妈肯定会顺路去公园打打太极拳。没有妈妈牌面包片是个好现象，说明妈妈意识到他长大了。霍华德匆匆冲好一碗麦片粥，倒了一杯牛奶，狼吞虎咽地吃完，立马就给凯特发信息。凯特秒回，邀请霍华德立刻去她家。

霍华德草草给妈妈写了张含糊其词的便条，大意是回家见不到他也别担心，因为他要出去一整天。留下便条，他套上一件连帽衫就冲出家门。

希尔德公寓是一座大房子，两层楼带阁楼，位于艾尔福德社区边缘的开阔地带。霍华德记得它曾经是一家旅社，后来是一位叫作德比的男人的私人寓所，现在变成了出租屋。

艾尔福德社区发生过一桩骇人听闻的谋杀案，德比是受害者。凶手名叫厄普顿，他朝德比头上开了六枪，最后被判处绞刑。从此以后，这栋房子就充满了

各式各样的鬼故事。

霍华德走上弧形车道，正巧看见凯特从一扇阁楼的天窗里探出身来。

"等我一下。"她喊道，很快就下楼给霍华德打开大门。她穿了一件色彩繁复的漂亮外衣，手里端着一杯咖啡。

"要喝吗？"她问道，"我在厨房刚磨了一些咖啡豆。"

霍华德未置可否。

他们朝楼上走去。霍华德为了显摆自己作为本地人的博学，就问凯特知不知道那桩杀人案。凯特竟然点头。霍华德吃惊了：

"既然知道，你还选择住在这种吓人的地方，你都不害怕吗？"

凯特笑笑，带他先进入一间大厨房，一个银色咖啡壶在一个黑色大铁炉上咕嘟咕嘟地煮着。这时凯特才回答他：

"等你像我这样浪迹天涯、走南闯北之后，就会发现，很多古老的建筑，都有过肮脏的秘密。"

"谢谢。"霍华德接过凯特递过来的咖啡，拿起桌上的牛奶和糖加进去。他刚想就凯特女侠般的口吻展开讨论，就被凯特截住了话头：

"咱们上楼吧，我带你去看女巫居住的地方。"

"什么？"

"开个玩笑而已，"凯特笑起来，领他往楼梯上走去。"德比和厄普顿的案件，真正的疑点在于，厄普顿被拖上绞架，大叫冤枉，说自己根本不是厄普顿，而是被鬼魂附体了。"

"哈哈，这也可信？任何人眼看着就要给绞死了，多半也会胡说八道的。"

"最邪门的是，据说厄普顿说这话的声音很像德比死去多年的妻子。"

"打住，"霍华德忙说，"这又成鬼故事了。"

"世界之大无奇不有。"凯特念了句戏剧台词。

"比你能够梦想到的还要更多——"霍华德适时接上下句，"别忘了咱们在语言课上都读过莎士比亚的《哈姆雷特》。"

两人相视一笑。

"住这儿的人不多，我可以随意挑房间，"凯特说着，带他爬上通向阁楼

水上之城

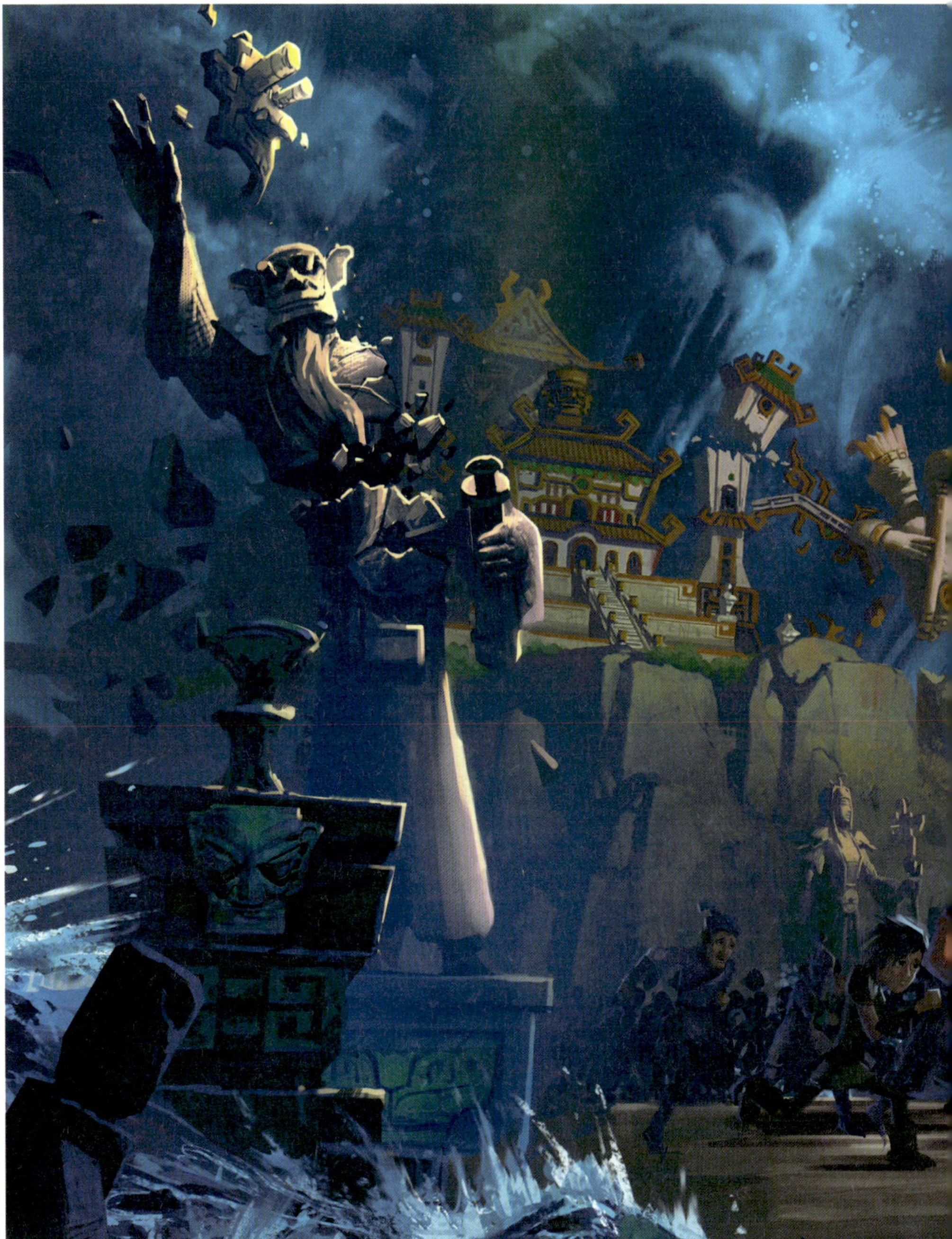

天崩地裂

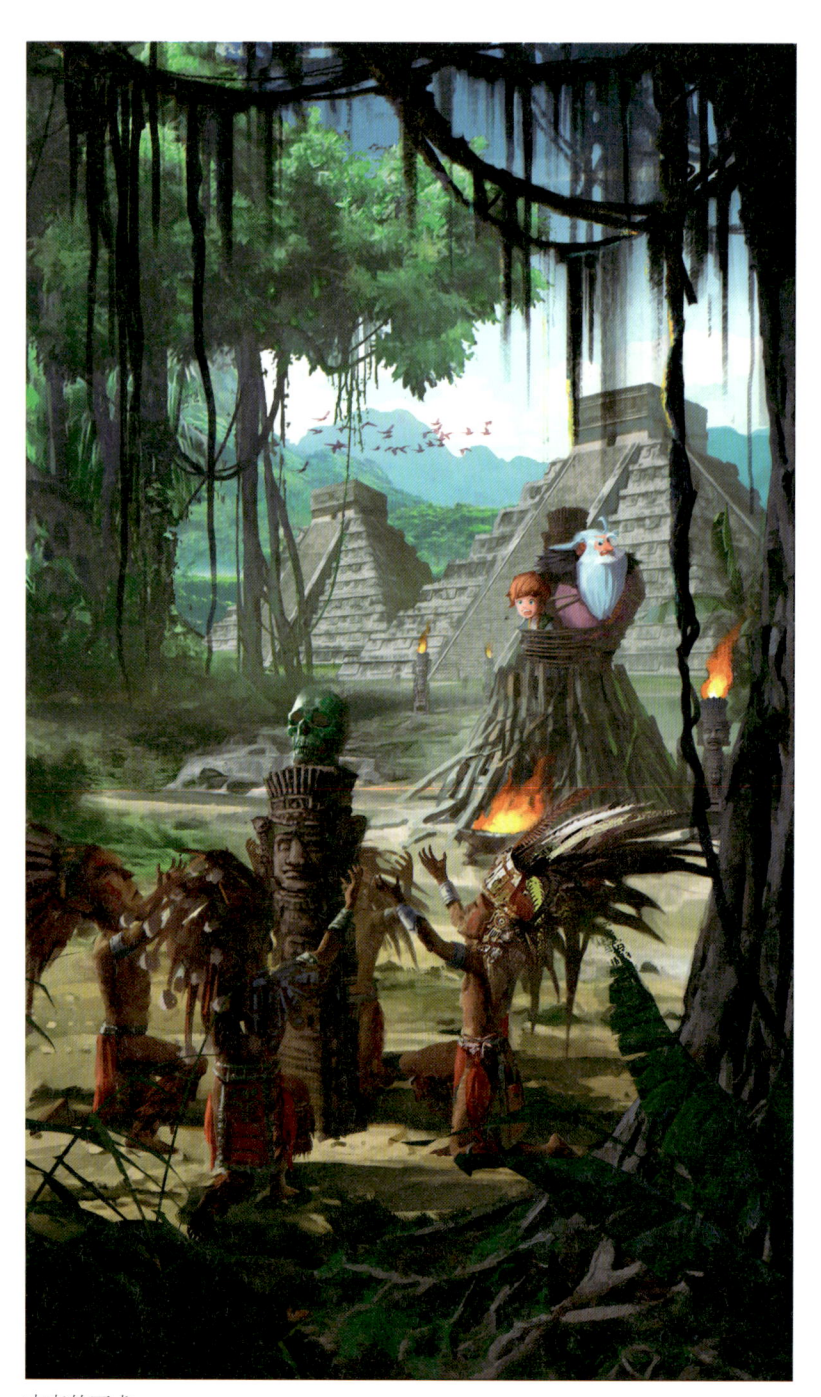

古老的巫术

门口的狭窄楼梯，"我挑了带阁楼的房间。这间屋子只有一半是正常高度，而且因为天窗小，所以光线比其他房间暗淡，但它的长度和整座房子一样，所以使用面积是其他房间的三倍大。"

"咚"的一声，霍华德的脑袋在低矮的门框上撞得生疼。

"当心！这边屋顶很低。"凯特提醒他。

霍华德揉揉额头，弯腰进屋，再站直身子，打量四周。屋子正中的天花板最高，其他地方是坡屋顶，逐渐低矮下去。房间面积确实很大，光线却很暗。除了最基本的家具和一个帆布画架，屋里没有多余的陈设。几个色彩斑斓的大坐垫放在墙边。黑猫占据着其中一个，它懒洋洋地瞄了霍华德一眼。

"你跟黑猫待会儿，"凯特说，"我去去就来。"

霍华德坐在黑猫身边的垫子上。

"给女巫当宠物，就算是魔宠吧，感觉怎么样？"霍华德百无聊赖地说着，伸手抚摸黑猫。

黑猫惬意地伸了个懒腰，开始轻声叫唤。

"看来日子过得不错，"霍华德评论道，"我也该有个魔宠，好跟它说说话。我不喜欢跟人打交道，是非和麻烦太多了。凯特还好，我愿意跟她聊天，虽然她语出惊人。至于我妈，跟她说话以前都得打草稿，不然说错话会惹她不开心。我不想让她不开心。"

霍华德继续抚摸着黑猫的皮毛，但心思已经回到了昨晚的梦境。

"现实中，麦迪逊没那么可亲，她只会说些自以为是的傻话。"霍华德说着，黑猫的叫唤声变大，就像表示高度认同。霍华德琢磨着梦里的内容有哪些可以告诉凯特。

"讲真，昨晚我梦见麦迪逊了，"他告诉黑猫，"她在梦里真甜，我喜欢那样的她，但我得瞒着凯特，我不想让她吃醋。"

霍华德听到凯特的脚步声，赶紧住嘴。

"看来你俩相处得很好。"凯特也坐到垫子上，拿起自己的咖啡杯。

"这些垫子真软和。"霍华德将身子深陷进柔软的垫子。

"有时我整夜都待在垫子上。"凯特说。

"没想到你的房间会是这样的。"

"你以为是什么样？巫术药水瓶、房顶挂着干瘪蝙蝠吗？"凯特笑起来。

"怎么会呢？只是，像你这么高智商的女生，我还以为书会更多。"霍华德说。

"我要用的书全都在这儿，"凯特从书包里拿出一个小本子，"再说了，我经常出远门，带不了太多书。对了，昨晚你把贝斯放枕头下面了吗？"

"放了，"霍华德答道，"然后我做两个梦。"

他告诉凯特，自己梦见飞上天空，看见整个世界，感觉很棒。他隐瞒了与麦迪逊在梦中把臂同游这件事。

"就这些吗？没别的？"凯特认真地注视着他。

"做第一个梦的时候，估计不小心把贝斯给打到地板上了，"霍华德说，"结果第二个梦我就回到了可怕的海滩。"

"没什么变化？"

"岛好像变大了些，白船也靠近了，但拱门和怪石头还在那儿。我只要看着那片废墟，就会有一种恐惧感。我觉得那些石头和倒塌的柱子不太对劲儿，那种形状不是人类能够修建得出来的。总之，很难描述。"

"不是人类能够修建的。"凯特轻声重复。

"那道拱门也很邪门儿，"霍华德继续说，"门里黑咕隆咚，空荡荡的，好像什么都没有，但是却能吹出一股一股阴森森的冷风，即使在海滩上，我都能感觉得到。"这段记忆让霍华德肝颤不已。

"怪兽也在？"

"在，它们从海滩上朝我爬过来。"

"哦，那挺恶心的。"凯特故意逗他。

"我不是说笑话，"霍华德正色道，"从海里爬出来的那些怪兽很狰狞，它们手上长了蹼，非常凶狠地抓住我。不过，相比之下，那座拱门更让我恐惧。"他停住，感到身心俱疲，哪怕是讲述，也让他惊惧不已。

"我觉得，应该给你看样东西。"凯特凝视他片刻，朝画架走去。

凯特掀开画布。

"我对这幅画不太满意，"她说，"比例不对，而且亮度太高，颜色应该比这暗得多才对。"

霍华德凝神细看，其实画面够黑的了，一团黑影里，能看到若隐若现的建筑残骸。霍华德终于看清楚，那是由盘结交错的巨石所构成的一座黑色拱门。

"这就是我看见的拱门。"霍华德低声说道。

"我觉得也是。"凯特答道。

"但是有两个区别，我见过的拱门刻着一些符号和象形文字，而且是在海里的一座岛屿上。"

"我梦见的拱门也可以出现在一座岛屿上，"凯特伸出手，轻轻触摸画面中的黑色拱门，"我从没见过白船。废墟和拱门周围的一切都是黑的，黑暗遮掩了一切。你能肯定就是同一座拱门吗？"

"绝对是，那种诡异的感觉完全一样。你是什么时候画的？"

"我梦见它之后——接近一个礼拜了。"

"这么说，你比我先看到拱门？"

"对，不过，我就梦见过一次，而且看不太清楚。我们见到的是同一座拱门，但你看到的清晰度和周围的细节远远超过我。我觉得，这简直就像有人特地让我做这个梦，在梦里我没有看清，所以他们又让你去看，直到你看清楚为止。"

"你这想法太惊人了。"霍华德说。

"对了，昨晚你是怎么从噩梦里挣脱出来的？"凯特问道。

"我试了爸爸在地下室说的话，毫无作用。然后我想起妈妈教我的她从宇宙和谐联盟学来的咒语。"

"什么咒语？"凯特急切地问。

霍华德回忆道：

"Filleadh abhaile

Duisg

Filleadh abhaile

Duisg"

"这是什么语言？"凯特狐疑。

"是亚特兰蒂斯人说过的语言。"

"亚特兰蒂斯人说很多种语言，"凯特说，"据说他们主要说以诺语。"

"对，我妈妈参加的宇宙和谐联盟就是研究亚特兰蒂斯的，他们相信宇宙中还有其他维度，"霍华德突然想起来，"我妈妈说，亚特兰蒂斯人有本书叫《金色面具》，这不可能是巧合吧？"

"当然不是，"凯特说，"你妈妈还说了什么？"

"她说亚特兰蒂斯有两个大祭司，一个光明祭司，一个黑暗祭司。我记不起他们的名字了。"

"是安舒和克雷克。"

"好像是的。我妈妈连咒语都会，这是不是说明连她也是某种灵使呢？"

"有可能，但她自己不知道而已。"

"我记得昨天你说过，你在地下室里见到的那个中国人有点面熟？"凯特迅速转换了话题。

"是的，可你不是说，那可能是因为我去看我爸的时候见过他。"

"既然艾琳说医院根本没有这样的锅炉工，你就不可能见过他。"

"那他是谁？"

"安静下来，好好想一想，也许你能想起来。"

霍华德闭上眼，凯特的存在有一种让他舒缓与安心的效果。他回忆着那张脸，在记忆中搜索着。

"是利昂！"他竟然当真想起来了。

"利昂可不是中国人的长相。"凯特提醒他。

"是利昂家的司机！"霍华德叫起来，"利昂去年开车违章，被扣过驾照。有一两周是他家的司机开车送他上学，那个司机就是地下室的中国人——我能肯定，就是那张苍白的瘦脸。不过，利昂的司机怎么会在精神病院的地下室里呢？"

霍华德期待地望着凯特，期待从她那里得到解答，可惜凯特一言不发。而黑猫倒是牢牢盯着他，那双幽绿的猫眼睛十分深邃，像一潭古井。

"在梦里，麦迪逊跟你说了些什么？"凯特突然问道。霍华德一惊。

"你怎么知道我梦见麦迪逊了？"

"是黑猫告诉我的。"凯特若无其事地说。

"什么？"霍华德看看黑猫，"别开玩笑了。"

"那就换个说法吧，你昨天在地下室就见到麦迪逊了，所以我觉得你这次做梦，她多半也会出现。"

"好吧，"霍华德不得不坦白，"飞起来的时候，我见到她了，她还邀请我去利昂家参加聚会。"霍华德观察着凯特的表情，看她有没有生气。

"咱们应该接受她的邀请，去参加利昂的聚会。"凯特平静地说。

"我们又不是他们那一伙的，再说了，我也是做梦被她邀请的，那怎么能作数？"霍华德好笑。

"你动脑筋想想，一切目标都指向利昂，他祖辈的故事，他家的司机，还有你梦中麦迪逊的邀请。"

"我们能在利昂家发现点儿什么？"

"不试试怎么知道呢？"凯特耸耸肩膀，"不过，在出发之前，我们还是先读完那本书吧。"

第十九章

三星堆 金色面具

"人呢？都上哪儿去了？"辰风惊讶地问道。他和汀紫骑在马上，不知所措地看着眼前洞开的城门。

城门内，一条宽阔的林荫大道直通王宫。以往这条街总是车马簇簇、人声鼎沸，街道两侧挤满货摊。眼下这里却空空荡荡的，只有一群聒噪的乌鸦在树梢间飞来飞去，还有几只在垃圾堆里刨食的野狗。

"这儿变成了空城。"汀紫不禁脱口而出。

"不应该啊，"辰风说，"这儿离岷山很远的，水灾不会有太大影响。"

大地震以后，辰风和汀紫艰难地踩着乱石下了山，远远地绕开已被冲毁的军营。他们碰到零星的几个幸存者，对方当然顾不上他们。

两个孩子匆忙地赶路，期间又遇到四次强烈的余震，回头再看，不断崩塌的山脉已形成一道道冲天的烟柱。

到了"面具之城"附近，地震破坏的程度衰减下去，上游冲下来的洪水只是冲垮了河边的码头，冲塌了一些城墙，大多数建筑看起来还算完好。因此，居民的集体失踪实在让人难以理解。

"应该是有计划的转移，"汀紫分析道，"你看路两边的底座，上面的青铜面具都被取走了。"

"那我们无处可去了？"

"我们去王宫看一下。"

他们把马留在城门边，让它们在一块草地上悠闲从容地吃草，然后向王宫走去。空无一人的街道上，所有装饰城市的青铜面具都不见了，巨大的寂静把来福都给吓住了，它紧跟在汀紫脚边，一声不吭。

一直走到王宫门前的广场，他们终于破天荒地遇见了一个人——董东。被沈贤留下做卧底的董东一改体面光鲜的形象，衣衫褴褛，正做着苦力，踉踉跄跄地从宫里拖出一根硕大的象牙，装在一辆手推车上。

"你在干吗？"汀紫问道。

"这还用问？你又不是瞎子！"董东没好气，"这根象牙要扔到天坑里去，这破玩意儿我已经运了六十七根，总算是最后一根了。"

"干吗要扔掉？"辰风问道。

"王宫里留下的东西都要扔得干干净净，"董东怒气冲冲地说，"就像沈贤扔掉我一样，你们明不明白？沈贤把我像垃圾一样扔在这儿，说什么控制王宫的局面，狗屁！就是嫌弃我不会打仗，老子替他卖命，打探王宫的虚实，什么都做完了，最后关头，嫌我没用，一脚踹了我，这下子王也把我像坨屎一样地作践……"

"其他人呢？都去哪儿了？"辰风打断董东怨妇般的唠叨。

"打包行李去金沙了。"董东说着，费力地把象牙扔上车。

"为什么去金沙？"

"因为世界末日快要到了，你要是问我，我巴不得早死早超生，"董东又开始了碎碎念，"我对沈贤忠心耿耿，可我得到了什么？我巴不得这一切早点毁灭，反正活着也没劲儿……"

"那你干吗还要规规矩矩地干活儿？"汀紫问他。

"除了一边干苦活儿，一边等沈贤，我还能怎么办？好歹等沈贤打了胜仗，就算像打发一条狗那样对我，也比现在这样一穷二白的好吧？"董东露出愚蠢而贪婪的表情。

辰风和汀紫相视一笑。

"祝你好运，"辰风嘲讽道，"请问王也去金沙了吗？"

"没有，他和那个女巫还在王宫里。"董东推起车子，不再搭理他们，绕过墙角蹒跚而去。

"真是个小人！"汀紫望着董东的背影，鄙夷道。

他们走向王宫，走上台阶尽头，又是一阵强烈的余震，王宫摇晃起来。余震时间不长，但屋顶的泥灰再次脱落。他们发觉墙壁出现了很大的裂缝，足够辰风把手给伸进去的。

余震结束，他们紧贴墙壁，继续往里走，以免被屋顶掉落的东西砸中。来福一溜烟跑进了王的寝宫。

"你这个小家伙，就算我的王城都空了，我也躲不开你。"

辰风听到寝宫传来庄鲲的声音。他和汀紫急忙进去，看到庄鲲坐在茶案前，慈眉善目地给来福挠痒痒。

庄鲲抬起头，看见两个孩子谦谦地躬身致敬。

"其实我一直很喜欢这个难看的小家伙。狗是很会察言观色的动物，虽然我经常吼他，但它知道，我并不是真的讨厌它。"庄鲲接着笑道，"你们总算平安回来了，锦生去给我泡茶了，辰风，我们能否再度欣赏你的精彩茶艺呢？"

"乐意效劳。"辰风答道。

"到我身边来，告诉我，你们穿过群山的时候，经历了些什么。"庄鲲吩咐道。

没等辰风开口，锦生端着茶盘现身。

"我听到你们的声音了，"她笑眯眯地说，"所以我准备了四只茶杯。"

辰风动手沏好了茶。然后，四人一起坐下来，辰风和汀紫讲述了他们劫后余生的经历，救人、翻山、沈贤的军队大部分都在地震中覆灭、山崩以及洪水。

"总之，"辰风说，"沈贤的计划落空了，'面具之城'安全了，可以叫大家都搬回来了。"

"绝非如此，"锦生说，"最危险的，不是沈贤的军队。"

辰风不明白锦生的意思,这时,从地底深处传来了低沉的隆隆声,这声音已经越来越耳熟。

寝宫开始摇晃起来,每个人都本能地握住自己的茶杯,茶案猛地倒了下去,茶壶和茶盘掉在了地板上。

"震动越来越强烈了。"余震停止后,庄鲲说。

"也越来越频繁。"锦生补充。

"这不是余震吗?"辰风追问,"余震的威力会越来越小的。"

庄鲲和锦生闻言,同时露出苦笑。

"孩子,这不重要。"锦生语焉不详。

"时间就要到了吧?"庄鲲神情疲惫地问锦生。

"是的,"锦生扭头对辰风和汀紫说,"过来看看。"

她带着两人来到窗前,那里正对着远处高耸入云的岷山。岷山的主体依然矗立着,连绵的山脉却倒塌了不少,在腾起的庞大烟云中,岷山反而显得矮小单薄。怪异的是,这团圆形的烟云迟迟不散,黑色的带状烟尘从中翻卷而出。烟云深处有某种雷电似的光芒刺眼地闪耀着,不知为什么,辰风觉得心神不定。

"情况更糟了,"辰风直觉地说,"这团烟云看起来仿佛大灾难的预警。"

"告诉我,你觉得它的模样像什么。"锦生盯着他。

"像一只倒扣的碗,里面伸出好多的触须,太阳在云团中间发出闪电一样的火光,就像——"辰风停下来,寻找更为贴切的措辞,"就像一只眼睛。"

"那是神灵之眼。"锦生说。

"神灵之眼?"辰风闻所未闻。

"这说明沈贤还活着,事不宜迟,我们必须一道去幽深之室。"

"为什么要去幽深之室?"辰风不解。

"因为,"锦生意味深长地看着庄鲲,"我们要抢在沈贤抵达以前,毁掉金色面具。"

庄鲲深深地凝视着锦生。

"你一直劝我这样做,"庄鲲终于开口,"但你的要求让我很为难。金色面具意味着王国的命脉。它承载着国运以及神灵的庇佑,保卫着臣民的安危。

没有它，我们一无是处。难道我们非得如此不可？"

锦生缓缓点头：

"我们别无选择。维度的通道正在慢慢打开，隐藏其中的、远古的恐怖力量露出了狰狞的影子。沈贤的力量时刻都在增强。如果金色面具不被摧毁，那么沈贤最终会戴上它。到那时，不光是我们，就连普天之下万事万物都只能束手就擒。"

"女神，既然金色面具力量无穷，你为什么不能戴上它，打败沈贤？"汀紫问道。

"金色面具超出了肉眼凡胎的掌控能力，戴上它，可以穿越到所有其他的维度，这是从伦理上是不被允许的。但权力的欲望已经蒙蔽了沈贤的理智，让他忘记了面具的作用是双向的——面具会为佩戴者打开其他维度的通道，但与此同时，其他维度的生物也会随着通道的开启，毫不迟疑地闯进来，毁灭掉我们的世界。"锦生详细地解释着。突然，她面色一变，"我预感时间无多，其他维度正在靠近我们的维度。保护金色面具的法力已经变得非常微弱，我们已经被命运推向生死存亡的边缘。现在，我们必须马上破坏掉面具，才能粉碎沈贤的阴谋。此事迫在眉睫！"

"当然，你是对的。这一时刻早在预言之中，我原来还心存侥幸……"庄鲲显出深切的悲伤，他从墙上取下一盏沉重的、以燧石点亮的明灯，带头沿着阴暗的通道，走向通往幽深之室的台阶。锦生、辰风和汀紫紧紧跟在后面，来福也跟在他们脚边奔跑。

台阶环绕着一株巨大的青铜树，盘旋而下，这棵巨树深埋在幽深之室的地底下，比城中最雄伟的建筑还要高，树枝悬挂着装饰物、雕像和面具。每当地下传来余震，树上挂着的铃铛就会发出叮当叮当的脆响，饰物也随之微微摆动。

接近地面，螺旋阶梯逐渐变窄，最后停在青铜树根虬结而成的一道拱门前。这道门十分沉重，被精雕细琢的人面图案覆盖着。

锦生接过庄鲲手中的宫灯，递过去一把硕大的钥匙。庄鲲把钥匙插进锁里，转动三次。门缓缓打开，里头飘出的寒气逼得庄鲲倒退几步。

辰风站在灯火投下的微弱光圈里，注视着门后无边无际的黑暗。拱门里不断散逸出寒冷的气流，所有人都冻得瑟瑟发抖。

锦生上前一步，举高明灯，黑暗深处，有什么东西在闪烁。

"没有时间了。"她坚定地说。

庄鲲深吸一口气，走进门里。其他人跟随在后。随着灯火的光线，他们看到了金色面具。它高踞于幽深之室正中一根造型粗犷的玉柱顶部。

庄鲲和锦生见过金色面具很多次，辰风和汀紫却是头一回。他们被它那无与伦比的精美和喷薄而出的气势给惊呆了。其实金色面具并不是太大，与人脸相似，甚至比不上王城、神庙中用作装饰的庞大面具，但它却拥有独一无二的生机与活力，仿佛它富有生命一般，默默地庇佑着"面具之城"与它的子民。

闪烁的宫灯下，金色面具的表情仿佛是鲜活的，而且不断变化着，时而微笑，时而严肃。那双鼓起的硕大眼珠定定地凝视着他们，似乎要洞悉来访者心灵的最深处。

锦生鼓励地拍了拍庄鲲的肩膀，递给他一把小小的铜锤。

"这也太小了，"庄鲲说，"怎么能够打破面具？"

"力量有时就凝聚在微小的事物中。不要怀疑，照我说的做，用力击朝面具额门心敲击三次。"锦生的语气不容置疑。

庄鲲举起铜锤。看得出来，它轻得可笑，小巧得简直滑稽。但庄鲲还是走上前去。锦生开始吟诵：

"玄秘时刻，

通途开启。

维度交融，

闭门谢客。

日神隐退，

月神独尊。"

庄鲲举起锤子，这一瞬间，金色面具好像咧开嘴笑了起来。

庄鲲试探着用锤子击打着金色面具的额头。然而在辰风看来，面具纹丝不动。锦生的吟诵声变得更响亮、更急促起来。

庄鲲又砸了一下。这一下，空气中掀起一波隐秘的震动。锦生再度提高嗓门，庄鲲第三次举起铜锤。而此时，锦生差不多是在声嘶力竭地呐喊了。

然而，庄鲲犹豫了。他回首注视着拼尽全力高声吟诵的锦生。突然间，锦生双目紧闭，猛地向后仰去，伸开双臂，身体笔直地朝后倒下去。辰风飞身一跃，想要扶住她，却只抓住了她手中的灯火。

锦生的身体在倒地的刹那轻盈地漂浮了起来，一直往上升，最后悬浮在两尺左右高度的半空中。她的呼喊声微弱下去，直至安静下来。

"你们晚了一步，"一个声音响了起来，辰风一看，沈贤不知什么时候走了进来，猖狂地笑着，"你们的仪式没有机会完成了，金色面具正式归我所有。"

沈贤大步流星地走近前来，朝庄鲲伸手一指，像一道无形的力量划过，庄鲲立刻摔倒，在地上蜷成一团，他手里的小铜锤"当"的一声掉在石头地面上。

辰风摆出笨拙的武功招式，沈贤见状，轻蔑地一笑：

"蠢货，你的任务是举好灯火。"

此言一出，辰风像被施了定身术，一动也不能动，右手却还稳稳地举着宫灯。汀紫试图挽回败局，她刚一迈步，沈贤手指一挥，她就像团棉花似的软软地倒在庄鲲的身边。

沈贤带着胜利者的笑容，得意忘形地伸手去摘金色面具。他赢了。他打败了国王、锦生和两个讨嫌的孩子。金色面具是他的了。然而，他忽视了幽深之室里体型最小的观众。

来福的小短腿显示出惊人的爆发力，它扑向沈贤，死咬住他的小腿肚子。沈贤又疼又怒，大叫着要摆脱来福。他的叫声响起时，辰风猛地觉得束缚自己的力量烟消云散，他抛下手里的明灯，使出他的"飞刀除草"。

没想到，这一招终于为他扬眉吐气、大显神威。只见辰风左腿一探，勾住沈贤的膝盖，身子一拧，右腿猛踢，正中沈贤前胸。沈贤向后飞去，重重摔在地上。

"辰风，打碎金色面具！"漂在空中的锦生嘶声叫道。

汀紫也能动了，她捡起小铜锤，敏捷地扔给辰风。辰风抓住小铜锤，飞奔向金色面具。但是，仅仅几步之遥，他发现自己脚仿佛被蜜糖给粘住了，举步维艰。沈贤的功力正在恢复，行动的阻力快速增加，辰风用力举起小铜锤，却根本够不着面具。这时，心里有个杂乱的声音念叨着：

"别跟自己较劲了，孩子，放松，放松……"

辰风用力深呼吸，集中意念，排除那个声音的干扰，拼命将体内的真气汇聚到四肢，艰难上前，手起锤落，第三次击中了金色面具。

三次击打的力度全都微不足道，但它们叠加起来的效果却令人惊叹。面具的额头出现两道裂纹，蜿蜒向下，经过鼻翼两侧，穿过两颊，最后猛地撕裂。面具裂成了三片，在玉柱上方漂了起来。

锦生从辰风身边飞过，一把抱住目瞪口呆的沈贤。他们的身体闪闪发光，仿佛融为一体。然后，他们开始一起上升，在升高的过程中，渐渐变得模糊起来，最终竟然化为一股卷曲盘旋的青烟。青烟缭绕升腾，慢慢分为三股，各自包住面具的一块碎片。三块碎片在青烟中散发出微弱的光芒。

烟雾环绕、微光闪烁的面具碎片朝向三个不同的方向飘去，越飘越远，飘出了幽深之室的拱门，飘向了未知的远方。

这一切发生得太快了，待辰风缓过神来，锦生和沈贤以及金色面具都彻底消失掉，只剩庄鲲呆若木鸡地站在原地，而汀紫举着宫灯发愣，唯有来福警惕地左右张望。

又一次余震袭来，辰风打了个趔趄。

"你们都离开吧。"庄鲲哀伤地说着。

"金色面具去哪儿了？"辰风张皇地问道。

"去了没人能找到的地方。"庄鲲说。

"那女神和沈贤呢？"汀紫问道。

"他们的恩怨还没结束。'面具之城'注定将被毁灭，你们拯救了面具之城外的人和他们的世界。现在，离开这里吧。"

"那么您呢？"辰风问道。

"我就留在这里，"庄鲲惆怅地微笑道，"我必须留在这儿，等到象牙方舟到来时，我会有新的用武之地。"

一阵更猛烈的震颤扫过地面。

"快走！"庄鲲命令道。

庄鲲的态度不容反抗，辰风和汀紫顺从地跑上螺旋阶梯。他们每跑上几级台阶，阶梯就会剧烈震动，他们不断地摔倒、擦伤，来福则一级一级往上蹿。

终于，他们离开了王宫，飞奔着穿过断壁残垣，找到了他们的马——所幸，那两匹马还乖乖地等在原地。辰风抬头看向岷山，山顶上方的云团变得更大了，在黑雾之中，一处巨型的废墟图像若隐若现，石柱、墙壁、街道、塔楼，每种形象都骤然出现，又转瞬即逝，就像海市蜃楼。让他更加惊惶的是，太阳虽然早已落山，但锦生所说的神灵之眼依然注视大地，散发出血红的光芒。

就在辰风的凝视中，云团慢慢消散，逐渐瓦解……终于，天黑下来，什么都看不见了。大地也恢复了以往的坚实，不再频繁震动。

"都结束了吗？"辰风疲惫地问道。

"应该是的。"汀紫说。

来福在辰风的腿上蹭了蹭，他抱起小狗。

"来福，你真是太英勇了，你立了大功。"

"辰风，是你打倒了沈贤，敲碎了金色面具，来福只是帮了个小忙。"汀紫面露崇拜。

"要不是来福和你的帮助，我一个人是做不到的。"辰风很谦虚，"汀紫，难道我们真的拯救了世界？"

"也许吧，不过是不是拯救了世界也许不那么重要，至少……咱们做了件对得起自己良心的事情，不是吗？"

"我没想过我能战胜沈贤，他简直是魔鬼的化身！"

"我也没想到过你会有这么大的勇气去做一件这么了不起的事情。在我眼里，你真是个英雄。"汀紫真切的目光让辰风有些飘飘然。然而现在，他还有更要紧的事情需要考虑。

"现在我们该怎么办？"辰风问。

"去金沙，从头开始。"汀紫坚定地说。

"绝不！"辰风喊起来，"去金沙就得骑马，我再也不要骑马了！"

"你到底是英雄还是狗熊啊？！"汀紫笑了起来。

第二十章 艾尔福德·会说话的黑猫

数千年前。

美轮美奂的王宫中。

当时的君王名叫庄鲲，是这座被后世称为"面具之城"的王国的主宰者，亦是金色面具的主人。他的国土疆域辽阔、纵横千里。然而，一次占卜显示，这座车水马龙人流如织的泱泱大国即将面临灭顶之灾。

此时，庄鲲坐在考究的茶案前，身后是年少的男仆辰风，他的对面坐着一位身材窈窕眉眼清秀的年轻女子。这却并非后宫嫔妃，而是这座国度中久负盛名的女巫锦生。虽然身为女巫，但锦生不是那种披着黑斗篷，拖着扫帚飞来飞去的老太太，她可是个美丽的女巫。

举国皆知，锦生与庄鲲是一对心心相印的知己。自庄鲲封王以来，常伴左右的，既非王宫重臣，也非三千佳丽，而是充满智慧的女巫锦生。

可怕的占卜正是由锦生完成的。糟糕的是，庄鲲似乎立即就被这个惊人的卜象给打倒了。他惊慌失措，不知如何是好。在臣民眼中，庄鲲是个没有负面评价的好王，绝无骄纵奢靡之类的恶习，不过，他容

易慌乱，一旦遇到不可控之事，他的习惯性动作就是双手合十，紧皱眉头，喃喃地反复念叨："为什么？这是为什么呢？"

现在，他已经翻来覆去地说了有一万次。女巫锦生忍不住打断他："我的耳朵都快听出茧子来了。"

庄鲲意识到自己的啰唆，不好意思地使劲吸了吸鼻子。原本东倒西歪打着瞌睡的辰风骤然回过神来，上前一步，恭恭敬敬地呈上一方丝帕。

庄鲲有着异于寻常君王的大大咧咧的气质，他一抬腕，用丝绸衣袖随意地一抹鼻涕，不耐烦地说："辰风，不用在我跟前立规矩！不过，你倒是应当给锦生和我泡点儿茶来。"

辰风谦恭地鞠躬，转身欲走，听见庄鲲又叫他，赶紧停步。庄鲲说："记住，不许那只该死的贱狗靠近我的茶缸，上次的茶闻起来就有一股子洗脚水的味儿！"

辰风吓一跳，更深地行了个礼，狼狈地逃开了。

"这小子天资聪颖，可惜整天心不在焉，"庄鲲注视着辰风慌张的身影，笑了起来，"不是一门心思讨好厨房里那个丫头汀紫和她养的狗，就是疯了一样想当武功高手，简直无用至极！"

"我倒不这么看，"锦生的表情高深莫测，"瞧着吧，总有一天，这孩子能有大造化。"

"我就指望着他'总有一天'能给我沏壶好茶，"庄鲲开玩笑道。

"这就是个童话而已。"读到这里，霍华德评价道。

两人肩并着肩，各坐一块垫子。凯特翻动着《金色面具》又黄又脆的书页，给霍华德充当翻译。

"你以为书里会写些什么？"凯特问道。

"起码是咒语之类的吧，怎么会是一本温吞吞的童话故事？"

"如果要隐藏秘密，还有比这更好的方式吗？"

凯特接着往下读，君王、女巫、男仆、女仆和狗，霍华德听得头疼，绞尽脑汁想听出些弦外之音。听到最后他说：

"嗯，我懂了，这个故事就是城市被毁掉了，金色面具被砸成了三片……可

面具之神

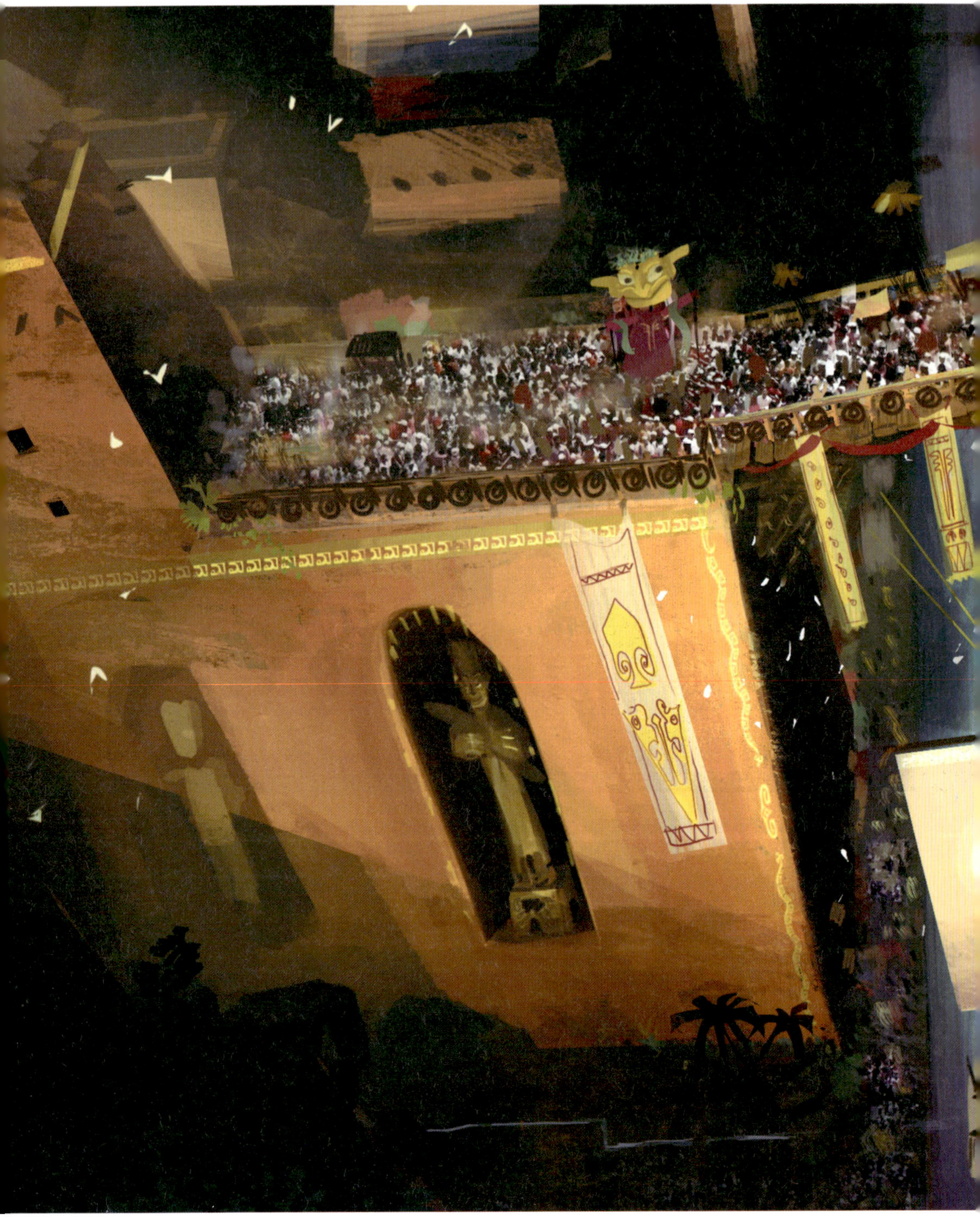

盛大的祭礼

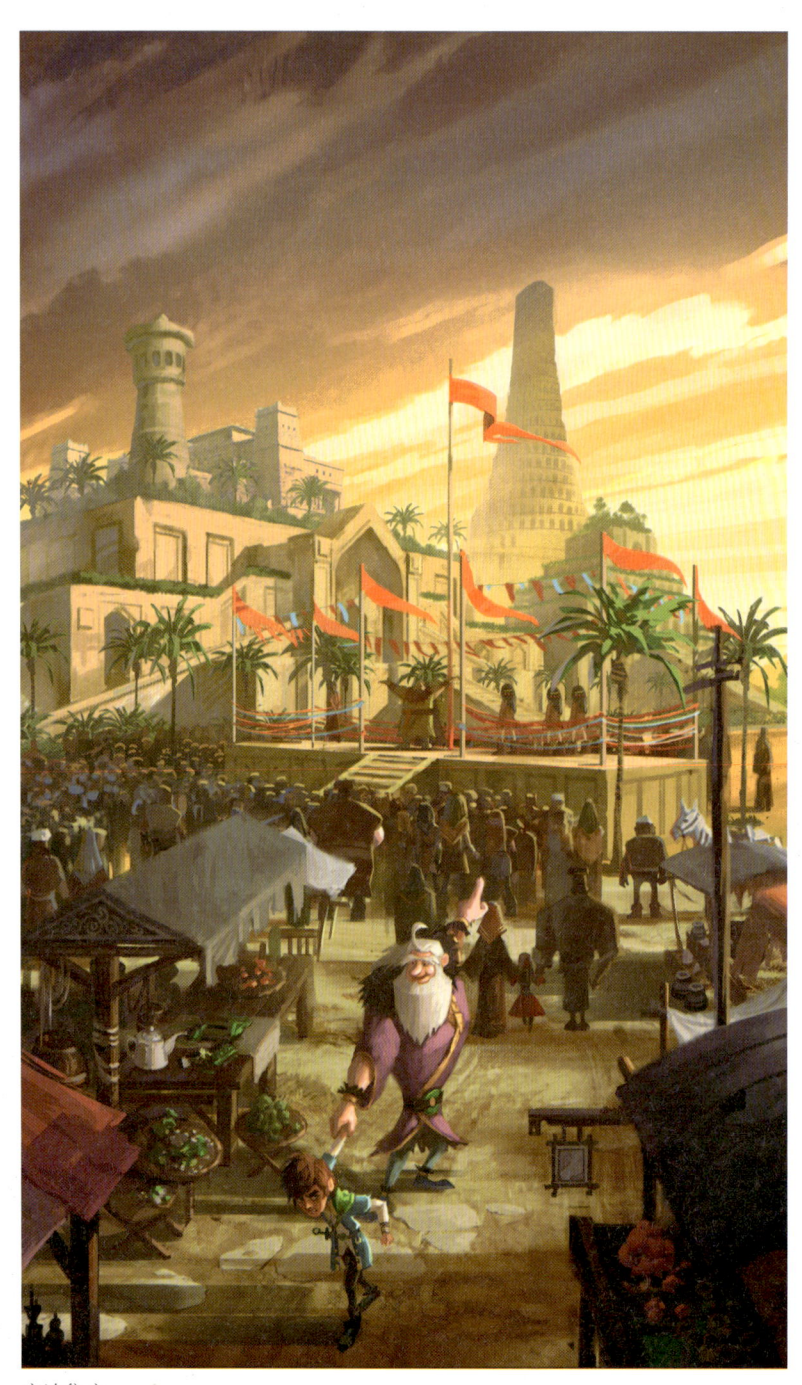

魔法集市

这是几千年前，发生在地球另一边，遥远的古中国的事。这故事跟我们有什么关系？"

"金色面具拥有不可思议的能量，能够打开通向其他维度的关口，让怪兽进入我们的世界。"

"就是你说过的，'假如我们是蚂蚁，而人类来庭院里烧烤'的那个例子？"

"对，在一些古老的记载中，有一个叫作古神国度的维度，一旦接近我们的世界，只有金色面具在幽深之室中得到咒语保护的情况下，庄鲲和他的'面具之城'才能确保安全。"

"但书里说，沈贤的力量足够打破咒语。"霍华德说道。

"是的，要是他当年成功地戴上了面具，古神早就穿过那个通道，毁灭地球了。不过，只有完整的金色面具才有完整的力量，锦生打破面具，再把它们分散到不同维度去，就是为了拯救世界。"

"既然面具已经被打破，那么威胁就不复存在了。"

"不对，面具当时虽然被打碎了，但是，但现在又快到古神国度再次接近我们维度的时候了。"

"这意味着什么？"

"我不知道，但是种种迹象表明，有人或是别的什么生物，正在寻找面具的三个碎片。"

"有人想复原金色面具的威力，借助它的力量，打开古神国度通向我们的路径？"

"有可能。"凯特说。

"一旦成功，世界就会灭亡？"

"恐怕是的。"

"你怎么会知道这么多？"

"我读了很多书，"凯特说，"而且你记得吗，我告诉过你，我梦见你的时候，感觉到有某种邪恶的目光藏在暗处窥探着我们。"

"为什么是我们？好吧，你告诉过我，我是灵使。但即便如此，我也只是一个中学生而已，你也一样。我们可控制不了面具之类的神物，那些邪恶的家伙偷窥我们有意义吗？"

"辰风、汀紫和来福也只是两个孩子和一只烦人的小狗而已。可在几千年前，他们成功地拯救了世界。"

"我和你，还有黑猫，我们也得扮演拯救世界的角色？"霍华德忽然觉得事情的走向有点滑稽。

"也许吧，"凯特紧盯着霍华德，"我有一个猜测，你就是目前这一切事件的核心因素，你拥有的能量恐怕远远超出你的认知。"

"我没有！"霍华德抗拒地喊了起来，"我不是任何东西的重点，你别跟我说这些了！我不想听。我们不是蚂蚁，也没有什么其他维度、古神国度和怪兽。这世界没有危险，我们的生活跟以往没有任何区别，金色面具只是个胡编乱造的故事罢了！我没有特异功能，我也不想当超级英雄。凯特，求求你，饶了我吧！"

霍华德疯狂地发着脾气，这通发泄让他筋疲力尽。一通叫喊过后，他忍不住颤抖起来。然而凯特只是冷静地注视着他。躺在垫子上的黑猫伸了个懒腰，溜下来，爬上霍华德的大腿，面对着他，趴了下来。

"镇静点，羊倌儿。"有个声音在霍华德的脑中响起，羊倌儿是霍华德与凯特第一次见面，凯特对他名字的"释义"。

"你说什么？"霍华德盯着凯特问道，可她的嘴唇紧闭着。

"我是说，镇静。"那声音又说道。

霍华德低头看着黑猫。黑猫的目光让人心烦意乱。

"这不可能！"霍华德脱口道。

"有什么不可能的？"那声音发出轻笑。

"你是一只猫，你不可能会说话！"霍华德几乎喊了起来。凯特淡然地望着他，一言不发。

"可你已经听见我说话了，羊倌儿。"黑猫纹丝不动，那声音却传递到霍华德的脑海中。

"这是怎么回事？"霍华德惊慌地问凯特。

"没啥大惊小怪的,羊倌儿。"那声音带着戏谑。

"别叫我羊倌儿了。"霍华德恳求地看着凯特。

"跟很多事一样,"凯特神情自若地终于开了口,"黑猫其实不是它表面的模样,它跟我做伴已经很多年了,也帮了我很多次,对了,它特别擅长解梦。"

"它是一只猫!"霍华德徒劳地辩解。

"猫又怎样?你也不过就是个羊倌儿!"那声音有些生气了,伴随着话音,黑猫跳下了霍华德的大腿,回到自己的垫子上,冷冷地瞪着他。

"你得原谅黑猫,它脾气挺大的,经常都是我行我素。"凯特解围道。

"开什么玩笑?一只会说人话,还我行我素的猫?我是突然闯进迪斯尼的动画片了吗?"霍华德简直快要崩溃了。

"昨天,你接受了我是个灵使,而你自个儿也是,"凯特一副云淡风轻的表情,"那今天为什么不能接受黑猫是有灵性的魔宠呢?"

霍华德两手抱头,把精力集中到呼吸上,一呼一吸、一吸一呼,直到自己放松下来。过去的二十四小时里,他已经被迫接受了这么多灵异事件,接纳一只会说话的猫又有什么了不起的呢?他别无选择,否则只能考虑另一种可能性,那就是发疯。他可不想承认自己是疯子。

"好吧,"霍华德抬起头,"黑猫会说话,这没什么大不了的。"他瞥了一眼漫不经心的黑猫,"回到这本书来,它让我们知道了一些背景,却没告诉我们应该怎样应对危机。"

"我认为它说了。记得辰风和汀紫逃出幽深之室以前,庄鲲对他们说的话吗?"

"是那句,当象牙方舟回去,庄鲲就会再有用武之地?"

"是的,你认为象牙方舟是什么?"

"我不知道,感觉像填字游戏——咦,等等,难道是白船?"凯特的微笑印证了霍华德的揣测。

"书里暗示的是,在未来的事件里,那艘白船非常重要。"霍华德自语道,"它就停在海滩上,问题是,那到底是哪个地方的海滩,一切正常和清醒的时候,我们要怎么才能去查看呢?"

"书里还有别的信息，"凯特伸手从桌上拿下一张纸，"这张纸就夹在封底。"她小心翼翼地把它摊开，一些弯弯曲曲的黑线和奇异的几何图形几乎填满了整页脆薄的黄纸。

"这应当是一张地图。"凯特说。

"这是什么鬼？"霍华德凑近细看。

"好吧，也许这没什么意义，"凯特扬扬眉头，"说实话，我也从没见过其他维度长什么样，但这要真是有用的地图，它很可能会给我们指出一条通往白船的路，而不必经过噩梦般的海滩和怪兽。"

"我看不懂，你能看明白吗？"霍华德盯着那些蜿蜒的线条。

"不太明白，"凯特坦诚，"所以，咱们要去利昂家。"

"你在说什么？"霍华德诧异，"你不会认为咱们能从利昂家找到白船吧？"他发现自己正在逐渐跟上凯特的节奏，凡事都朝着脑洞大开的方向去考虑就对了。两人之间发展出这份默契，他简直不知道是喜是悲。

"如果是呢？"果然，凯特的思路就是如此。

"假如我们在利昂家找到了白船，还能上船去看看，这又有什么用处呢？"

"关于这一点，麦迪逊似乎已经给过你答案。"

霍华德快速搜寻了一遍记忆，盘点着麦迪逊在非现实状态下对他说过的所有的话。只有一句，有可能跟凯特的话吻合。

"我不干，"他抗拒，"她说的是，让我穿过拱门——你指的就是这句，我猜对了吧？我可不愿意。那座拱门就不是人能待的地儿，别说走进去，我看一眼都害怕。"

"眼下考虑这个为时尚早。这是我们唯一的线索，我们只能从利昂家开始。"凯特坚定地说。

第二十一章 初探豪宅

"这会儿也太早了吧,"霍华德抱怨着,此刻,他、凯特和黑猫正往杭曼山上走,"我的意思是,他们昨晚刚聚过,大多数人肯定在睡懒觉,我们跑去会很显眼的。"霍华德尽力找借口,他没能说服凯特放弃去利昂家的想法,就一路思量如何拖延时间,他哪儿都不想去,就想在安全的地方待着。

问题是,这个世界上还有安全的地方吗?

霍华德心里清楚,尽管他千万般不想承认,但自己身处的世界已经岌岌可危,随时面临着坍塌的危险。如果他不鼓起勇气和凯特一起去面对这场即将降临的灾难,那么更多的人,爸爸、妈妈、老师、同学甚至麦迪逊和利昂……所有人都会陷入危机之中。勇气这玩意儿诚然不是想要就有的,然而此时此刻,不努力克服恐惧、战胜自我,会让自己良心不安。

山坡越往上,豪宅的面积就越大,也越发奢靡。凯特没理会同伴的犹豫,她爬起山来健步如飞、得心应手,而霍华德已经气喘吁吁了。

"咱们先找麦迪逊谈谈,"凯特说,"你知道她家住哪儿吗?"

"就在这附近，"霍华德流利地答道，麦迪逊家的地址，其实是全校男生关注的焦点，"我们找她谈什么？"

"你在海滩遇到麦迪逊时，她说也许是利昂给她的饮料下了药——我很怀疑这个可能性。有些巫师会借助迷幻药来观察其他维度的情况，但即使这样做了，能够看到的东西也十分有限，并且很难预先掌控看到哪里和看到什么。然而，麦迪逊明显知道怎么进入和怎么回去，这就非常可疑了。"凯特说得头头是道。

"你确定我看到的奇异景象，属于其他维度？"霍华德问道。

"我认为是。"凯特肯定地说。

"今天星期六，现在才十点，"霍华德说，"麦迪逊应该还没起床。"

"咱们叫醒她得了。"凯特毫不迟疑。

霍华德心里直打鼓，他们要去见的，不是别人，而是他从八年级就开始暗恋的女生，他着实忐忑。

"等一等！"霍华德叫住凯特，"麦迪逊会记得昨晚的梦吗？"

"我怎么知道？"凯特对霍华德的优柔寡断很不耐烦，"这就是我们要搞清楚的。"

这一片都是独立建筑，每栋房子在两到三层楼之间，虽然式样老旧，但外观都进行了维修和翻新。偌大的庭院种植着花花草草，有园丁在大蓬大蓬的玫瑰花丛间忙碌。

"麦迪逊好像就住在这儿，我不太确定。"霍华德犹豫地在一栋住宅前站定。

"演技真好，羊倌儿，那明明是你朝思暮想的地方。"

"别叫我羊倌儿！"霍华德抗议。

"黑猫跟你说话啊？"凯特问他。

"你听不见它说的话？"

"它跟谁说话，谁才能够听见。"

霍华德放下心来，他可不想让凯特误会。遇见凯特之后，他觉得麦迪逊应该属于过去式了。

麦迪逊家的房子不是最气派的,不过还是足有霍华德家的三倍大。房屋是很传统的造型,中规中矩,装饰着木雕,围绕房屋四周的是一道长长的走廊。

"我们真的要去?"霍华德问道,他暗中期待凯特临时改变主意。

凯特丝毫不理会他,推开虚掩的栅栏,与黑猫一起大步走上通向走廊的台阶。霍华德傻乎乎地跟在后面,紧张地审视周围,判断树丛里有没有带枪的保安或是凶猛的大狗。

忽然,从房间里传出钟摆声,霍华德简直恨不得插翅飞走。这次见面肯定会很尴尬。就在他胡思乱想之际,响起了脚步声,房门打开,一位妆容精致、衣饰华贵的中年妇人走了出来,她有一张跟麦迪逊相似的美丽面孔。她的发型时尚而考究,想必在美发店消费一次的账单肯定就超过了霍华德母子整月的生活开销。

"两位有何贵干?"她打量着霍华德与凯特。

"早安,阿姨,"凯特假装成优雅礼貌的淑女,"很抱歉这么早打扰您,我们是麦迪逊的好朋友,昨晚一起在利昂家参加聚会,她问我们今天能不能来找她一起出去玩儿。"

这番现场编织的瞎话产生了效果,妇人露出柔和的笑容。

"真高兴见到麦迪逊的朋友,"她伸出手来,"你叫什么名字来着?"

"凯特。"凯特说,伸手与麦迪逊的母亲握了握手,后者的目光转向霍华德,霍华德赶紧说:

"我是霍华德。"

麦迪逊的妈妈跟霍华德轻描淡写地握了一下手,霍华德寒酸的衣着显然遭遇了歧视和冷眼。

"麦迪逊正在洗澡,你们也许可以稍晚——"

"我们愿意等着她。"凯特不等对方说完"稍晚再来",就抢先表态。

"好吧,"麦迪逊的妈妈有些迟疑,"你们可以进来等她,不过,那只猫不能进来,免得到处掉毛。"

霍华德感到了黑猫的怒气,它几乎想要扑上去,咬住这个傲慢的女人的脖子。

"没问题，黑猫会乖乖地在外面等着。"凯特说。

"就凭你的态度，我绝对要把你家花园里的小鸟抓走几只，再把草坪踩坏一大块。"霍华德听见黑猫的叫嚣。

凯特和霍华德被领进了一间华丽宽大的客厅，麦迪逊的妈妈让他们坐进一张古色古香的、中世纪宫廷风格的沙发上。

"请稍等，我去叫她。"麦迪逊的妈妈自顾自地走开了。

霍华德小心翼翼地坐在沙发前沿，生怕压力大一点，沙发的细腿儿就会散架。凯特倒是很放得开，主人一离开，她就跳了起来，拿起博古架上陈列的装饰品，翻来覆去地查看着。

"这个瓷瓶出自名家之手，"凯特欣赏着一只蜂窝状花纹的带盖白瓷瓶，"最少得值两三万美元。"她信手把花瓶放回原处，霍华德真担心花瓶会被她大大咧咧地摔破。

"这两个是汉代魂瓶，距今将近两千年了。"凯特转而用指骨敲了敲壁炉两侧摆放着的一对流光溢彩的大瓶子。

霍华德不敢吭声，他没有问凯特是从哪里知道这些知识的，他怕她分神碰坏这些文物。如果这样，后果将不堪设想。

"这地方真像个博物馆。"凯特把屋子里的东西看了个遍，得出结论。

"家是用来住的地方，它足够温馨就好。"霍华德说，"这儿的奢侈品太多，换作是我，住在这样的屋子里，会觉得生活很累、很虚伪。"

"你这就是典型的酸葡萄心理，"凯特一针见血地指出，"要是你富得流油，不在乎损伤几件高价拍卖品，就会在这儿住得很愉快。"

"要是麦迪逊不想见咱们该怎么办？"霍华德问道，麦迪逊迟迟未露面。

"无所谓，"凯特讥讽地说道，"咱们捡几样值钱的，走人就是！"到时候她肯定会为了找回这些古董来找我们的。"

"没门儿！"麦迪逊冷冰冰的声音响起，"你俩的父母一整年的薪水加起来，也不够买我家任何一样东西。"

"我知道你很幸运，能拥有富贵荣华的人生。放心，我们什么都不会拿走，我们又不是贼。"凯特并没有被触怒，反而笑嘻嘻地说道。

麦迪逊姿势悠闲地穿过客厅，目中无人地坐在一把皮椅上。她打扮得像个模特儿、杏色皮靴、粉色紧身裤、白色打底衫套着浅黄与褐色相间的毛衣，貌似漫不经心地拿着一个名贵的手包。她漂亮得好像芭比娃娃，霍华德竭力想要转开视线，却根本做不到。

"感谢你来见我们。"凯特的语气，就像是有幸受到了女王的接见，不过，霍华德听出了其中的嘲讽。

"你们来我家干吗？"麦迪逊浑然不觉。手包里手机响起来，她掏出看了一眼，"利昂在找我了，我得去他家里。"

"我们恰好就想问问你，关于昨晚利昂家聚会的事情。"凯特不动声色。

"这有什么好问的？"麦迪逊恍然大悟，"对了，你们没有机会参加那样高规格的盛宴，想打听点儿什么是吧？"

"我们就想知道你做了什么样的梦。"凯特缓慢而平静地说道。

麦迪逊差点从椅子上滑下去。

"你们怎么知道我做梦了？"她脸色发白。

"这么说来，你是记得那个梦了？"凯特慢条斯理地问道，"那你记得霍华德出现在你的梦里吗？"

麦迪逊的样子活脱脱是一只受惊的兔子，仿佛立即就要摆出逃窜的架势。

"你……你们——"她连话都说不溜了。

"霍华德也做梦了，跟你的梦一样。"凯特说。

"你……你在说什么？霍……霍华德？"

"这是真的，"霍华德作证道，"我们是在一片漆黑的海滩上，海里有怪兽爬出来，你用手机照明，从某个通道回到了聚会。你告诉我，你怀疑是利昂给你的饮料下了药。"

麦迪逊两眼瞪圆，不可置信。

"你的梦是怎么开始的？"霍华德盯着她瓷器般细致的脸。

麦迪逊跌坐在椅子里，无助地紧锁了眉头，试图努力回忆。

"我有点儿喝多了，对，就是这样。不过，利昂简直是个混蛋，他嘀嘀咕咕的，说着胡话，在我身边走来走去，把我都给绕晕了……"

"他嘀咕的是什么？"霍华德追问。

"我听不懂。"

"像是汉语吗？"凯特问。

"别傻了。利昂那大舌头，说母语都费劲，还能说汉语？"麦迪逊不遗余力地贬低利昂，若是放在往日，霍华德会感到无比的痛快，但此刻，他的注意力全都在麦迪逊的叙述中。

"然后呢，又发生了什么？"霍华德问道。

"利昂停在我背后，越说越快，我猜他比我醉得还厉害。接着，我觉得自己是睡着了。我知道的下一件事就是我醒了过来。我到处找利昂，他却避而不见，所以我早早就回家了。昨晚的聚会太差劲了。现在，利昂主动给我电话，我这就去他家，把他骂个狗血淋头！"麦迪逊越说越来气。

"因此，"凯特引导着，"多半是利昂给你的饮料下了药，所以你才会昏睡过去，做了那个怪梦。"

"差不多吧，利昂真是混蛋！"

"你在梦里害怕吗？"凯特又问。

"害怕？有什么好怕的？难道要怕霍华德？"麦迪逊轻视地笑起来。霍华德有点小伤心，在麦迪逊的眼里，他完全就是空气，不值一提。

"你不怕那些怪兽吗？"霍华德问道。

"它们的块头挺大，"麦迪逊承认，"不过，做梦本来就是稀奇古怪的。"她的手机提示音响了，她看了一下新信息。

"利昂说他想跟我谈谈，可能是要道歉吧。"

"你好好想想，为什么会跟霍华德做一样的梦？"凯特问她。

"他可能随时都会梦见我，"麦迪逊淡然说道，"所以碰巧跟我做了一样的梦，对他来说，就像买彩票撞到了头等奖，走了大运呗。"

凯特和霍华德面面相觑。

"手脚干净点儿。"她甩下一句话就袅袅婷婷地走掉了。

霍华德和凯特走出了麦迪逊的家，迎面遇见黑猫。

"名媛的家不一样吧？"黑猫酸溜溜地问。

霍华德没接茬，而是说："完全是白来了一趟，我们什么消息都没弄到。"麦迪逊不当回事儿的态度让他很惊讶，这妞简直胸大无脑。

"正相反，我们证实了维度通道就在利昂的家，而且有一点至关重要，那就是，利昂知道这件事儿。可疑的是，他为什么要送麦迪逊穿越通道？"凯特回应他的抱怨。

"他送麦迪逊穿越通道了？"

"不是他还有谁？麦迪逊像是能自己做到吗？我觉得咱们得去拜访一下利昂。"

"好朋友这个谎话可不是次次都灵验，我们多半进不去的，况且，麦迪逊现在肯定就在那儿。"

"咱们先在周围逛逛，看看有什么机会可以采取行动。"

"好吧……"霍华德说完，突然明白过来，"等等，什么叫采取行动？你是打算闯进去？翻围墙吗？老天！那是违法的，而且有钱人家肯定有摄像头和报警系统。"

"别那么大反应，"凯特说着，继续往杭曼山山顶的方向走着，"我的意思是，从利昂家路过，看能不能干点儿什么。"

"你想干什么？"霍华德迷惑地追上去。

"拯救世界。"凯特朝他嫣然一笑。

第二十二章 艾尔福德

光明与黑暗

爬上山顶时，霍华德眼前恍惚出现了一团黑雾，他的忧虑简直到达了顶点。他想象着跟随凯特翻越围墙，趴在地上匍匐前进，一双手铐从天而降的场景。他可怜的妈妈不得不出面保释偷窥狂儿子跟他古怪的女朋友。种种假想搅和在他脑子里，仿佛炸开了锅。

凯特置若罔闻，马不停蹄地快步走向这栋杭曼山第一豪宅，坦坦荡荡地走上台阶，打开雕饰精美的前门，径直走了进去，仿佛一位理直气壮的访客，完全不是她所说的在周边查看什么的。

霍华德不知所措地站在门口，门后伸出一只手，把他拉了进去。黑猫从他脚边擦过，也跟进去了。

"我们不能这样。"霍华德胆怯地张望着，眼前的黑雾渐渐浓了起来，他惴惴不安地担心坠入令人发狂的黑暗隧道。他用力摇了摇头，努力地和这团黑雾抗争着。

"为什么不行？这里经常有聚会。利昂很好客，他只是忘记邀请我们。来，好好参观一下这房子，这可是卖旧书挣了大钱盖起来的，多么励志的神话故事！"凯特用她一贯的口气嘲讽道，伶牙俐齿是她天

生的优势。

他们在门廊上驻足观看,这栋私宅庞大豪华,麦迪逊的家远远不如。地面铺垫着光可鉴人的大理石,一道宽大的楼梯通往二楼的平台,屋顶使用了教堂常见的那种彩色玻璃,拱形穹顶投射着五彩斑斓的阳光。

从敞开的房门里,能够看到每个房间无一例外地摆放着时髦华贵的家具。唯一煞风景的是,房间里到处都扔满了还来不及收拾的空酒瓶和空罐子。几乎每张床、沙发和椅子上都有人在呼呼酣睡,全都是平时和利昂、麦迪逊他们混在一起的那群狐朋狗友。

霍华德和凯特正在好奇地四处张望,这时,中学橄榄球队队长布拉德赤裸着上身,只穿着一条短裤,跌跌撞撞地从某个房间晃出来。他醉眼惺忪地信手拿起一个空空的咖啡罐,咕噜咕噜灌下去几大口空气,一无所获地揉揉眼睛,又摇摇晃晃地回房了。过程中,他连看都没看霍华德和凯特一眼,仿佛他根本不存在。

"布拉德玩过头了,他醉得可不轻。"凯特说。

"优越感爆棚。"黑猫说。霍华德发现黑猫真是牙尖嘴利,跟它的主人一个样。

"既来之则安之,不过,咱们要干点儿什么?"霍华德问道。

"我得想想。"凯特在无人的楼梯上坐下来,黑猫跳上扶手,学着凯特的动作坐下,就像个动物雕饰。

霍华德也坐在凯特身边,这时,黑雾涌入他的视野,眼前的楼梯开始慢慢熔化和流淌。他惊恐地往前一扑,跪倒在台阶上,以为恐怖的海滩世界又要来了。然而,就在下坠开始的刹那,楼梯重新凝固,液体不见了,黑雾也散开了。他惊喜又茫然。

"你怎么了?"凯特扶他起来。

"跟昨天在精神病院门口,打雷时的感觉一模一样,一瞬间,好像一切都熔化了。"

"看来咱们找对地方了。"凯特说。

"什么意思?"

"艾尔福德社区是某种神秘力量汇聚的地方，但力量并不是均衡分布的，而是集中在一些未知的时空节点和漩涡里。精神病院就是这样的地方，此处显然是另外一个。在能量集中的地方，敏锐的灵使很容易感受到它。"凯特说的内容与霍华德妈妈说的大体一致。

"我要是再被共振了，你可以念咒语把我叫回来，对吧？"

"也许吧。"

"看看那本书怎么样？"霍华德提议，"你说过词语很重要，我们试试能不能在书里找到有价值的词语，开启利昂家的神秘通道……如果那些词语的确存在的话。"

"好吧。"凯特从包里拿出那本书。他们开始翻动书页，而黑猫则专心致志地舔毛。他们试着念出书里的语句，但一直很平静，什么都没发生——突然，从什么地方传来"轰"的一声巨响，楼梯随之震动了一下。

"是我们念的咒语？"霍华德问道。

"应该不是吧。"凯特迟疑不决。

紧接着，又是一声巨响，随后传来巨大的撞击声。整栋房子猛烈晃动起来，霍华德赶紧抓住楼梯栏杆。轰响声越来越密集，汇聚成一股连续不断的、低沉的咆哮声，就像倾泻的大瀑布。

一大颗冰冷的水滴落在霍华德头上。他抬起头，一道裂纹在玻璃穹顶上延伸着，断裂处逐渐扩大，外面的天色不知什么时候黑了下来。

"怎么回事？"他战栗地问凯特。凯特身旁的台阶上，一股水流汩汩而下。再往上看，二楼的墙壁直接变成了一道瀑布，规模还越来越壮观。飞溅的瀑布溅到霍华德的脸上。

"咸的，"他舔了舔，"应该是海水。"

"有个通道正在打开，"凯特神色凝重，"这是另外一个维度的海水，灌进我们的时空里来了。"

"海里的生物也被带进来了。"霍华德补充道。一只仿佛乌贼和海星的杂交怪物正在台阶上扑腾。

黑猫目睹大水淹没了它置身的台阶，水落到它身上，它气哼哼地晃晃身子，想要抖干皮毛。

凯特加快了翻书的速度。

"看看有没有能够阻止它们的咒语。"她低声说。

霍华德完全没有心神读书，此时，他早已被眼前的景象震撼得瞠目结舌。

一堵水墙哗啦哗啦地从霍华德右边的房门崩落下来，而楼梯上方俯冲下来的水流也凶猛无比，积水围绕着霍华德的脚踝和埋头翻书的凯特打着转，形成漩涡，似乎想要把他们给冲走。一件件的家具从两边房间里摇摇摆摆地飘了出来。

"锦生在幽深之室里念的是什么？"霍华德情急之下，提醒凯特。

"玄秘时刻……"凯特飞快翻到那一页，念了起来，毫无效果，湍急的水流继续围着他们旋转，霍华德就快站不稳了，偏偏那只张牙舞爪的海怪朝他爬了过来，他叫了起来。

"怎么会没用呢？继续念啊。"他拼命喊道。

"缺了点儿什么。"凯特处变不惊。

"老天！这是怎么了？"从平台传来麦迪逊的声音，麦迪逊出现在那儿，水围着她的小腿打转。

没人搭理她。

"我找不到利昂，就去书房打个盹儿，一转眼工夫，就变成这样了！这是地震还是下水管爆裂？你们叫水管工来维修了吗？"

"对对对，叫水管工！"霍华德歇斯底里地喊道，海怪离他的脚已经很近了。

"我来叫。"麦迪逊拿出她的手机，按动屏幕，霍华德很纳闷，麦迪逊的手机上怎么会存着水管工的号码？并且，麦迪逊对于他和凯特出现在利昂家里怎么毫不吃惊？

就在这一刻，霍华德的手机响了起来，显示着一个陌生来电。他本能地按下应答键和免提键，里面传来一个女人的声音：

"玄秘时刻，跟我念！"

"你说什么？你是谁？"

"玄秘时刻，念！"那声音重复了一遍，听起来有些耳熟，"快点儿！"

海怪就要抓住霍华德的裤腿了，他孤注一掷地跟着那个声音一句一句地念了起来：

"玄秘时刻，

通途开启。

维度交融，

闭门谢客。

日神隐退，

月神独尊。"

他瞥见摊开在凯特膝盖上的书，正是在这一页，随着他的念叨，书页上的字迹模糊起来。书开始轻微震动，一束微光闪烁的波浪从书中冲出来，涌向四面八方。水浪流过霍华德的身边，他感到一种奇怪的刺痛，随即急流勇退，海怪也冲落到楼梯下面去了。

现在，凯特、麦迪逊和霍华德伫立在一个急剧膨胀、波光闪闪的球体中心，球体表面不断向外扩张，直至栏杆、黑猫、楼梯和墙壁，所到之处，大水自动退去。

片刻之间，一切照旧——墙壁和地板干燥清洁，穹顶上的裂纹消失了，阳光投射出好看的光芒，而游动的海怪也消失无踪。

"没事了，"麦迪逊心平气和地说，"我们不需要水管工了，我得回去继续睡觉，困死了。"她打了个呵欠，若无其事地往回走。

霍华德松了口气，一屁股坐到台阶上。

"原来那条咒语，我念才有效。"霍华德说着，微微有点小得意。

"是啊，真是出人意料，你居然能派上大用场。"黑猫嘲讽道。

"你干吗老是针对我？就因为你是一只会说话的猫，所以你最了不起？"霍华德忍不住反击道。

"真不谦虚，"黑猫舔了舔爪子，"你可能没注意，那几句诗，你是用中国话念的。"

"电话里教你念的人是谁？"凯特问道。

"我想想，我应该认识这个声音，听起来很耳熟……"霍华德冥思苦想了一会儿，一拍脑袋，"是书魔！精神病院阅览室的艾琳！"

"原来是她！"凯特摸摸下巴，"这就说得通了。"

"为什么说得通？难道不是更复杂了吗？"霍华德反问，"艾琳怎么会搅进这些事情里？艾琳为什么会给我打电话？她不知道我的电话号码！而且，她说过她不会中文的！"

"是麦迪逊把你的号码告诉了艾琳，"凯特说，"不要否认麦迪逊也是灵使这件显而易见的事。灵使是天生的，跟智商、情商什么的完全没关系——但有一点你说得对，麦迪逊是个十足的花瓶，和她搭档必然是成事不足败事有余。所以，我敢肯定，有人会利用她，也有人会帮助她。"

"艾琳通过她连接上我的电话？所以说……实际上根本没有什么水管工？"

"你很聪明，"凯特笑笑道，"大多数灵使都不需要太高的智商，他们是被动的，比如有些人的听力或视力超群，但是并不意味着他们能掌控自己听见的声响或观察到的事物。换言之，灵使很难控制自己的体验，他们需要外力支援。刚才麦迪逊的那通电话，根本不是打给水管工，而是打给艾琳的，但她自己并不清楚这回事儿。听着，霍华德，像麦迪逊一样的灵使，和棋盘上的棋子儿没什么区别，她的一切所作所为都是受到某种力量驱使和左右的。但你可不一样，你是在依照自己的意志行事，也正因如此，你得坚强起来，想办法解决现在的困局。"

"所以……实际上是艾琳，她主动通过某种方式，联通了我，教我念出了那些汉字。"

"看来就是这么回事。"

"那艾琳是什么人？她的能力明显比麦迪逊那样的灵使强多了。"

"这就是问题的关键——你妈妈告诉过你，有两个亚特兰蒂斯祭司，一个叫安舒，一个叫克雷克，还记得吗？"霍华德点点头，凯特继续说下去：

"安舒和克雷克分别代表光明和黑暗，其实也是永恒的善神与恶神。他们之间永无休止地战斗着。有些神话甚至认为，我们的世界起源于他们的战斗。同时，在人类的不同文化中，他们有着不同的名字。这本《金色面具》里，他们被叫作'锦生'和'沈贤'。安舒、锦生和艾琳在不同的语言里，都象征光明，而沈贤和克雷克则象征黑暗。"

霍华德细细想着凯特的话。

"安舒、锦生和艾琳都是同一个人……"

他纳闷得很，她们生存的时间相隔成千上万年，怎么会出现在同一个时空？

"她们当然不是同一个人，"凯特解释道，"但她们都是光明（Guangming）的化身，就像克雷克、神仙和黑都是黑暗（Heian）的化身。光明是最初的光之神，而黑暗是最初的暗之神，他们可能都是最早的灵使，但他们的起源古老到无法考证。光明与黑暗都有无穷的力量，他们的力量像太阳和月亮那样保持平衡——这在中国人的古文化里叫作'阴阳调和'。只要他们的力量守恒，世界就会平安无事。然而，当这种平衡被破坏时，灾难就会降临。"

"平衡怎么会被破坏？"

"当其他维度旋转到我们的维度附近时，必然会出现第三种力量，导致破坏被平衡。"

"我大体明白了，"霍华德似懂非懂，"那么，艾琳就是善神安舒，所以她的力量足以操控灵使麦迪逊？"

"操控这个词并不准确，她不过是力所能及地帮帮忙。"

"怪不得麦迪逊变得古古怪怪的，她对我说，让我读书和穿过拱门，其实是艾琳想要告诉我的。但是……艾琳为什么不自己动手？她为什么非得指挥我去做呢？"

"这事儿恐怕一言难尽。"

"太麻烦了！其他维度可能都没有我们的维度这么讨厌！到底发生了些什么？你最好给我来一本关于这件事的学习指南！"霍华德郁闷地冲着凯特发火。

凯特笑了，凯特的笑容有治愈的功能，霍华德的坏脾气顿时烟消云散。

"我能找到的最好的解释，就是善神和恶神自己无法打开或是关闭通道，他们必须假以人手，让其他人来完成这件事。"

"我们去精神病院跟艾琳谈谈吧，"霍华德渴望逃离利昂的家，这里阴森森冷冰冰的，让他很不舒服，"如果艾琳真是光明的化身，她就应该很强大，她或许能帮助我们解决这所有稀奇古怪的问题。"

"我并不认为精神病院有我们要找的东西，"凯特不同意，"还记得《金色面具》里是谁最后打碎面具拯救人类的吗？是两个和我们差不多大的小孩子！霍华德，咱们得面对现实——答案就在这里，共振点也在这里，还有通道……现在，我们得找到利昂家的黑。"

"黑？"

"是黑把其他维度的海水放了进来，这太危险了。这种方式会让其他维度的生物侵犯我们的维度。咱们得阻止黑。"

"怎么阻止？"

"我也不知道，可这儿有人知道。"凯特说着，往楼上走去。

第二十三章 艾尔福德

利昂的阴谋

"醒醒，麦迪逊！"凯特使劲摇晃着酣睡中的麦迪逊，后者和衣躺在一张双人床上，黑猫跳了上去，蜷缩在她脚边。

"怎么了？"麦迪逊迷蒙地睁开眼，下巴上挂着一丝口水，这让她看起来有点呆头带脑的。

"告诉我，昨晚利昂最后一次对着你念念有词，是在什么地方？"

"地下室。"她说，她揉了揉眼睛，抹掉嘴巴上的口水，轮流看着他们。显然，她还没醒过神来。

"你得跟我们去地下室。"凯特变得焦急起来。

"行了，"麦迪逊揉揉眼睛，清醒过来，开始倨傲地数落他们，"你们要去地下室，可能是有什么乱七八糟的道理，我不想干涉。但我们一大帮人聚会到深更半夜，现在最重要的事是补瞌睡。我建议你们该干吗干吗去，学习也好，谈恋爱也好，总之，离我远点儿！"麦迪逊说完，翻身接着睡。

"这事儿很重要，"凯特的口气有点无奈，"我没法儿给你说清楚。但我们必须去一趟地下室，只有你能帮我们！"

第二十三章 艾尔福德·利昂的阴谋

"我对你们这些书呆子没兴趣！"麦迪逊大声说，"不管你们要去地下室或是什么别的地方，统统与我无关。别缠着我了。睡醒以后我还得写历史论文呢！"

"我帮你写历史论文。"霍华德赶紧接话。显然，这个条件打动了麦迪逊，她猛地翻身坐起，差点压着黑猫。

"真的？"

"当然，"霍华德说，"我自己的已经写完了，所以明天就能给你写一篇。"

"你的历史论文每次都能得A，是吧？"

霍华德说是。这个A很诱人，一旦拿到，可以减免好些作业。

"我只要跟你们去地下室就够了吗？"麦迪逊已经上钩。

"没错。"凯特说。

"成交！"麦迪逊蹦下床来，"我明晚必须拿到作业，否则你可就得倒大霉了。现在，给我几分钟；还有，把那个该死的野猫赶出去。"黑猫很受伤。它狠狠瞪了麦迪逊一眼，跳下床，狂奔出门。凯特和霍华德也跟着走了出去。

他们下楼，站在走廊里等麦迪逊，布拉德又起床了，晃晃悠悠从他们面前经过，这回端着一杯真正的、热气腾腾的咖啡。

"早！"霍华德嘲笑道，"看来你没有喝酒。"布拉德回敬他一个大白眼。这一切，让人很难相信几分钟前水漫金山的事，而布拉德更是仿佛什么都没有发生过。

"维度这东西会令人精神错乱。"霍华德感叹。

"谁说不是呢，"凯特很赞同，"因此好几千年来，关于维度的事迹，只留下只言片语的零星记载。"

"如果麦迪逊真有什么办法能打开通道，让我们穿越到另外的维度——去了又该做什么？"

"穿过拱门，然后见机行事，"凯特认真地说，"事件的关键点肯定就在拱门背后，太多的事情指向那里，我们必须得弄清楚背后有什么。"

如果穿过拱门，就能拯救世界，霍华德觉得自己责无旁贷，尽管他怕得要死。

楼上有动静，霍华德举目一望，麦迪逊正从楼梯上走下来。她的举止就像仙女下凡，虽然衣服皱巴巴的，头发也凌乱了，她还是仪态万千地扶着栏杆，娉娉婷婷地走下台阶。

"她把自己当成了扮演《乱世佳人》的费雯·丽。"黑猫嘀咕道，霍华德差点喷笑出声。

"我得去拿个东西。"麦迪逊说着，走到厨房里去，很快就返回来了，片刻不离身的手袋鼓了起来。

"行了，"她态度生硬，"咱们快点儿。"

麦迪逊打开楼梯后面的一扇小门，霍华德打了个冷颤，眼前这狭窄的楼梯太像他体验过的隧道了。

三人走进地下室，这里没有上面的房间奢华，陈设却更加的现代化，大部分空间做成了宽敞的健身房，里面是一套昂贵的健身器材。健身房一共有三扇门，两扇开着，一扇门通往一个大酒窖，另一扇门则通往一个锅炉间。

"这里头是什么？"霍华德指着紧闭的门。不知为什么，那扇门让他产生了一种毛骨悚然的感觉。

"利昂管它叫多媒体室。"麦迪逊漫应着，准备推开那扇关闭的门。

"等一等，"霍华德本能地阻止，他伸手拉住麦迪逊的胳膊。他觉得非常害怕，因为黑雾又在他眼前徘徊了，"这儿不太对头。"

他说得很含蓄，经过短暂的接触，他发觉麦迪逊确如凯特所言，不像表面看起来那般精明，她其实愚蠢得要命。

"怎么了？"凯特看着他，"你看到什么了？"

"没有，但我眼前又出现那些黑雾了。"

"利昂那个白痴把这扇门给锁住了，"麦迪逊说着，拧了拧门把手，把手纹丝不动，"咱们进不去，这可不怪我。我说，你还是得给我当枪手，对吧？"

霍华德还没来得及回答，黑暗突然降临了，迅速形成一条长长的隧道，从霍华德跟前，通往麦迪逊所在的位置。麦迪逊还在叮嘱霍华德帮她写论文，黑暗隧道上脱落了一小片影子，钻进了她的衣袖，那是黑猫。

"多可爱的小猫啊。"麦迪逊宠溺地抱起黑猫,抚摸她的皮毛。霍华德根本无力思考麦迪逊怎么会突然性格大变,几分钟以前她还将黑猫视若草芥呢。

黑暗就像降临时那样忽然隐去,霍华德眼前恢复了光亮,他看着麦迪逊一边亲密地朝着怀里的黑猫嘀嘀咕咕地说着话,一边溜达着走开去。

凯特注视着麦迪逊的背影,走过去握住门把手。

"你们是打不开的。"

他们猛地回过头去,看见利昂悠闲地靠在楼梯扶手边。

"你想干什么?"凯特抬高嗓门。

"呵呵,我还想问你们,"利昂的神色泰然自若,"这是我的房子,我记得没有邀请过你们中的任何一个人来我家。不过放心,来者是客,我不会撵你们的。怎么样,我家够大吧?玩儿得开心吗?"

"这房子很美。"凯特不动声色。

"是挺好的,"利昂说,"但你们还没见到最好的房间。"

"在哪里?"霍华德问道。

"当然是多媒体室了。"利昂说着,昂首挺胸地掠过他们,走向紧锁的门。

"以后再参观吧,"霍华德赶紧说道,那团黑雾有回来的趋势,他眼中的光线正在暗淡下去,"我们就是顺路来瞧瞧,打个招呼而已。我们得去图书馆做功课了,反正我和凯特都是书呆子。"他把凯特也捎带上了。

"我们很想去看看。"凯特不买他的账,她继续未完的动作,去拧门把手——门依旧一动不动。

"是锁上的,"利昂冷冷一笑,"不过,欢迎你们光临。"

他说着,伸手转动把手柄,那扇门竟然乖乖地向里打开了。利昂很自然地伸出手,一左一右地分别搂住凯特和霍华德的肩头,好像他们原本就是哥们儿或者男闺蜜之类的亲昵关系。

房中很黑,只能看到影影绰绰的家什,但霍华德却凭空生出了一种空旷感,似乎置身于广袤的旷野中。房间里的空气阴冷潮湿,一阵阵湿寒的风迎面吹来。

"在这里看电影什么的,可不太舒适。"凯特说着,门在他们身后"咔"

的一声关上了。利昂打开了灯，房间的布局让霍华德目瞪口呆。

这是一间狭长的屋子，墙壁很粗糙，像是某种岩石。墙上是一层一层地掏出的、小小的空格子，格子里摆着各类奇形怪状的雕像。霍华德只在古埃及神灵图片上见过，其中一些粗糙而狰狞，根本看不出是水生还是陆生的动物。让霍华德大吃一惊的并不是这些稀奇古怪的雕像，而是屋里最深处伫立着一个高高的、面色惨白的中国人，他的上半身几乎隐藏在灯光的阴影中，显得整张脸阴森而恐怖。

"这是黑，你见过的。"利昂的笑脸可憎得让霍华德恨不得一拳擂过去，把他给揍扁。

黑面带阴冷的微笑，两手相握，微微躬身。

"我们又见面了。"他说，声音低沉浑厚，但音调很柔和。

"看来你依然在为沃特·希利的家族服务。"凯特缓缓说道。

黑的笑容变得虔诚。

"我很荣幸为这个高尚的门第效劳。"

"你想从我们的身上得到些什么？"凯特问道。然而霍华德听出来了，她的嗓音有些战栗。

"对你，恕我直言，我没有丝毫兴趣，我需要的是霍华德，他是真正充满力量的人。"黑直言不讳。

"你在说什么？"霍华德慌乱地撇清，"我没有任何力量！"

"你都不知道自己身怀绝技。"黑走到他们跟前，一团黑雾同时降临，并且化作千万个黑点，在霍华德的眼中疯狂地闪烁。

"我能嗅到你身上那些力量的味道，"黑舔着嘴唇，露出贪婪的目光，"你的力量是有气味儿的，就像礁石上溅起的浪涛的气息，生机勃勃。"

霍华德浑身发抖，两腿像筛糠。

"你以为我就没有力量？告诉你，大错特错！"凯特插嘴道，"快让我们离开！否则……"

黑的视线压根儿就没离开霍华德，他目不斜视地念了句含糊的话，凯特一下子就倒在地上，没了声响。

"凯特！"霍华德蹲下来，焦急地大声叫着。

"别担心，你那个讨嫌的朋友只是睡着了，"黑说，"利昂，告诉这个小伙子，我们为何会需要他。"利昂正懒洋洋地靠着岩石墙壁，悠闲地抚摸一尊怪物雕像。

"你那个呆气十足的女朋友已经告诉过你一丁点儿了，"利昂漫不经心地说，"我们在你的梦里也给你展示了不少，当然，你不知道的内容还有很多，我说给你听吧——很久很久以前，在久远得超出你们想象的太古时代，人类还只是单细胞生物，漂浮在海洋中，古神国度里的古神们，已经从位于另一个维度的遥远星球来到地球。他们其实也很不幸，他们都是一场大战之后为数不多的幸存者，在宇宙中流亡。那场大战摧毁了很多星系，还保有原貌的星系所剩无几。这些古神藏身于此，目的是要躲避那些毁灭他们的敌人。"

霍华德虽然惊恐万状，但却被这个史前外星人拜访地球的奇异故事给吸引住了，就算他想从利昂那难以抗拒的双眼上转开视线也做不到。

"古神在地球住了许多年，最后，还是被敌人给发现了。对了，他们把敌人称为旧日支配者。旧日支配者掌握了穿越维度的法则，来到了地球，他急切地想要彻底消灭古神，然而他不知道，古神已经练就了非凡的技能，再也不会被轻易打倒。古神知道，这个敌人是永生的，他不可能被杀死，因此，古神就利用维度交叉地带中的绝对虚空的力量节点困住了他，让他陷入死亡般的沉睡，不死不活。他沉睡着，不停地做梦。不过，按照维度运转的规律，我们知道，力量节点会在维度重新相遇的一瞬间变得微不足道，敌人就要解脱束缚，重新成为万物的主宰……"

"这个故事太疯狂了！"霍华德叫起来。

"发脾气是没用的，"黑打断了他。"你必须好好听着。"

"那位敌人被困住之后，"利昂继续说下去，"古神们觉得安全了，他们在地球较为偏僻的角落里，用坚实的石头建造了一座巨大的城市。不过，在那里住下来以后，他们越来越想家，越来越想念自己的星球，当他们感觉自己足够强大了，便决定回到自己所在的维度。"

霍华德心不在焉地看着凯特，她躺在地上，呼吸均匀。突然，她睁开一只眼睛，冲着霍华德使了个眼色。霍华德心生喜悦，随即赶紧转开视线，以免被利昂与黑发现。

"所有这些事件，跟我们有什么关系？"霍华德问道。

"哎，我的小傻瓜，"利昂的口气显得亲切起来，"我说得太多，把你给绕晕了。事实上，跟黑有关的只有那个敌人，那个旧日支配者。他正沉睡在死一般的漫长梦境里。如今，古神国度正在接近我们的维度，当两者相遇，那片绝对虚空遭遇挤压，就会丧失力量，旧日支配者会离我们很近，从来没有过的接近——他能听见我们，我们也能听见他。"

"那么，这一切跟你又有什么关系？"霍华德问道。

"利昂跟我一样，我们都是旧日支配者的信徒，"黑镇定地说着，"我们等待着这个千钧一发的时刻，两者交汇，就有机会唤醒我们沉睡的神，一旦他苏醒过来，毁灭与复仇就要登场了。"

黑的话让人不寒而栗，他的镇定中透着一种诡异的疯狂。即便霍华德只是刚刚才接触到"旧日支配者"这样古怪的名词，也对它感到莫名的恐惧。他几乎可以凭借本能判断，那绝不可能是什么好东西！一切的混乱和恐怖事件，全是因旧日支配者而起。

"他给过我们承诺，"利昂狂热地抢着说，"他答应我们，事成之后，就让我们获得自由穿越时空的权利。想想就觉得过瘾——去土卫六的甲烷海游泳，在土星环上冲浪，在猎户座观看太阳爆炸，还有阿撒托斯，那盘踞在万物中心的混沌，我们也能见识！这才是我想要的！去他的艾尔福德！去他的学校！去他的豪车和聚会！这些拿钱就能买到的无聊玩意儿，我才不稀罕！"

不同于利昂鲁莽的狂热，黑一直保持着一种可怕的沉着。他阴恻恻地看着利昂癫狂的自白，嘴角勾起一丝不易察觉的嘲笑。转而他将目光移向了霍华德，他最关注事件重心。

"我们需要的是一把钥匙，开启信仰的黄金时代，"黑接着说，"作为旧日支配者挑选的精英，在时空中旅行，那将是你至高无上的荣耀。"

"我的荣耀？"霍华德听不懂了。

"是的，你的荣耀，"黑好整以暇地说着，"你，霍华德，就是那把钥匙。命中注定，你将从死亡一般的睡梦中，唤醒我们期待的旧日支配者。"

"那个旧日支配者叫什么名字？"凯特从地板上略显吃力地爬起来，站在霍华德身边。很显然，刚才的咒语对她造成了不小的影响。

黑轮淡漠地流注视着凯特与霍华德，仿佛她的加入并没让他吃惊。

"他有很多名字，"黑说，"其中一个，你们可能知道，克鲁苏。"

"克鲁苏，黑暗……"凯特喃喃道，"那么你呢？你是谁？"

"你认为我是谁，我就是谁，这不重要。"黑狡猾地说，"重要的是，两种维度已经接近了，有些人感应到了旧日支配者的一些梦境，他已经等得太久。是时候了，他正迫不及待地要苏醒过来。"

第二十四章 艾尔福德

月光下的海滩

"我们要把女巫带上吗？"利昂问黑。

"她不是女巫，利昂，"黑用长辈的口气教导道，"我跟你说过，她是灵使。带上她吧，伟大的克鲁苏复苏时，肯定会饥肠辘辘，她是最好的祭品。"

霍华德一下子就意识到他们的用意，他们居然把凯特当成了美味的食物。

"我绝不会替你们做任何事！"他叫道，同时飞起一脚，正中利昂的肋骨，把毫不设防的利昂给踹倒了。他向前扑过去，抓住门把手，很轻松地就转动了，但门却没开。他用力猛拽，门岿然不动。他抡起拳头拼命地砸，希望能引起别人的注意。然而砸门声仿佛被厚重的门给吸收了似的，根本无法向外传出去。他狂喊着呼救，希冀布拉德或者其他什么人能经过这里，冲进来拯救他们。

"门是锁着的，从外面什么都听不见，"黑说，利昂则挣扎着站了起来。

"这间多媒体室你们休想逃出去。最起码，在这个维度你无路可逃。"利昂说道，"把这里命名为多媒体室，其实是我开的一个小玩笑。别人以为多媒体

是指电视、电影、电脑和音响之类的玩意儿，但在这里，多媒体指称的是不同的维度。"

黑穿过房间，利昂推搡着霍华德和凯特，迫使他们不得不紧紧跟上。霍华德攥住凯特的手，她也用力握着他的手。谁都未曾留意，在他们身后，门悄悄地打开了。

房间深处的地面逐渐向下倾斜，像一条下坡路，然而四周的空间却仿佛永无止境。霍华德和凯特一直朝前走着，始终无法靠近墙壁。

"你还好吗？"霍华德低声问凯特，问完他就知道这问题愚蠢透顶。被挟持着去见来自另一个维度的、被封印的妖魔鬼怪，这能好吗？

"我没想到事情比我想象的更严重，"凯特耳语道，"我以为麦迪逊能给我们一些线索，然后我们自己过去，谁知道是带你来当囚犯。"

"克鲁苏被封印的事你早有了解？"

"略知一二。我对旧日支配者的研究肯定比不过黑，黑是他的信徒。"

"是黑控制了利昂吗？"霍华德问。

悄悄话没能继续下去，因为利昂幽灵似的站在了他们的面前。

"霍华德，我们等你已经很久了。"利昂说。

"利昂，刚刚黑为什么要打开通道，把海水放进来？"凯特问道。

"那是个错误的尝试，"利昂说，"我们一度以为，只要霍华德人在这儿就足够了，可惜这是误解。1891年，黑和我的祖先也曾经犯过类似的错误。他们以为有希利私宅的特殊位置，再加上风暴，这就足够了，结果根本没能唤醒旧日支配者。现在，我们懂得的理论更多了，我们不会再犯同样的低级错误——霍华德必须亲自参加召唤仪式，他才是仪式的核心。"

霍华德听得头皮发麻。他这才明白过来黑就是利昂祖先希利·沃特的中国仆人。然而这么多年前的仆人，此刻怎么会活生生地站在自己面前？他是掌握了长生不老的秘籍，还是颠倒了时间、空间？

霍华德一边想着，一边与凯特沉默地跟着黑和利昂往前走。脚下的路已经变成了一道长长的走廊。走廊依旧倾斜向下，墙上依旧有一连串的小格子，格子里依旧有奇怪的雕像。不过，越往前走，气温就越低，海水的气息也越浓，就连海浪有节奏地拍打岸边的声音也依稀可闻。

再往前走，走廊变得更宽了，他们直接从这儿踏上了海滩。这就是霍华德看到的那片海滩。时间从白昼变成了午夜，天上有一轮大得吓人的月亮，像摊得薄薄的鸡蛋饼，皎洁的月光洒在黑沉沉的海面上。那座岛屿阴森森地伫立在海平面上，延伸进海水中。目之所及之处，那艘闪耀着奇异光芒的白船缓慢驶来。

眼前的景象，与霍华德前两次所见略有差异，譬如左边的海滩出现了一个由巨大的石柱围绕而成的圆圈。这些深绿色的石柱泛着幽暗的光，柱身挂满湿漉漉的海藻，一些类似螃蟹的小生物在海藻之间爬来爬去。

霍华德定睛看去，他发觉这些石柱表面粗糙，隐隐显出化石生物的轮廓。石柱围绕而成的圆圈中央，是一大块平台，刻满了史前生物的图案，这些生物的形状让霍华德感到心烦意乱。

黑和利昂押着霍华德与凯特穿过海滩时，十几个戴帽子的家伙正站在祭坛周围观看。厚重低垂的帽子和宽大的长袍遮住了它们的样子，看不出是人类还是别的什么生物。

黑摊开手掌，冲它们打了个手势，对方一起打手势回应。它们的脸被帽子遮去大半，但霍华德还是惊恐地看到了那些伸出的爪子，爪子之间还长着蹼。

利昂推搡着凯特和霍华德走上前去，嘴里发出低沉的呼哨声，那些穿黑袍的长形生物集体向后退去。

黑走过去，一把掰开凯特和霍华德紧握着的手。两个长形生物走过来，一把抓住凯特，把她拖到祭台前，拽着她，逼她爬上台子去。霍华德吓坏了，他以为它们要活活掏出凯特的心脏来举行血祭。他声嘶力竭地喊叫着，扑向前去，想为了凯特不管不顾地和怪物们拼死一搏。

可惜他还没跨出半步，两臂就被冰冷的手牢牢钳住。对方的力气大得惊人，霍华德拼命挣扎，却依旧动弹不得。

"别杀她！"霍华德绝望地喊道。

"冷静点，朋友，"利昂一脸淡然地说，"我们不会杀她的。"

凯特被迫站在高高的石台上，面向大海，但她却显得极为平静。虽然抓她的人放手跳到海滩上，她还是站在上面盯着前面。

黑和利昂开始吟诵咒语，兜帽怪们代替两人发出呼哨声。他们集体围着凯特和祭台转了三圈。凯特闭着眼睛，嘴唇在动，但没发出声音。

念完咒语，黑转头对霍华德阴恻恻地笑着：

"看！我们已经成功把她锁在那里了。现在，轮到你为我们完成任务了——抓紧时间，唤醒旧日支配者！"

"我什么都不会答应你们！"霍华德用尽全力，勇敢地拒绝。

利昂仰面大笑。

"霍华德，你什么都不用做，只要你在他身边，时间一到，你的力量就会自动扩散，他会察觉到你的存在，从而醒过来。"

利昂和黑把霍华德拉到水边，长形生物接着吟诵咒语和打呼哨。霍华德被推进了冰冷的海水。月亮的倒影像是一把银色短剑，穿过水面，准确地直指向他。这时，海水已经漫过霍华德的膝盖，黑和利昂松开他，与长形生物一道，在他身边围成一圈，越来越响亮地吟诵咒语。

长形生物一边念咒，一边以一种奇特的节奏挥动手臂。随后，它们一个接一个地扯下帽子，扔进海水里。帽子下面，露出了霍华德见过的面孔——没有眼白，没有鼻子，它们的脸孔就像被融化过的蜡塑雕像一般可怕，在冰冷的月光下，散发着死者一般的苍白。

霍华德觉得自己快要晕过去了。无助和绝望感油然而生，一种从未体会过的悲伤随着咒语的声响愈演愈烈，恐惧、愤懑、忧郁……一切的负面情绪随之如潮水一般席卷而来。在这种强烈的负面情绪地包围下，霍华德感到自己的身体仿佛变成了坟墓里的腐肉，全然动弹不得。

黑、利昂和那些可怕的怪物围着霍华德绕了很多圈。最后，他们回到海滩，按照某种神秘的节拍走来跳去，发出沉重的脚步声。他们的吟诵声已经震破天际，霍华德感到耳膜已经被恐惧灌满，他浑身冰冷，战栗不止。

天空中那轮月亮大得出奇，光芒清冷。在这个痛苦而无助的时刻，霍华德竟无端端想起天文课上讲过的内容——月球的运行轨道早已偏离地球，因此，人们所见的月亮会随着时间推移而变得越来越小。如此说来，此时自己身处的这个维度应该是在亿万年前？

霍华德正想得出神，猛然惊觉，发现耳边的吟诵声和咯咯的脚步声都停止了，四周陷入诡异的寂静，只有细微的海浪声沙沙作响。

有什么东西轻轻地蹭着霍华德的腿。他低头一看，从海水里游来许多五彩斑斓的鱼，这些鱼全是霍华德没有见过的品种。转瞬之间，海水突然变得异常汹涌，海面剧烈翻腾，惊慌的海洋生物成群结队地冲向海滩，它们爬过他的脚，撞击着他的双腿，没命地向着陆地逃亡。

霍华德惊惶地将目光转向海面，随着翻涌的波涛，那座岛屿居然在生长！岛的体积骤然扩张，在它附近跳起一条鲸鱼般的巨型生物，在水中跳腾，不断地砸出一圈一圈银光闪闪的巨型旋涡。

一时间，霍华德以为所有的动物都在躲避这条可怕的捕食者，可是他很快就发现，那生物也在恐惧地逃亡。

它们究竟在躲什么？

霍华德愣了片刻，旋即明白了，造成这一切的只有一种可能性——旧日支配者就要复苏了！

第二十五章 邪恶的仪式

霍华德被黑的魔法定在了海水里，无法动弹。他眼见着无数海洋生物胡乱奔逃，茫然不知所措。此时，天空中突然劈下一道闪电，直插进翻腾的海面。

那座岛屿继续长大，把海水一剖两半，倒灌的海水在天空中形成了一道道空中瀑布。一堆凌乱的、幻象般的图景出现在霍华德眼前：一根石柱变成了一条街道，一条道路与自身扭曲相连，形成一条没有终点的环形路；坚实的黑色巨石变作黑暗寒冷的洞穴，洞穴形成三维图像。这一切朝着霍华德逼近，却又转瞬即逝。而在纷至沓来的幻境中央，就是那道拱门。

霍华德使劲眨眼，想要摆脱乱糟糟的景象，可是，岛上的山脉还在增长，从山巅长出了一头冲天的生物，一对破破烂烂的翅膀张开来，把下方的废城笼罩在阴影中。高山瞬息万变，变成了一颗头颅，一大团蠕动的触手伸向远方。下一刻，那怪物站了起来，用两只邪恶的、巨大的、血红色的眼睛盯着他。这双眼睛太可怕了，霍华德嘶声叫了出来。

他越叫越厉害，简直声嘶力竭，因为这噩梦般的庞然大物，摇晃着从那片恐怖的史前废墟中走了出

来，向他逼近。

霍华德濒临崩溃，他生不如死。就在这时，他的脑中响起了一个声音：

"玄秘时刻。"

"什么？"他嘶哑地问道。

"跟着我往下念，羊倌儿。"原来是黑猫。

"玄秘时刻。"

"通途开启。"

"通途开启。"

"维度交融。"

"维度交融。"

"闭门谢客。"

"闭门谢客。"

"日神隐退。"

"日神隐退。"

"月神独尊。"

"月神独尊。"

随着咒语，一个泛着微光的球体出现在霍华德周围，就像在利昂家逼退大水的那个光球，缓缓向外扩张。霍华德感觉自己的身体松弛下去，魔法消解，他能动了。

"接着念。"黑猫命令道。

"玄秘时刻……"霍华德从头念起，他一边念一边从逃命的海洋生物中穿过，走向海滩。凯特正站在石圈边上，大喊着叫他快跑。

不知什么时候，麦迪逊代替了凯特，神情呆滞地站在祭坛上，怀里还抱着黑猫，黑猫正是跟着麦迪逊穿越而来。黑、利昂和那些怪物在水边站成一排，张开双臂，面向大海，齐声叫唤着：

"克鲁苏！克鲁苏！克鲁苏！"

他们沉浸在执着的狂热膜拜中，对冲过身边的霍华德视而不见。霍华德一把抱住凯特，低声说：

"谢谢你，谢谢黑猫。"

"没时间了，"凯特毫不理会他的感谢，"赶快发火。"

"你说什么？"霍华德傻眼了。没等霍华德反应过来，凯特勃然大怒，面孔痉挛着，一脸火气，往霍华德的胸口就是一拳。

"老天，我怎么会跟你这么个孬种搅在一起？"她更用力地往他身上猛捶，"你这个胆小鬼！懦夫！你的人生一地鸡毛！是我把你带到这个鬼地方，你为什么不敢怪我？麦迪逊说的没错，你就是个不折不扣的窝囊废！"

"你怎么了？"霍华德目瞪口呆。

"继续念！快点！"黑猫的声音命令道，麦迪逊怀中的黑猫双目炯炯。

霍华德一边强迫自己继续重复咒语，一边心不在焉地想着，凯特说得对，他的生活糟透了，爸爸疯了，妈妈也神经兮兮，而他自己则是个大气都不敢出的软弱男孩，这一切都叫人颓丧，关键是，谁该为此买单？是命运，还是导致他的家庭混乱消沉的爸爸？真是该死，他都不知道该怪谁！

他确实生气了，气得眼冒金光，他一遍一遍地重复那愚蠢的咒语，声音越来越高，火气越来越大。

"你这个呆瓜！"凯特满面怒容地冲他大叫，又来一拳，"那些有钱的家伙看不起你，嘲笑你，他们毁了你的人生，你为什么不找他们算账？换了谁都会复仇，偏偏你就不敢！"

霍华德觉得身上的每一块肌肉都绷紧了，他心中燃起熊熊怒火，甚至想找谁来痛扁一顿。他把牙齿咬得咯咯作响，有生以来他从没这么愤怒过。

"转过身去！"凯特命令道，粗暴地抓住他的肩膀，猛地扳过他的身体，让他面对大海。

他想要抵抗，但凯特的力气大得出奇。他刚要动粗，突然发觉不对劲。眼前的运动全都停下来，失了真，就像一幅二维图画，景致是静止的，景致以外的空气却在荡漾。

"我们的力量不足以解决问题，"凯特大叫，"快跑！"她拖着霍华德跌跌撞撞地朝着岛屿跑去。

霍华德挣脱了凯特的手，他盛怒不已。

"放开我！我为什么要听你的？"

"你要是不听我的，"凯特说，"我们就都会死得很难看，不止如此，世界也会因此而灭亡。"

那排怪兽仍然站在水边吟诵咒语，海面上，恐怖的图景开始发疯般地起伏。霍华德感到黑猫在挠他的脚踝。

"接着念，"黑猫说，"一边念一边到船那边去。"

海面上出现了一团火焰，岛屿幻化成的巨兽伸出破烂的翅膀，一条粗壮的触手在空中挥舞，卷起三个念着咒语的怪兽。它将怪兽们毫不费力地举起来，一股脑甩进浩瀚的波涛里。霍华德心想，这巨兽如此强大，它一定就是苏醒的克鲁苏。

这情景触发了霍华德逃命的本能，他沿着海滩跑起来，黑猫在前面，凯特则在他身边，麦迪逊冲下祭坛，紧跟其后。

海水像玻璃一样平滑，他们踏着海水，跑上岛屿，地面变得坚实起来。霍华德吃力地大口吸气，他几乎要瘫倒，白船近在咫尺，但他却突然丧失了所有的勇气，仿佛自己已永远没有希望跑上船去。他两腿一软，摔倒在地。凯特过来拽他，他绝望地问道：

"我们该怎么办？"

"先上船再说！"凯特说。

"克鲁苏已经醒了，人类的末日已经来临了，做什么都没用。"霍华德痛苦地说。

"拯救人类，是你的使命与担当，抬头看看！"黑猫的声音在霍华德脑中响起。

霍华德迟疑着抬起头，看了一眼，他一下子跳了起来。

"怪物变小了！"

"这只是物理问题，"黑猫讥笑道，"距离越远的东西，显得越小，恐怕连麦迪逊都知道这个。"

"不对，它真的变小了！"霍华德肯定地说。那怪物不止变小了，它的翅膀重新合拢，头也变回了大山。

"发生了一点意外，"有新的声音加入，霍华德一扭头，看到艾琳就站在白船边，"旧日支配者的召唤仪式没能完成，因为你脱离了石圈的魔法，威力消失，这就削弱了通道的力量。"

"当然，通道还没有完全关闭，"艾琳说，"所以，是时候上船了。"

第二十六章 艾尔福德

开往过去的白船

白船扬帆启航，驶离岛屿。霍华德和凯特双双坐在船头。怪物已经销声匿迹，利昂和黑也无影无踪，岛上只留下废墟与可怕的黑色拱门。

"我们要去哪儿？"霍华德茫然问道。

"只要能离开黑、利昂、海滩和那个岛上的任何东西，去哪儿我都无所谓。"凯特回答。

甲板上，麦迪逊惬意地瞭望海景，顺便抚摸着卧在膝盖上的黑猫，她眼神有些空洞，和平日里趾高气扬的那个阔小姐判若两人。艾琳则独自站在船尾，默然沉思着。

船帆扬起，白船在平静如镜的水面上飞快前行，船上没有水手，也感觉不到海风。这没什么，两天来，霍华德经历了太多的不可能，只要能享受片刻安宁，他就心满意足了。毕竟，他刚刚度过了有生以来最惊心动魄的一幕。

"你在海滩上说的，都是你的真心话？"他鼓起勇气问凯特。

"当然不是，我只不过想让你生气。"凯特凝视着他。

"为什么?"

"为了把当时发生的事情给冻结起来,好为我们争取一点时间,逃到船上来,"凯特说,"你的力量一直存在着,就像用微火烧着的水,温吞吞的,我必须让它沸腾起来,才能完全发挥作用。很抱歉,刚才对你说了些不好的话。"

"好吧,"霍华德说,"告诉我,你没觉得我是个孬种?"

"当然没有,"凯特温和地望着他,"你是我见过的最神奇也最靠谱的人。"凯特的赞美太露骨,霍华德都有点不敢看她的眼睛了。

"说实话,"霍华德坦白道,"我觉得你说得对。我太软弱,也太没担当了。之前我一直在自欺欺人,总想假装一切都是假象,然后置之度外。现在,我不想再向软弱低头了,我应当承担起自己的使命。"

凯特看着他,眼里闪烁着惊喜的光芒。她激动地抓起霍华德的手:"我一直在等你想明白!人在未知的事物面前感到害怕,这一点儿都不丢人,可怕的是连承认恐惧的勇气都没有。咱们现在做的事都不是儿戏,我相信只要你相信自己,就一定能战胜困难。"

"谢谢你,凯特。"霍华德深吸一口气,像是打了鸡血,精神抖擞地说道,"我觉得自己一定会脱胎换骨,我感到前所未有的镇定,我能迎接任何挑战。首先,我们得弄清楚眼下这趟行程的目的地。"

"三星堆。"艾琳无声无息地出现在他们身边,"船会驶向三星堆去。"

"那地方在中国!"霍华德叫起来,"坐船去,估计得好几个礼拜。"

"普通的船是要走那么久。但是,你看到船员了吗?你觉得有波浪吗?"艾琳露出了神秘的微笑。

霍华德看看空荡荡的甲板:

"这艘船的确不寻常——但是,艾琳,我们为什么要去三星堆?"

"为了穿过拱门。"

"拱门?不是在我们刚离开的那座岛屿上吗?"

"你想回到那儿去?"艾琳忍不住逗他。

"不想。"霍华德和凯特几乎是异口同声。

"也就是说，拱门不止有一座？"凯特思索着问道。

"只有一座，"艾琳迟疑了片刻，答道，"只是，拱门已经存在了亿万年，在不同的维度，它处于不同的位置。换言之，岛上那座拱门，是唯一的。"

霍华德听得头痛，这纯粹就是绕口令。

"我们先去三星堆，再回到海滩，然后想办法穿过岛上的拱门？"霍华德傻傻地问。

"没那么麻烦，亲爱的孩子。拱门并不总是在同一个地方，它会随着时间的不同而移动位置。"艾琳温言道。

"岛屿上的拱门随后就会挪到别的地方？"霍华德有些明白了。

"不，它移动得没那么快，我们要去的，是当年在三星堆的拱门。"

"你说的是，当年在三星堆的拱门？"凯特插嘴道。

"对，"艾琳笑了，"我说的不是去今天的三星堆，也不是未来的三星堆，而是过去的三星堆。"

"我们要回到过去？在时光中旅行？这根本就不可能！"霍华德简直头痛欲裂，他又开始犯迷糊了。

"你又来了，羊倌儿！旅程明明已经开始了，你偏说不可能。"黑猫从麦迪逊腿上跳下来，霍华德不想理睬它，虽然它帮了他，却总是在变着花样地嘲笑他。

"艾琳，既然你已经告诉我们此行的地点，那么，我们究竟要去什么年代呢？"凯特好奇地问道。

"大约四千年前。"

"这不可⋯⋯"霍华德自动住嘴，咽下了说到一半的话。他已经知道，凡事皆有可能。

"思想觉悟有提升。"黑猫讥笑道。

"如果我们能在四千年前的三星堆，顺利穿过拱门，"凯特继续追问，"它又会通向何时何地？"

"它将通向封印旧日支配者的地方，也就是两个维度的交叉地带。"紧接着，艾琳吟诵道：

第二十六章　艾尔福德·开往过去的白船

"支配者身陷囹圄，

长眠不起，

一如死亡。

如果死亡消失，

噩梦醒来，

亘古长存的耀眼阳光，

必将照亮恐怖而漆黑的街道，

超越恒久的时间之墓。

来自太古深渊的访客，

合三为一，

重铸破碎的梦境之链，

唤醒支配者，

君临世间。"

"这是什么意思？"霍华德问道。

"这些诗句是神谕，"艾琳说，"它告诉我们，如何提防克鲁苏恢复到封印之前的状态。人类要严防死守的，不止是来自古神国度的古神，还有比古神还要强悍与邪恶的旧日支配者，它才是万恶之源。"

"旧日支配者沉睡的地方，就是岛屿上的那片城市残骸吗？"霍华德终于明白过来。

"那只是其中的一部分。"艾琳说。

"我们能做些什么？彻底毁灭旧日支配者？"霍华德立刻就答复自己，这是做不到的，既然它不是一般的强大。

"我也不知道。"艾琳的表情很难过。

"你不知道？！"霍华德失望得很，"你会跟我们一起去的，对吧？"

"抱歉，我去不了，"艾琳很歉疚，"光明和黑暗的力量必须永远保持平衡。如果一方变得过于强大，另一方也会随之增长。孩子，这件事我不能多加干涉。如果我代替你完成任务，更多的黑暗力量也会因为我的加入而激发出来，形成新的威胁。我很希望自己能助你们一臂之力，但我必须谨慎行事。"

"你要让我去阻止黑唤醒旧日支配者？"

"但愿你能做到。霍华德，你的力量是一把双刃剑——你能够唤醒旧日支配者，但是，你也能阻止别人对它的唤醒。"

"这太棘手了，简直让人泄气。"

艾琳并不理会他的抱怨，微微一笑，走回船尾。

"你会跟我一起去吗？"霍华德求救般地看向凯特，他已经决定要鼓足勇气全力以赴，但孤军奋战？那也太可怕了。

"当然了，"凯特安慰道，"麦迪逊和黑猫也会去的。"

"我会去的，就算不让我去，我也要去！"黑猫插嘴，"千载难逢的冒险之旅，我怎么能错过呢？给我全世界我也不换，啊不对，应该说，给我整个维度也不换。"

霍华德和凯特坐下来，看着白船加速前行，它的速度越来越快，但船体依然平稳，没有风，也没有海浪，就像是在海洋的上方滑行，而不是置身在起伏的波浪中。

"金色面具几千年前就被打碎了，碎片分散在不同的地方，是吧？"霍华德想起一个细节。

"是的，书里是这么记载的。"凯特答道。

"要是面具破碎而且失踪了，通向古神国度的通道就会关闭，那些怪兽就没法穿越到我们的世界里来。"

"没错。"

"但我们既没有面具的力量，也不知道碎片在哪儿，反倒是克鲁苏的信徒们占了上风。"

"这只是暂时的，事实上，所有的事情非常复杂。给你举个关于维度的例子，维度的边缘并不像一堵结实的墙，两种维度相互接近的时候，会相互渗透。在我们的世界里，往往会引起梦境。有些时候，世界各地的灵使会在同一天夜里做同一个梦，就是这个道理。而在力量增强的地方，或是维度边缘被力量超强的人所操纵的时候，我们的梦境就会变得相当真实。"

"就像精神病院的地下室，以及利昂家的大水？"

"差不多吧。大多数人都会管那叫幻觉，医生会诊断成精神病，但有些人其实是灵使，他们看到了另一个维度的景象。"

"这就可以解释那场大水，咱俩和麦迪逊都看到了，屋子里的其他人却浑然不觉。"

"再给我解释一下海滩和岛屿，还有我们此刻的航行。"霍华德兴致勃勃地提出要求，凯特的逻辑思维能力可以帮他拨云见日。

"这些就更繁复了，"凯特说，"关键点在于，旧日支配者被困在维度之间的虚空中。维度交汇的时候会挤压到这些虚空，虚空中的虚无状态就很容易渗透到维度中去。我认为，我们去过的那些地方和现在所在的位置，就等于是维度之间的无人区。两个维度的要素在这里交融。表面看来，我们还在自己的维度里，实际上我们的一只脚伸到了另外一个维度，两个维度之间的虚空是我们得以自由穿梭往返的基石。"

"我们要去的是三星堆，它就在我们的维度里。"

"我们要去的是另一个维度的三星堆。"

"能不能给我一个更简单的说法？"霍华德求饶了，他觉得自己的智商余额不足，需要充值。

"这么说吧，我们就像在冲浪，在两个维度之间的海面冲浪，踩着时间之浪腾起，进入某个维度的海面，落回海里时，就会进入另外一个维度的海面。"

"白船就是我们的冲浪板。"霍华德说。

"你开窍了。"

"我根本没听懂，"霍华德老实说，"我懂得的部分只有冲浪，不过我不想再听下去了，我只有最后一个问题，金色面具和所有这一切有什么关系？"

"面具完好无损地藏在三星堆的幽深之室时，一切状态良好，我们的世界是安全的，我们维度的边界很坚固，没有别的维度的东西能渗进来。唯一的危机是，如果有人能得到面具并戴上它，就能获得不可想象的力量，也就是穿越维度的力量，其他维度的生物就能借此进入我们的维度。在那本书里面，锦生打碎面具就是这个原因，破碎的面具没有这么大的功力。正常情况下，面具碎掉了，人类的世界也就安全了。然而，古神国度目前离我们太近，旧日支配者又被困在我们两个维度之间的虚空里，面具的力量就更虚弱了，古神有可能进来，旧日支配者也有可能被唤醒。"

"所以呢？"霍华德捂住脑袋，差点呻吟出声，凯特的话信息量太大，他脑子里全乱套了。

"所以，我们必须找回三个碎片，让面具恢复完整，再把它放回三星堆的下面，庇佑人类的世界永不遭受侵犯，如果不能做到，起码要找到其中的一片，也能暂时护卫人类周全。"

"这任务归我？"霍华德恍然大悟。

"种种迹象表明，的确如此，你有信心吗？"凯特的眼神，简直有些崇拜的意味，霍华德很受用，这让他的虚荣心得到充分的满足。

"有你和黑猫帮我，还有麦迪逊哄我们开心，"霍华德说，"我真没那么害怕了，走一步看一步吧。"

"乐意效劳。"黑猫抢先说。

"不知道有没有哪个维度是专管时装与化妆的，要是有的话，等你成功了，咱们就去玩一趟！"凯特凑到霍华德耳边，模仿着麦迪逊傻乎乎而又懒洋洋的语气。她的表演惟妙惟肖，逗得两人都大笑起来，旁边麦迪逊不明所以的表情更让他们乐不可支。

船在两人的笑声中，又向前行驶了一会儿。不久，一片绿意盎然的大陆出现在遥远的海平线上。

第二十七章 三星堆·时光倒流四千年

接近陆地时,白船开始减速,滑进一条宽阔的大河,两岸的建筑古典而老派。霍华德正在想这里居然没有高层建筑,一架老式的双翼飞机就从他们的头顶呼啸而过,因为飞得太低,巨大的轰鸣声吓得霍华德本能地弯下腰躲避。机翼上有红心白圈的图案,忽然间,两个小东西从飞机上坠落,掉进城市里,发出震耳欲聋的爆炸声,两道烟柱腾空而起。

随即,更多同款的飞机飞过来,不断投下炸弹,烟尘滚滚如巨浪。这时,一架与众不同的、机翼上画着白色太阳的小型飞机冲进双翼机群,发射出密集的枪炮,打得其中一架飞机冒着浓烟、转着圈直接坠落。

"这是三星堆?"霍华德惊道。

"应该不是,"凯特四面张望着,"我从老照片上见到过这里。这是上海。那些是轰炸上海的日本飞机。这里肯定是1937年的淞沪会战。"

"1937年!"霍华德倒吸一口冷气,这才航行了片刻,八十多年前的情景居然就重现眼前。

"这里大约是长江,我们正在往西走,顺着地图

上的方位，回到过去。"凯特说。

枪林弹雨的那一幕很快就消逝如云烟。他们经过辽阔的乡村，农民在两岸的田野间耕作。继续向前进，经过了一座宏伟的石头城，没有马路和汽车，只有牛车在土路上徐徐前进。

"这儿是南京。"凯特说。

路过石头城，乡村再现。河道变窄了，此地也正在进行着一场鏖战，成千上万的士兵在厮杀，浓烈的狼烟伴随着五颜六色的旗帜迎风飘扬。

随后，河道旁边出现了一片崎岖不平的山地。穿过山地，回到平原地带，白船拐进一条更为狭窄的支流，河水在田野上蜿蜒迤逦，两岸散布着土坯房和茅草房，村落里行走的人似乎对河边经过的白船浑然不觉。

时间一直在流逝，而头顶天空却一直停留在午后阳光正浓的状态，就连太阳光照的角度与明暗都未曾发生丝毫改变。

终于，他们看到远处出现了连绵不绝的墨绿色山脉，山巅被冰雪覆盖，山脚却满是绿色丘陵。

白船减速，停泊在一座高大的围墙底下。霍华德和凯特走上木板铺就的老码头，两位陌生人站在城门边凝视着他们，一位是身穿华丽长袍的老者，一个是长裙曳地的美丽女子。

"三星堆到了，"艾琳在他们身后扬声说，"你们该去见见君王庄鲲了。"

"你呢？"凯特明知故问。

"我的任务到此为止，恐怕麦迪逊也是。"艾琳说。

只见黑猫从麦迪逊腿上溜了下来，轻盈地穿过甲板，追上霍华德和凯特。麦迪逊一脸困意，仿佛对周围的一切都不感兴趣。

"请稍等。"麦迪逊突然很有礼貌地说道，她打开鼓鼓囊囊的手包，拿出一个探险用的头灯。

"你们可能用得上。"她递给凯特。

"你包里居然有个头灯？"霍华德吃惊不小，"为什么想到带这个？"

"我从利昂家的厨房抽屉里找到的，我觉得你们可能，也许，没准，用得上……"她口吃似的说完了这番话，整个人像在梦游。

"谢谢你。"凯特说。

"不客气。"麦迪逊冷哼了一声，从包里掏出一只唇彩，细细地在嘴唇上涂起来。在霍华德看来，这样的麦迪逊才算是正常的。

"别担心，我会照顾麦迪逊，"艾琳挥手向他们道别，"你俩也要相互照应，多加保重。"

霍华德和凯特向前走去，老人迎了过来。

"我是庄鲲，是这座被后世称为'面具之城'的王国的主宰者，亦是金色面具的主人——你们是来自远方的贵客，我的头衔对你们来说毫无意义。"他转身介绍那个女人，"这是锦生。"

"你们就是书里的人。"霍华德脱口而出。

庄鲲只是笑了笑，微微躬身致意。霍华德看向锦生，顿时呆住。锦生有一头浅褐色的披肩长发，一双晶莹明亮的褐色眼睛——她完全就是艾琳的翻版。霍华德忍不住回头去看白船，但甲板上已经空无一人。

"我和艾琳有血缘关系。"锦生和善地回答了霍华德心里的疑问，"欢迎来到三星堆，我们等了你们很久了。"

"谢谢你们，我们很高兴也很荣幸来到这里。"在锦生温柔的注视下，霍华德的言行也变得彬彬有礼。

"孩子们，我真高兴能见到你们。想必你们已经从书里知道了发生在'面具之城'的事情。我很乐意带你们参观我的城市，介绍我们的文化，并且听你们讲述未来的世界，"庄鲲说，"可惜很不幸，我们没有那么多时间了。现在，我们必须把精力集中到一件事上，那就是金色面具。我等你们很久了，现在，让我带你们去幽深之室看看。"

一行人走进城门。城中的街道很宽敞，建筑大多是四四方方的，覆盖着茅草屋顶的泥砖小屋。临近王宫，出现了华美的大宅。到处都是一派繁忙景象，人们往来穿梭，却对他们几个人视而不见，似乎他们都有隐身的功能。只有一个身穿黑色长袍的瘦高男人注意到了他们，霍华德无意中瞥见，那人穿过一条小巷时，扭头看了他们一眼，他戴着帽子，脸藏在帽檐下，看不清相貌。

他们来到三星堆的腹地，建筑变得气派恢宏，大多是石头建造。广场上立着许多精美的玉石底座，上面摆放着造型奇特的青铜头像，空地上有一个喷水池，池中有青铜树木，上面挂满叮当作响的青铜铃铛。

霍华德在书中读到过的古城中穿行，心情激动不已。他几乎能想象辰风、汀紫和来福在街道上飞奔，当然，他不知道眼下的时间点处于书中的哪个位置。

他们继续往前走，来到王宫门前，这里的景象令霍华德心怀敬畏。装饰用的面具足足有汽车大小，色彩艳丽。那些面具和一般人类的面庞相去甚远，它们拥有硕大的耳朵，耳垂上悬挂着玲珑的饰物，每个面具都拥有一副宽阔的蒜头鼻子。它们的嘴巴也很宽，高高凸起的双眼仿佛要洞穿世事似的凝视着远方。

王宫正面是两扇沉重的大门，正如书中某个段落的描述，门前有一尊庄鲲的雕像。雕像是一尊站立着的青铜人，手持一根巨大的象牙权杖，看起来十分威严、挺拔。

侍从打开右侧宫门，霍华德和凯特走进了一条通向深宫的漫长走廊。庄鲲带着他们快步穿过走廊，来到一处连通上下的阶梯前，毫不迟疑地带他们走下楼梯。

阶梯逐渐变窄，一行人鱼贯而下。当他们站在书中所写的螺旋阶梯前，挂满饰品和铃铛的青铜巨树便跃然于眼前。来到树下，霍华德波澜不惊地看到了那扇青铜拱门。锦生轻轻一碰，门就开了，他们走进了幽深之室。

房间里很暗，房顶射下的微光照亮了屋子正中的一具古朴的玉石底座。锦生走上前去，伸手放在底座上，上面空无一物。

"金色面具在这里度过了无尽的岁月，要拯救世界，它就必须得回到这里。"

"所以，我们必须穿过拱门，把它找回来。"霍华德说。

"留给我们的时间不多了。"锦生补充道。

"我还以为人生路漫漫呢。"霍华德以为自己很幽默，结果没人露出笑容。

"拱门就在这里。"庄鲲说着，走到底座后面。

"金色面具被打碎时，拱门也随之进入了三个不同的维度，形成了三道拱门，每道门都通向一个碎片。三道门都是在这里形成的，但现在它们正在穿越时空，向着不同的方向移动。在它们彼此相互穿越之前，我们要阻止一切。时间很紧迫，我们得加快速度。"锦生说。

"我一道门都没看见。"霍华德很恼火。

"认真看看，往那边。"锦生指点他。

"在那儿。"凯特指着他们左侧的墙。

霍华德眯起眼睛。他依稀看到一个拱形的深色区域。

"也许是吧，"他呢喃着，门的形状渐渐清晰起来，"对，是一扇拱门。"他又查看墙的其余部分，可是，一无所获，"我只看见一处。"

"你只看了一个方向，"锦生说，"你必须明白，四面八方都是墙。"

霍华德琢磨着锦生话中的哲学意味，凯特碰了他一下，指指上面说：

"看那儿。"

霍华德抬头一看，屋顶有块颜色不同的区域，可能也是拱门。他上前一步，打算看清楚一些。

"当心！"锦生提醒他。

霍华德心头一紧，低头一看，他的跑鞋前方正伸进地面的一块拱形区域。他用脚尖试了试，没有阻挡，这说明他刚好站在一个幽深的洞穴边缘，由于色彩太深，完全看不出来是个空洞。

"好了，"他受了点惊吓，"我们看到了三个拱门，我该先进哪个？"

"你来决定。"

"我该怎么决定？"霍华德茫然无措。

"你会飞吗？"锦生问了个荒诞的问题。

"梦里会。"霍华德说着，没来由地预感自己必须要穿越墙上的那个拱门，看起来里面最深最黑最吓人。

"倾听内心的召唤，"锦生说，"我必须陪伴庄鲲去别的地方，我和艾琳会为你们祝福的。"说完，锦生与庄鲲翩然离去。

"真的要去？"霍华德犹豫地看向凯特。

"问题太多了。羊倌儿，该上路了。"黑猫站在墙面的拱门前，朝里一窜，消失在门内。

"走吧。"凯特说着，跟上黑猫的步子。

"祝我们好运。"霍华德自嘲地说道，跟着一人一猫走进黑暗中。

第二十八章 穿过拱门

〔三星堆〕

他们走进拱门,幽深之室开始变大、变长,形成了一条宽敞的隧道。隧道中的黑暗是实实在在的,冷风无处不在,还好墙壁上没有黏液与藤蔓类植物。

"我们有光源。"霍华德自豪地说道,他借鉴了麦迪逊在海滩上的招数,拿出手机,打开手电筒。

一股比手机的光要亮堂得多的光束毫无征兆地穿透了黑暗,凯特拿出了麦迪逊从利昂家拿来的头灯。

"哇!"黑猫惊叹,"利昂要么是探洞迷,要么就是害怕半夜去洗手间。"

"我觉得是后者。"霍华德说着,闷闷不乐地把手机放回裤兜里。

霍华德和凯特牵着手,相互壮胆,他们顺着一条和缓向下的斜坡慢慢往前走。虽然有头灯的光亮,而且走得很慢,但霍华德还是担心起来,但也很容易受挫——毕竟几天前他还是个无忧无虑的普通中学生。

"我们这是要去哪里?"他既想得到答案,也想打破这令人压抑的安静。

"去任何该去的地方,我也说不准,起码我们现在还好。"

"对,从高楼上掉下来的家伙,经过每层楼时也

是这么说的。"霍华德想起了他听过的一个老笑话。

凯特没笑，但黑猫笑得十分起劲儿。

凯特转动头灯，环顾四周。光束照亮了坍塌的柱子和刻满象形文字的黑暗石块。它们堆放在一座黑色拱门的周围。

"我们就在那座岛上！"霍华德叫起来，他四处张望，并没有看到石头上的怪兽，"真的有另外一座拱门。"

"我觉得不是另外一座，而是同一座的另外一端。"凯特说。

凯特用头灯往门里照去，里面只有黑暗。他们迟疑着慢慢往前走了几步。每走一步，霍华德都觉得万分心虚，他的呼吸越来越浅、越来越快。在头灯的照射下，拱门里什么都没有。

而那种旷古般的黑暗却显得更浓，浓到光线都无法穿透。

"我不敢进去。"霍华德勉强用沙哑的声音说出实话。

"我也是。"糟糕的是，凯特的声音听起来像霍华德一样紧张。

"我对这儿也没什么兴趣。"黑猫随声附和。

在恐惧中，霍华德扭头看了看凯特。三人组怔怔地站着，注视着拱门里的绝对黑暗。最后，凯特缓缓抬起头，用头灯的光束扫过拱门的边缘。光束照亮了一组符号，其中有几何符号、螺纹图案和霍华德从未见过的动物象形符号。

"这是什么意思？"他问道。

"应该是咒语。"凯特答道。

"你会念吗？"

"让我试试看，我想，这应该就是打开维度通道的咒语。"凯特回答。

"你可真行。"霍华德对凯特产生了一种莫名的钦佩，不仅仅是因为她的博学多识，更重要的是，每当关键时刻，她总能理智应对，从不掉链子。

凯特把光束停留在一个大大的象形符号上，那是一大团蠕动的触手，有无数长满利牙的嘴和数不清的幽深的眼睛。

"这又是什么？"

"犹格·索托斯，"凯特用平板单调的声音说道，"它的别名叫'门之钥'，是一位能打开所有门的外神，甚至连接维度的通道也能被它轻易开启。但它与奈亚拉托提普一样，都是由'魔神之首'阿撒托斯创造的——阿撒托斯是旧日支配者与外神们的领袖，它们若是被召唤至人类世界，则必然会引发灾难。"

"你是说……这个犹格·索托斯能打开所有的门？"霍华德对凯特的话仍然摸不着头脑，"那咱们赶紧念咒！穿过拱门，完成了任务，我们就可以早点回家去。"这话霍华德说得冠冕堂皇，他一心只想完事儿后溜之大吉。

"我不知道……"凯特面露畏惧，"拱门上的咒语确实能替我们打开通道，但也有可能唤醒旧日支配者，而且——'门之钥'能支配时空，是仅次于阿撒托斯的克鲁苏的父神。它全知全视，拥有无上的智慧，这也是它能开启拱门的原因。然而，运用它的知识很可能会带来无尽的灾难……"

"我们没得选择，不是吗？"霍华德努力不让声音打颤，他只能尽量压住心中的恐惧，"我们必须念出咒语。我们已经来到这里，必须做完要做的事，只能前进，不能后退，否则利昂和黑会用噩梦一直缠绕着我们，直到我们为他们效命。两相比较，我情愿和那个什么犹格·索托斯搏一把。我不信邪恶能战胜正义。"

"棒极了，讲得很好。"黑猫赞赏道，"你进步了，羊倌儿。"

"你说得对，"凯特也深吸一口气，下定决心，望着霍华德，"我们开始吧。"

凯特的声音比平时低沉，是一种从喉咙深处发出来的古怪腔调，有些地方听起来几乎像是快要窒息了。霍华德紧张地倾听着她念的咒语。

"Y'ai'ng'ngah

Yog-Sothoth

H'ee–L'geb

F'ai Throdog

Uaaah。"

咒语末尾是一声长长的哀叹。念完，两人都一眨不眨地看着拱门，拱门里传来一声悠长轻微的叹息，和一股轻柔的凉风，夹带着一丝若有若无的笛声。黑暗越来越淡，渐渐出现一幅断壁残垣、满目疮痍的宏大图景。

怀揣着未知的恐惧，两人手拉着手一点点缓慢地走进了拱门——什么事都没有发生。

第二十八章 三星堆·穿过拱门

霍华德和凯特都松了一口气，沿着残破的道路试着往前走。眼前的天空亮了起来，他们抬起头，却看不到明显的光源，太阳和月亮都不见。凯特关掉了头灯，那些不只源于何处的光线，像是同时从四面八方发出来的，没有留下阴影，却足以照亮前路。

脚下的路面由纹理细密的绿色石板拼成，石板形状很不规则，但严丝合缝。路面有一层积灰，灰尘削弱了他们的脚步声，也留下了他们的脚印。

他们小心翼翼地往前走，时而绕过或翻过倒塌的巨石，黑猫一直紧贴在两人身边。街边废墟中有一些高塔。

"咱们要是能到塔上去，"霍华德提议说，"兴许就能知道咱们的位置。"

凯特同意了，于是他们选择附近破损最轻微的一座塔，翻过门前的瓦砾，进入塔中。微弱的光线照亮了地面上掉落的碎石。由于墙体向内倾斜，越往上，空间越小，一条螺旋坡道贴着墙体内侧盘旋而上。这里看起来还算结实，但没有护栏，一旦失足就会摔到塔底。

"你们要是不反对，"黑猫说，"我就在这儿等着，必须得有人给你们放哨。"

霍华德和凯特慢慢爬上螺旋坡道，凯特告诉霍华德：

"黑猫有恐高症。"

"它是只猫，"霍华德说，"即便会说话，也还是只普通猫儿。"

两人紧贴内墙，努力往上爬。事实上霍华德也有点儿恐高，不过他还是硬着头皮继续往上爬，他不想在女孩子面前显得自己很软弱，毕竟，男子汉就该承担起男子汉的责任。

爬到顶端的过程漫长得像是过了一个世纪，其实最多不超过半小时。在狭窄的坡道上，凯特坐着往塔外看，霍华德则趴下来张望。这里大致能看到他们前进的方向，虽然霍华德紧张万分，但景象实在是大开大合，令人惊叹。

这座废城地域广阔，一直延伸到远方的地平线上，远处是白雪皑皑的山脉。城中像历史课上看到的老照片里被炸毁的城市。不同的是，那些被战争摧毁的城市属于人类，而这座城市运用的几何学显然与人类不太相关——城中极少有直线或直角。道路转弯剧烈，方向匪夷所思，时而骤然钻入地下，时而冲入空中，而下方的支柱单薄到不可思议。有些建筑如同虬曲的巨大树干，向上越来越粗，不断分叉，看上去如同一座座倒立的金字塔。建筑物高处伸出参差的尖刺，显示了昔日空中走廊的位置，诡异的是，那些走廊在空中扭曲翻转，任何生物走在上面都必须有本事抗拒地心引力，才能在通过时不被摔得粉身碎骨。

霍华德感到自己就像一粒微不足道的尘埃，在这鬼斧神工的城市中无休止地坠落。他死死抱住坡道上一块结实的石头，想要克服自己的眩晕感。

"太神奇了。"凯特轻声惊叹。她似乎对这样的建筑早有耳闻，只是从未亲眼见过。因此她不仅没有被吓倒，甚至还不顾危险地把身体探出塔外，以便找到更好的观赏视角。霍华德只能拽紧她的衣袖，拼命祈祷她不要掉下去。

"你看，"凯特指指点点地说着，"这城市的造型就像一只章鱼，我们进来时穿过的拱门在一只腕足的尖端，我们正在往中心地带走。"

霍华德深吸一口气，小心翼翼地看了一眼。他们走过的这条路果然就在章鱼的一只腕足上，而章鱼的腕足多达几十条。这些硕大无比的腕足缠绕在一起，相互交织，腕足之间的地面则空空荡荡，只有少数小型建筑和一些低矮的土丘上面有一些入口似的凹陷，除此以外，到处都覆盖着黑色灰烬，犹如大火过后的残迹。

最终，几十条腕足在城中心交缠而成一个环形，那里是全城最大的两座建筑。这两座建筑一侧是弧度很大的曲面，另一侧则近乎平面，它们彼此相对，如同一只巨雕张开的翅膀。

"咱们要去那儿吗？"霍华德有气无力地问道。

"那里肯定是市中心，"凯特聚精会神地观察着，"力量多半集中在核心部位，我们得看看去。"

霍华德艰难地跟在凯特后面，爬下了高塔，过程简直惊心动魄。等他们回到地面，霍华德已经抖得像一团果冻了。

"景色不错吧？"黑猫洞悉一切地问道。霍华德朝它挥挥拳头。

"这城市让你想起了什么吗？"他们回到路上时凯特问道。

"你是指噩梦中去过的地方？"霍华德反问。

"我不是这个意思。"凯特从包里抽出一张发黄的旧纸。

"这不是那本古书附带的地图吗？"

"对啊。我想它可能会很重要，就带上了——我认为就是这座城市的，而且，这就是三星堆，在不同的维度中的三星堆，也许早于庄鲲的时代，也许迟于庄鲲的时代。很难确定。"凯特举起地图，辨认着。

"这比我们从塔上看到的那些腕足要复杂得多，"霍华德看了好一会儿之后说道，"好像根本找不到我们看到的城中心建筑的迹象，也没有庄鲲那座王国的痕迹。"

"这地图不太准，上面根本没把建筑标出来。"凯特也同意。

"那是什么？"霍华德指着两条腕足之间的一个亮点。

"我也不明白。不过，咱们还是出发吧。"

霍华德回头看看他们爬过的那座高塔，他忽然产生了一个可怕的揣测。

"如果这就是两个维度的交叉地带，那么克鲁苏就应该在这里的什么地方睡大觉吧？"

"如果是的话，我们可不会叫醒他。"

"只要咱们别误打误撞闯进他的卧室就行。"

凯特被逗乐了，她的笑容让霍华德的心情好了很多。

"还记得艾琳念过的咒语吗？"凯特问。

"记得一点。"

凯特已经念了出来：

"*支配者身陷囹圄，*

长眠不起，

一如死亡。

如果死亡消失，

噩梦醒来，

亘古长存的耀眼阳光，

必将照亮恐怖而漆黑的街道，

超越恒久的时间之墓。

来自太古深渊的访客，

合三为一，

重铸破碎的梦境之链，

唤醒支配者，

君临世间。"

霍华德看着她。

"前两行告诉我们，旧日支配者陷入了死亡般的沉睡。"凯特说。

"这我明白，但'死亡消失'和'噩梦醒来'是什么意思？"

"我认为是指黑和利昂唤醒克鲁苏和你的梦境，这两者显然息息相关。亘古长存的耀眼阳光照亮恐怖而漆黑的街道，听起来很像是指这里。"

"有道理。那么'深渊'是什么？'合三为一'又是什么意思？"

"可能是指金色面具的三个碎片合起来，别的我也没把握，"凯特说，"但愿咱们能搞明白。"

他们走了一会儿，身边的建筑更大了，塔也变得更高，有些高达他们爬上的那座塔的两三倍。大多数高塔都已残破，但也有几座还留着尖细的塔尖。他们看到了没有房间的走廊，通向虚空的台阶和没有地板的屋顶。

"那是我们！"凯特猛然大叫起来。

"你在说什么？"

"准确地说，不是我们自己，"凯特把她一直在琢磨的地图递给霍华德，"我原本以为它是地图在这座城市里的位置，"她指着地图上的亮点，"你看看，我们一走，这个点就会动，看来它知道自己在哪里。"

"有点像GPS全球定位系统，"霍华德说，"但不太准确啊，我们显然已经朝向城市中心，可亮点还在章鱼的两条腕足之间。"

"确实不准。不过，我们动，亮点就会动，而且我们拐弯，它也会转向同样的方向。但我们走的这条路跟图上标的任何一条腕足都没关系。"

"继续观察吧。"霍华德故作老成地说。

他们继续前进，一口气走了几个小时，翻越了一座两只腕足交叉形成的巨型立交桥。

"你觉得按我们世界的时间来算，我们走了多久？"他们又回到水平路面时，霍华德给凯特出了一道难题。

霍华德沉默下来，他在这里似乎度过了正常时间的几小时，但在艾尔福德社区也许只是几秒，但也可能是好几天，假如是后者，妈妈已经为他的下落不明而发疯了。他有些焦急。

他正想跟凯特探讨时间问题，眼角的余光瞥到有什么东西在动。他赶紧扭头查看。

"你在干吗？"凯特停下脚步。

"我也不知道，"他说，"我好像看见有东西在动。"

"你确定？"凯特什么都没看见。

"应该是的，"霍华德说，"好像是个人，但没看太清楚。"

"咱们得提高警惕，"凯特说，"我会打开头灯，光线好像暗下来了。"

霍华德也发现周围变黑了，不是日落导致的逐渐黯淡，而是四海八荒同时黑下来，仿佛光源被调暗。夜晚就要来临了吗？霍华德胆战心惊，这里荒无人烟，白天已经够糟糕了，如果天黑了，只能用凯特的头灯和他的手机照明，该有多恐怖？

好不容易，他们转过一个拐角，来到了城中心。中央广场气势恢宏，从倒塌的建筑上，依稀可见当日的辉煌。他们走过散布在广场上的石头底座，上面刻着象形文字，字迹似乎被人刻意铲掉了。

"你认识吗？"霍华德盯着全然陌生的文字。

"认识一点点，好像是描述每个底座上究竟陈放过什么。"

在越来越模糊的光亮中，霍华德看到残破的墙壁上布满黑斑。他指给凯特，凯特把头灯对准了其中一块。这黑斑像一张旧报纸或碎羊皮纸一般紧贴在平滑的墙壁上。

然后，霍华德听到了一种窸窸窣窣的、干涩的声响，那个黑斑移动起来。随着一声令人胆寒的高亢嘶叫，一只浑身覆满鳞片，长着犄角和利爪的怪物张开它破破烂烂又毛茸茸的翅膀，飞扑过来。

第二十九章 三星堆

死亡的深渊

"快跑！"凯特率先夺路而逃。她的话纯属多余，没跑出三步，霍华德就听到那怪物的利爪划过他们身后的石头。

凯特突然改变了奔跑的方向，霍华德赶紧跟上，黑猫依旧沿直线跑去，迅速消失在一堆瓦砾下面。

面前的破碎雕像和碎石瓦砾更多了，他俩在越来越昏暗的光线中吃力地跑着。跑了不知多久，他们气喘吁吁地停下脚步。凯特关掉头灯。两人瘫倒在一具雕像底座后面。

那可怕的怪物在地面上活动不太灵光，被他们甩下了一大段距离。他们缩在底座后，听见它在拼命地嘶叫，那声音宛如婴儿尖叫般刺耳。

"那是什么生物？"霍华德低声问道。

"据说，"凯特压低嗓门，"古神善于操纵他们找到的任何生物，再把那些生物变成他们需要的任何模样。攻击我们的应该是一只夜魇，那是古神设计出来用作保卫这座城市的邪恶生物。"

"你懂得真多。"霍华德赞叹道。

"我勤奋好学。"凯特毫不谦虚。

"黑猫不会有事吧？"霍华德问道。

"我是黑夜里活动的高手，你觉得呢？"远处传来黑猫的回答。

"我们是不是不应该穿过拱门？"霍华德问凯特。

"穿过拱门没有错，不过我们也许不该来这儿，这里只有废墟和夜魇。"

那只夜魇的叫声好像更近了，霍华德探头查看石座周围，他看到一大团阴影动起来，随着一声嘶吼，夜魇跳到离他们八九米远的一具石座上，歪着头，似乎是在谛听他们的方位。

这是霍华德第一次看清它，它的相貌吓得他魂飞魄散。这怪物身高和成人相仿，体型单薄，手指、脚趾和背后撑起的翅膀上都长着又弯又长的利爪，头上有两根弯角，最骇人的是，它没有脸！

它伸开翅膀，笨重地挥舞几下，飞到空中。

"它在找我们。"霍华德低语着，缩回到底座后面。

"还不止一只。"凯特往上指了指。只见天空布满了一大群苏醒的夜魇，它们张开翅膀，在空中盘旋。

"咱们得离开。"凯特说。

"去哪儿？"霍华德不想挪窝。

"也许我们可以进去，"凯特指指离他们比较近的那座建筑残骸，"咱们不能留在露天中，只要天完全黑透，咱们就只能任由夜魇宰割了。"

"好吧，快走。"霍华德赶紧起身。

他们离开底座，跑了没几步，就有一只夜魇发现他们，并且毫不留情地朝他们发起进攻。它猛地俯冲下来，尖利的爪子在霍华德的肩膀上划出一道长长的伤口，霍华德尽力站稳，往侧面跳开。两人灵敏地躲过了第二只夜魇的攻击，但凯特的脸颊却被第三只夜魇的翅膀扫出一个大口子。

数不清的夜魇不断向两人袭来。他们时而直线奔跑，时而弯曲躲闪，时而使劲跳跃，时而匍匐前进。他们拼尽全力，试图以无规律的奔跑方式来干扰夜魇的预判。

夜魇眼睛看不见，触觉却像蝙蝠一样敏锐。只要天空中尚有光亮残存，霍华德和凯特就占有优势。可此时天色已愈加昏黑，只要天空黑尽，夜魇就可以尽情撕咬他们，直到他们血液干涸，命丧黄泉。

两人在瓦砾堆中踉跄逃命，很快就精疲力竭。他俩满身鲜血淋漓，各自身上都有十几处伤口，其中有因夜魔袭击而受的伤，也有在逃跑时不慎摔倒造成的磕碰。四周的黑暗又深重了几分，眼看天色将要黑透，霍华德和凯特都有些绝望。他们似乎已经听到了死亡降临的声音，恐惧由心而生，将他们紧紧包围。

就在这万般绝望的时刻，他们听到一个熟悉的声音：

"这边来！"

凯特猛然收住脚，霍华德来不及停步，一头撞在她背上——两人摔成一团，一只夜魔的利爪恰好从他们头顶扫过。

"这边！往这儿跑！"是艾琳的声音。

霍华德眯起眼睛，在黑暗中看到一具底座旁边的阴影里，有只手正在朝他们挥动。

"跟我来！"他招呼着凯特，拉着她不顾一切地朝艾琳奔去。

他们离那底座并不远。虽然中途两人又各吃了一记利爪攻击，但最终还是连滚带爬地跑到了目的地。走近之后霍华德才发现，在底座旁边，竟有一扇小门。

"一个一个地下，"艾琳说，"先伸脚。"

霍华德扶着凯特，看着她消失在门口。他刚刚伸出一只脚，一只夜魔发动了袭击，翅膀的爪尖划过他的额头，他迅速冲进门，然后滑进了一条隧道，在漆黑中顺着狭窄的斜坡滑下去，仿佛儿童乐园的滑梯。

最后，他滑到了凯特身边的平地上。

"你怎么样？"霍华德问道。

"还好。"凯特答道。

"你们可以站起来，"艾琳的声音从黑暗中传来，"这里的空间足够大，夜魔也进不来。"黑猫坐在艾琳身边，正在用爪子洗脸。

霍华德站起身，扶起凯特。她打开头灯，转身去看他们的救星。霍华德吃惊得差点摔倒。

"你们好。"居然是麦迪逊！她用艾琳的声音对他们说道，"看来夜魔让你们吃了很大的苦头。"

"麦迪逊,怎……怎么是你?"霍华德结结巴巴地问道。

"我怎么知道!"麦迪逊没好气道,"我觉得我还在白船上睡觉,也许我是在做梦吧?"

虽然她脸上没什么好脾气,但很明显,此时的麦迪逊并不是平日里学校里那个傲慢阔小姐,而是那个时不时给他们提供帮助的灵使麦迪逊。霍华德花了好一会儿才弄明白——刚才,艾琳的声音都是从麦迪逊嘴里发出来的,是艾琳借用了麦迪逊的身体,使她成为一个"传话筒"。这真是聪明的做法!霍华德在心底暗自赞叹。这样一来,身为"光明"的艾琳就不用现身此地,也就不用担心黑暗力量因此增强。

"你梦见什么了?"霍华德问她。

"一个好梦,但我不想告诉你。我们得走了,没时间了,你必须去深渊。"麦迪逊转身就走。很显然,她依旧拥有自己的意识,只不过在艾琳需要和他们交流时,才未开口。

霍华德看看凯特,对方只是耸耸肩,和黑猫一起跟上麦迪逊。霍华德只好跟在后面,心里带着十万个为什么。

他们在迂回曲折的走廊里穿行,不时穿过一些庞大的洞穴,其中一个爬满怪物,麦迪逊念叨着咒语,它们悄悄退回黑暗中。

终于,他们走进了一间大厅,这里太大了,凯特的头灯根本照不到墙壁或顶部,只能照亮地板上一个洞穴的边缘。洞壁陡峭,而洞的另一侧深不见底。洞里吹出一阵阵冷风,带着微弱的波涛声和悦耳的笛声。

"这就是深渊。"麦迪逊说着,招手让他们上前,示意他们趴在地上往里看。她的声音又悄然变成了艾琳。

霍华德除了黑暗什么也看不见,刺骨的寒风吹到他的脸上,奇异的笛声让他心里发毛。他倾听着浪潮冲上海滩的声音和忧伤的笛声,祈祷着洞穴里居住的不是沉睡的克鲁苏。

"听见了吗?"麦迪逊说,"这曲子叫作无尽曲。"

"听到了。"霍华德说。

"我听不到。"凯特说。

霍华德扭头看看凯特,她为什么听不到?他从洞穴边后退,坐直身子,凯特也跟着坐起来。

"这是古神用来引诱和封印克鲁苏的音乐,只有少数力量强大的灵使才能听到。"

"既然无尽曲还在演奏着,"霍华德问道,"为什么刚才在岛屿上,克鲁苏会苏醒一小会儿?"

"因为有人想法减弱了音乐。"

霍华德想了想,茅塞顿开。

"是我,对吗?我的力量能削弱无尽曲,这也是黑和利昂想要利用我的原因。"

麦迪逊面带悲伤地点点头。

"强大的力量,总是伴随着巨大的责任。你无意间拥有了力量,这不是你的错。但你没有学会掌握自己的力量,别人可以随意利用你,借你的七情六欲行不轨之事。回想一下,利昂和黑带你到海滩时,你感到很害怕,是吗?"

"我吓坏了。"霍华德说。

"你的恐惧感越来越重?"

"当然了。克鲁苏那怪物从岛上站起来的时候,我吓得都要发疯了。"

"那是因为你还没学会控制你的力量,所以力量一直依赖于你的情感。你担忧、生气或者害怕的时候,力量就会猛增;你平静的时候,力量就会沉眠。这就是利昂和黑必须把你带到海边的原因。你必须受到惊吓,力量大增,才能满足黑的阴暗目的,而凯特也同样依靠激怒你,才让你们逃出了那里。"

"原来,我的力量才是导致混乱的根源?是我招来了世界末日?"

"是的。不过,你是无意识的。"麦迪逊的脸不动声色,但她发出的艾琳的嗓音却充满怜悯。

责任和罪过快要把霍华德给压垮了,他求助般地看看凯特,对方却死死盯着地面,不肯与他对视。就连黑猫也转过身去,背对着他。

"我怎么才能改变这一切?"霍华德心如刀绞。

长时间的缄默,从深渊中传出的音乐声更加清晰可闻。

"你只有一条路可走。"麦迪逊说着,她发出的艾琳的声音简直悲痛欲绝。

"愿闻其详,"霍华德急切道,"让我做什么都行。"

凯特抬起头来,与麦迪逊对视了一下,这种严肃的目光是霍华德从未见过的。而后,她将目光转向霍华德,空气莫名地凝重起来。

"你无从改变,"良久,凯特轻声说,"除非你去死。"

第三十章 三星堆

失而复得的碎片

音乐声变得震耳欲聋,一时间霍华德以为自己听错了。凯特一定是在骗他,什么"必须去死",一定是个无聊玩笑。

"我应该怎么做?"他又问了一遍。凯特眼里流露出无法言说的悲伤,霍华德明白自己没有听错。

"这不可能……"他绝望地喃喃着。然而他的内心中却生出来一种直觉——事情或许正是如此。

霍华德缓缓站起身来。他感到身体有些僵硬,四肢因为无法接受如此沉重的打击而有些不听使唤。必须去死?他用尽全力接受了凯特所说的一切,接受了所谓的使命,被迫背负着"拯救世界"这种不应当由一个学生来完成的重担。他做了这么多,不就是为了让生活回归正常,为了和大家一切好好活下去吗?而现在,他却必须要死……

"这不可能是唯一的办法,肯定还有其他的路。你是高能量的灵使,"他病急乱投医地看着麦迪逊,在他眼里,那就是艾琳,"能够自由穿越维度,你一定会想到别的招。"

麦迪逊的表情严肃起来,她沉默地注视着霍华德，让他害怕得发抖。凯特颤抖着抽泣起来。这是真的。霍华德对自己说，附身麦迪逊的艾琳，以及自己的初恋女友都想杀掉他。

"凯特……"他恳求地望着凯特，眼泪从凯特的眼中汹涌而出，顺着两颊淌下。她看上去那么无助，又是那么的——美丽。她闭上双眼，喉咙发哽，无奈地低下了头。

这不可能是真的。

"我不会允许这种事发生！"霍华德怒火爆发，他的愤怒像火山一样喷涌而出，瞬间压倒了恐惧。

一大团黑雾侵入他的视野，形成一条甬道，麦迪逊站在甬道中央，神色决然。霍华德向前迈了一步，他看到麦迪逊嘴唇翕动，他感到全身的肌肉都僵住了。他明白，自己被魔法给定住了，然而这一回，不会有人来救他了。

麦迪逊要做的，就是把他从深渊边缘推下去，让他在里面摔成一堆四分五裂的烂肉，也许还不够，她要让他在绝对的空虚里，在噩梦般恐怖的、永久的孤独中，无休无止地下坠，那是比死亡还要残酷的结局。

怒火淹没了霍华德，黑暗遮住了他的视野。他拼尽全力，强行张开了被施加了魔法的嘴巴。

"绝不！"他怒吼着，"我不会被杀死！我要战斗到最后一刻！"他咬紧牙关，双臂和双腿颤抖着，他拼命想要移动。

"放开他！"

熟悉的声音让狂怒的霍华德大吃一惊。黑暗消退。他最不想在黑暗中看到的人，利昂，出现在他眼前。

"放开他，"利昂又说，"我需要他。"

这确实是利昂的声音，但又有些不同，音调平淡，好像是黑在说话。这是黑附着在利昂身上，就像艾琳附着在麦迪逊身上一样。

"嘿，艾琳，"利昂说道，"或者我该叫你光明？麦迪逊是个很好的掩护。我没料到你会来这儿，但你的出现，很好地解释了我的计划为何会失败。"

"你好，"麦迪逊面向搅局的人，"很高兴过了几千年，还能见到你。"

"你动手太慢，"利昂冷笑道，"你一到，就该把这两只蝼蚁扔进深渊，那样的话，我就根本阻止不了你，可你偏要表演恋恋不舍的告别秀，太滑稽了。"

"你以为唤醒克鲁苏就能得到力量？"麦迪逊和利昂针锋相对、唇枪舌剑。

"克鲁苏会感激我让他重获自由，他在我的梦里给过我许诺，一旦他回归，宇宙最偏远的角落都可以任由我探索与主宰。我将离开这个渺小的世界，去往你根本无法想象的行星旅行。我会在时间中遨游，仿佛鸟儿在蓝天中飞翔。我将目睹万事万物的起源和终结。我将感受太阳爆炸的热度和亿万恒星的生生灭灭。我将触摸绝对的低温，品尝辐射的金属滋味。我将拥有不死的灵魂……"利昂沉浸在自己编织的美梦里，他满面春风、意气风发。

麦迪逊不动声色。

"如果你愿意跟我一起走，"利昂还在喋喋不休，"我们联起手来，我们的力量可以照亮宇宙，可是你偏要对这些微不足道的人类抱有愚蠢的同情心，比如这个，"他轻蔑地一指凯特，"一个自以为是的灵使，还有那个，"他看看霍华德，鄙夷之情更盛，他看看霍华德，鄙夷之情更盛，"一个对自己拥有的力量一无所知的蠢货。"

"你才是真正的蠢货，"麦迪逊做出了令人震惊的答复，"你真以为克鲁苏会在乎你？痴人说梦！你说他俩微不足道，却不知道你对克鲁苏而言，更加不值一提。纪元对它来说只是一瞬间，无限空间对它来说只是嬉戏的花园，你不过是无关紧要、毫无价值的一只蝼蚁，你甚至配不上被它亲手杀掉。你只会被它忽略，被它丢在虚空里哀号——这就是你作恶的下场！"

利昂的脸上现出一丝怒容，但转眼间又恢复了傲慢轻蔑的表情。

"你太唠叨了。不管你多么巧舌如簧，这一切都会就此结束。"利昂冷然道。

"有件事，我要告诉你，"麦迪逊靠近利昂，嘴角扬起一丝不易察觉的微笑，"我很情绪化，也很容易感情用事。但是，如果我不设计这场恋恋不舍的'告别秀'，霍华德就不会这么害怕这么愤怒，他也不会释放出他一无所知的力量，也不可能把你召唤到这里了。"

"你说什么？"利昂皱起眉头。

麦迪逊闪电般猛扑到利昂身上，拦腰一推，利昂失去平衡，向后跌倒，麦迪逊用力抱紧利昂，双双往前冲了两步，奋力一跃，两人纠缠着跨进了深渊。

不可思议的是，他们并没有掉下去，而是悬浮在黑暗中。

麦迪逊的身体开始闪烁，并且渐渐改变形状，变成了一个炽热的光团，利昂被光团吞没，发出刺耳的嘶吼，徒劳地伸出一只手，想要挣脱。光团旋转起来，高速向下冲去。

光团快速远去，变成一个亮点，最终消失在浓得化不开的黑暗中。那神秘的笛声越来越响亮，压倒了利昂的嘶吼，在整个空间里盘旋。

霍华德忽然感到难受，他呻吟起来，两手紧紧堵住耳朵，闭眼倒地，蜷成一团，身体的每一处都承受着压力，发出剧烈的疼痛。然而，就在下一个瞬间，压力消失了，疼痛也没有了，就像有人关掉了开关，笛声停止，四周陷入一种死寂。

霍华德颤抖着吸了一口气，艰难地坐起来。凯特在他身边，抱住了他。

"对不起，对不起，对不起……"她一遍又一遍深情地说着。

"为什么抱歉？"霍华德仍然有些魂不守舍。

"我只能这么做，这是唯一的生路。"

"做什么？"

"帮着艾琳演戏，让你相信我们要把你扔进深渊里摔死。"

"这么说，你们不是真的想杀了我？"霍华德总算醒过神来。

"当然不是，"凯特把霍华德抱得更紧，把头靠在他肩上，"我永远不会这么想。艾琳知道，要阻止黑利用你的力量召唤克鲁苏，万全之策就是把黑扔进深渊，跟克鲁苏待在一块儿。所以我们必须把他骗过来，激怒你，让你的力量陡增，他才能感知到你的力量和方位。对不起，我无耻地利用了你两次。"

"没关系，我原谅你，"霍华德伸手摸了摸凯特的头，她的头发很柔软，"可是麦迪逊，她也掉进了深渊。"

"真正的麦迪逊和利昂还像平常一样愚蠢讨厌，艾琳和黑只是利用了他们，掉进去的是艾琳与黑，就像书里写的锦生与沈贤。"

"艾琳死了吗？"

"我还以为你已经明白了，死亡不是一劳永逸的事。在一个维度死去，未必意味着在其他维度的你也同时死去。"凯特笑着说。

"克鲁苏醒着还是沉睡着？"

"半梦半醒吧，召唤仪式没有完成，封印仍然大部分有效，但克鲁苏比过去清醒了，他仍然被困在维度之间的罗网，暂时无法解脱。"

两人安静地对坐了片刻。

"你只剩一件事要做了。"凯特说。

"我做得还不够多吗？"霍华德呻吟。

"只差一点点了，"凯特说，"来这儿有两个目的，一是把黑引到这儿，二是拿到它。"凯特抬起胳膊，指着深渊的上空。

霍华德看向她手指的方向，麦迪逊和利昂坠落处上空，出现了一道纤细的绿色玉石底座，底座上，金色面具的一块碎片熠熠生辉。这块碎片包括一部分圆形的额头、一只眼睛、一只耳朵和一侧脸颊的大部分。

"金色面具……"霍华德心怀敬畏地喃喃道。

"是它的一个碎片。"凯特补充道。

"真美啊。"

"合起来会更美的。"

"我该做什么？"霍华德从面具上移开视线，看着凯特。

"你必须把它取下来。"

"这怎么可能？它放在悬空的石柱上，下面就是无底深渊，我又不会飞，没办法拿到的。"

"黑猫会给你指路。"凯特说。

霍华德差点忘记黑猫还跟他们在一起，闻听此言，它从凯特身后昂首阔步地走出来，傲然看了霍华德一眼，自顾自溜达到深渊边缘。然后，它继续往前走，在深渊上面的虚空中走了几步，回头看着霍华德。

"这儿有条路，"黑猫说，"你抓紧点儿，我可没耐性等着你。"

"那里根本就没有路，"霍华德惊恐地说，"我会掉下去的。"

"那我掉下去了吗？"黑猫悠闲地坐下来，用爪子洗脸。

"没有，"霍华德承认，"可你是只魔宠，你会施魔法。"

"你也可以施魔法的，快点，羊倌儿，别磨磨蹭蹭的，时间很紧。"

"别叫我羊倌儿！"霍华德看了看凯特，后者给予他鼓励的笑容，他提心吊胆地走到悬崖边，仔细查看，那里丝毫没有通道的迹象，只有无边无际的黑暗。

霍华德试着伸出右脚，往前摸索，如黑猫所言，他并没有踩空，而是踩到了一片坚实的平面。

"正确，就是这条路，"黑猫说，"现在迈你的左腿。"

霍华德极其缓慢地把重心挪到右腿，脚下的地面很结实。他抬起左脚，小心翼翼地迈到右脚前面。仍旧没有掉下去。

"干得漂亮！"黑猫揶揄道，"可你得快点儿，别跟头笨熊似的！"

黑猫站起来，继续朝着微光闪闪的金色面具走去。霍华德小心谨慎地跟着它，每一步都精确地踩到黑猫走过的地方。他不知道这条无形之路有多宽，他可不想踩虚了。

不知走了许久，他们终于来到玉柱前。这里更吓人了，柱子下方空空如也，他能想象一旦失足，会掉得有多深。

黑猫漫不经心地跳上柱顶，坐在面具旁边。

霍华德试着往前探身，从柱顶拿起面具。它重得令人吃惊。

"很棒！"黑猫的声音响起，"现在，把它拿回去，交给凯特。"

"你不带路了吗？"

"你已经走了一次了，再走一次有什么难的？朝着凯特走过去就行。"

回程比来路更让霍华德胆战心惊，因为没有黑猫耐心地引导他。等他好不容易站在凯特身边，凯特却没有留意他和他手里的面具，而是盯着依旧坐在柱顶上的黑猫。

"嘿，"凯特低声念叨着，"回来呀。"

绿柱开始下降，黑猫站起来，伸了个懒腰，跳下柱子。柱子下降的速度开始加快，黑猫全速朝他们跑来，但无形之路已经变成了上坡道，越来越陡，仿佛跟柱子连在一起。

"快点，快啊！"凯特给越跑越吃力的黑猫鼓劲。上坡路已经很陡峭，黑猫越跑越慢。

"它上不来了！"凯特急切地说。

霍华德把面具塞到凯特怀里。

"拿好！"他趴到深渊边上，壮起胆子全力探出身去，伸手去够黑猫。

"抓住我，"他喊道，"我还以为猫都很灵活呢。"

黑猫往上一蹿，姿势很狼狈。霍华德觉得火辣辣地疼了一下，猫爪子抓住了他的衣袖和胳膊。霍华德抽回胳膊，黑猫在凯特脚边摔成一团，威风扫地。

"你有必要这么粗鲁吗？"黑猫的抱怨声在霍华德脑中回响。

"你的爪子有必要抓那么狠吗？"霍华德一边回敬它，一边查看胳膊上血淋淋的爪印。

"别吵了，你们俩，都注意听。"凯特说。

"听什么？我什么也听不见。"黑猫说。

"那就对了。你们听，现在四周都安静了，连波浪声都没有了，艾琳成功了，通道关闭了。"

"我们还拿到了一片面具。"霍华德接着说，凯特把面具还给他。

"找回面具是你的任务，回去的路上，最好还是由你来保管。"

"我们怎么回去？"霍华德反问。复杂的黑暗隧道、没有脸的夜魔、废墟残骸，他们怎样才能安全离开？

"轻而易举，"凯特笃定地说，"我们只要闭上眼睛，一起跺脚三次，嘴里念三次'哪儿都没有家里好'这就够了。"

"是《绿野仙踪》的台词！"

"没错。里面的主人公桃乐茜是有史以来最好的灵使之一。"

"开玩笑呢，是吧？"霍华德笑道。

凯特冲他调皮地眨了眨眼，然后从书包里掏出地图，打开来。地图上的亮点恰好位于正中间的位置。

"靠着它，也许能轻松些。我终于明白了，它其实不是城市表面的图像，而是我们穿过的地下通道。要找到返回的路线挺简单的。要是足够幸运的话，咱们应该能避开主广场和夜魔。该出发了，不然你妈妈得担心你了。"

"咱们永远也不会把这一切告诉任何人吧？"霍华德说完，凯特朝他嫣然一笑，两人手牵着手，飞奔了起来。

"我可说不好，"凯特一边跑，一边笑着答复，"你难道不觉得，你妈妈要是知道咱们见到了从亚特兰蒂斯来的安舒和克雷克，肯定会非常高兴吗？"

第三十一章 世事如常

凭着地图的指引，霍华德、凯特和黑猫避开了夜魇的袭击，轻松穿过了地下通道，从地下入口回到拱门，穿过隧道，回到了幽深之室。庄鲲正等在那里。

"欢迎回来，"他微笑着说，"看来你们成功了。"

"这个恐怕该给你。"霍华德把那片金色面具交给他。

庄鲲接过面具，注视着它。

"我知道总会有这一天，它注定会归来。"

"锦生在哪儿啊？"凯特好奇地问道。

"她在别处。"庄鲲含糊其词地答道。他走上前去，把面具碎片轻轻放在房间中央的玉柱顶上，念出几句咒语。玉柱顶部颤动起来，几乎融化成液体，微微荡漾了一会儿，又重新凝固起来，金色面具的残片牢牢地直立在顶部。

"现在安全了。"庄鲲说。

"我还以为三个碎片都要找到，咒语才能起作用。"凯特说。

"要解封面具很难，封印面具却容易得多。"庄鲲说，"在你们回家之前，能否请你们喝杯茶？我的

侍从辰风懂得一套令人赏心悦目的茶艺。"

"我们很想欣赏，但我们必须赶快回去，"凯特歉疚地说道，"这趟旅途太漫长，我们需要休整一下。改日再约。"

"好的，"不知为何，庄鲲的声音里流露出一丝莫名的悲伤，"那就改日吧，我先带你们回船。"

他们跟随庄鲲穿过三星堆的街道。

"我们为什么不留下来欣赏茶艺呢？按照书上的说法，他们的茶艺可能很有趣，而且我也不介意在城里多逛逛。"霍华德悄声问凯特。

"最好别在另一个维度里停留，"凯特低声解释，"免得横生枝节。"

"再说了，"黑猫很毒舌地接口，"辰风和汀紫可能会带来那只讨厌的丑狗来福，我可不喜欢那个家伙！"

霍华德和凯特暗自发笑。他们已经穿过城门，走上了码头。白船还停泊在原先的地方，船上空无一人。

"艾琳去哪儿了？"霍华德问道。

"她有自己的使命，"庄鲲答道，"别担心，这艘船会送你们回家的。"

他感激地对霍华德和凯特说道：

"你们的帮助，我无以为报。不过，无论何时何地、哪个维度的三星堆，都将永远欢迎你们。你们是我的尊贵的客人。"

"谢谢你。"凯特和霍华德说。

庄鲲放开手，两人上了船。白船几乎是立刻驶离了码头，沿河高速前进。庄鲲的身影渐渐变得渺小，最终消失不见。"面具之城"高大的城墙也缓缓消失在视野中。

与前往三星堆的航程一样，霍华德几乎没注意到时间流逝。白船没有把他们送回海滩，而是开到了艾尔福德社区所属的河道，这让霍华德松了一口气。

最后，白船停靠在码头。他们刚一上岸，白船就全速离开了，沿河飞驰而去。奇怪的是，河边的路人居然没留意到白船的行迹。

"现在几点？"他们站在码头上，凯特问道。

"下午三点半，"霍华德看了看手机，"咱们离开了好几个钟头。"

"也许是好多天吧,中国古诗里有一句'山中方一日,世上已千年'。我们怎么知道现在还是出发时的那个星期六呢?"

"肯定是。"霍华德口气坚定,"要是我们失踪了一天以上,我妈肯定会发动整个艾尔福德社区的人到处找我的。她一定会把整个社区翻个底朝天。"

凯特发出清脆的笑声。

"我们回家吧。"她说。

"你要是不摘掉那个傻乎乎的头灯,我就不跟你一道。"霍华德瞥了她一眼。

凯特听话地把头灯放进书包。

"你也好不到哪儿去,"她说着,指指他运动衣上撕裂的地方和额头的伤口,"在你妈妈见到你之前,咱们最好先去我家清洗一下,你看起来伤得挺重的。"

霍华德赞同,他们朝凯特的公寓走去。

"我妈要是问,我就说走路时撞到栏杆了,不过,你脸上的伤口好像发炎了。"

"是有点儿疼。"凯特轻轻摸了摸脸上凝固的血迹。

霍华德环顾四周。一切都正常到了极点。艾尔福德社区的居民们不是忙于工作就是操心生活中的琐碎小事,丝毫没有意识到这两个狼狈、邋遢的孩子和这只普通的小黑猫,刚刚从超乎想象的险境中拯救了全世界。

"那一切真的发生过吗?"霍华德忍不住问道。

"嗯,我们的伤口就是证明,"凯特说,"要是那些事没有发生过,难道是我们花了一上午,互相狠揍了一顿?"

"经过这么多事情,我好像还是难以相信自己真的战胜了邪恶。只不过我想,以后我很难再为学校里那些鸡毛蒜皮的事发愁了。"

"看来你今天没有白辛苦!"凯特打趣道。她又变成了那个霍华德熟悉的伶牙俐齿的女中学生了。

"还会把我们牵扯进去?"

"谁知道呢,也许吧。毕竟,艾尔福德社区集中了很多超常的力量。"

霍华德心里突然出现一个让他沮丧的念头。

"你来艾尔福德社区，是因为梦见我爸和我，现在事情解决了，你还会留在这儿吗？"

"我还会再待一段时间，"凯特很快地说，"我不知道你能不能好好照顾自己。"这话又暖又甜蜜，霍华德情不自禁地微笑了。

"谢谢你。"霍华德说。

"她是担心你太笨，羊倌儿。"黑猫一如既往的尖刻。

"闭嘴！"霍华德白了黑猫一眼。

黑猫弓起背，竖着尾巴跑开了。

"凯特，以后别再逼我生气，或是威胁要把我扔进深渊里了。你知道，这滋味儿可真难受。"霍华德真诚地望着凯特。"我保证。"凯特深深注视着他。

霍华德沉醉在与凯特的甜蜜情话里，没注意到利昂和麦迪逊从前面的一处拐角趾高气扬地走过来，他差点撞到他们。

"书呆子也会出来闲逛？"利昂阴阳怪气地嘲讽道。

"行走有助于头部血液循环，"凯特不假思索地还击道，"古希腊逍遥派哲学家常常一边散步，一边讨论学问。"

利昂和麦迪逊面露茫然。

"也不是次次都得逗啊，你们连逍遥派哲学家有哪些人都不知道吧？"霍华德说道，让利昂吃瘪的感觉真好。

"黑还好吗？"凯特故意问。

"你怎么会认识我家的仆人？这周末他休息。"

"哦，难怪我在海滩碰到他了。"

"海滩？"利昂说，"黑不去海滩的。"

"那可能是我搞错了，"凯特满不在乎，她又问麦迪逊，"最近做了什么好梦啊？"

"你们这些书呆子真无聊，我做不做梦关你们什么事儿。别理他们了，"麦迪逊挽起利昂的胳膊，"咱们走。"

霍华德明白凯特的意图，她要知道艾琳或黑有没有留下什么痕迹。显然，利昂和麦迪逊什么都不记得了。

"你写完历史小论文了吗？"他问麦迪逊。

"今天才周六，"麦迪逊说着，仿佛霍华德才是个傻瓜，"需要那么赶吗？我打赌，只有你写完了作业。因为除了写作业，你什么都不会！"

霍华德笑了，麦迪逊确实忘得干干净净。

"谢谢你借这个给我。"凯特说着，把头灯拿出来，递给麦迪逊。

麦迪逊一脸错愕。

"嘿，这是我家厨房里的，"利昂说着，抢过头灯，"你怎么拿到的？我警告你，要是昨晚你混进了聚会，你就有大麻烦了！"

说完，利昂带着麦迪逊从他们身边走过，霍华德笑得更凶了。然而凯特又送上了新的恶作剧，她记起了在另外一个维度里，麦迪逊曾经坐在海滩上，百无聊赖地用手机拍下那些念念有词的长形怪物。

凯特在两人身后愉快地喊道，"打开你手机里拍摄的照片，告诉利昂，你是在哪儿拍到海滩上那些怪物的！"

霍华德不知道利昂和麦迪逊能不能看到那些照片，也许其他维度的事物是无法用这个维度的镜头记录的。但他已经不关心这些了……

三星堆人首鸟身像雕塑

戴金面具青铜人头像

青铜纵目面具

三星堆青铜神树

三星堆博物馆鸟瞰